Lily Graham

Die Insel der Leuchttürme

Lily Graham

Die Insel der Leuchttürme

Roman

Aus dem Englischen
von Ute Brammertz

DIANA

MIX
Papier aus verantwortungsvollen Quellen
FSC® C014496
FSC
www.fsc.org

Verlagsgruppe Random House FSC® N001967

Deutsche Erstausgabe 04/2020

Die Originalausgabe erschien 2018 unter dem Titel
The Island Villa bei Bookouture, London

Redaktion: Antje Steinhäuser
Umschlaggestaltung: t.mutzenbach Design, München
Umschlagmotiv: © Shutterstock/PeJo, lunamarina,
lunamarina, vdimage, jakkapan, Laura Pl,
vchphotos, Alim Yakubov, szmuli, Casper1774 Studio
Satz: Leingärtner, Nabburg
Druck und Bindung: GGP Media GmbH, Pößneck

Printed in Germany
ISBN 978-3-453-36052-5

www.diana-verlag.de
Dieses Buch ist auch als E-Book lieferbar.

Für Barbara Marie Little, Kathy Schaffer und all die Leserinnen und Bloggerinnen, die mich motiviert haben weiterzumachen, danke.

I

Formentera, Gegenwart

Ich werde nie den Tag vergessen, an dem ich die Villa zum ersten Mal erblickte, glänzend wie ein frisches Laken in der schläfrigen spanischen Sonne. Die Fensterläden hatten die Farbe von blasser Flechte, und dunkle Bougainvilleen rankten sich über den weiß getünchten Stein.

Es war ein einfacher Bau, spärliche würfelförmige Architektur, die jahrhundertealt war, so alt wie dieser oft vergessene Streifen der Insel selbst. Das Haus, beherrscht von der Aussicht aufs Meer: ein Wirbel aus türkiser Farbe, der am Horizont in tiefstes Marineblau überging, gewaltig und rätselhaft und voller Versprechen.

Die Luft schien irgendwie davon zu flüstern, und in dem warmen, zitrusgeschwängerten Sonnenschein, dessen Duft von den verwilderten Orangen- und Zitronenbäumen in dem vergessenen Garten herrührte, hatte ich diese Ahnung von etwas, das sich in meinem Innern regte. Als würde etwas tief aus dem Boden meinem Körper zurufen, mich nach Hause zu bringen.

Das Gefühl war mächtig, wenn auch vorübergehend, nicht länger als ein Seufzen, doch zum ersten Mal seit Monaten hatte ich das Gefühl, dass sich etwas löste. Einen Augenblick lang schien es, als könnte ich es vielleicht doch schaffen.

Die Villa stellte ein Kapitel aus der Vergangenheit

meiner Familie lange vor meiner Geburt dar. Sie gehörte zu einer sepiafarbenen Fotografie eines beinahe vergessenen Zipfels meiner Familiengeschichte. Menschen, deren Namen schon fast von den wechselnden Gezeiten weggewaschen worden waren.

Doch hier war ich. Wie eine Flaschenpost an Land gespült von den weiten Armen des Ozeans. Strandgut. Allerdings nicht durch Zufall. Sondern durch Liebe. Durch meinen Mann James.

Denn eine seiner letzten Handlungen vor seinem Tod bestand darin, dieses Haus zu kaufen.

Er hatte schon immer ein Händchen fürs Theatralische. Von der Sache mit der Villa erfuhr ich am Tag seiner Beerdigung. Als wären wir in einem dieser dramatischen Filme, die er immer so toll gefunden hatte. Ich kann mir beinahe vorstellen, wie er es geplant, wie er es sich in Gedanken ausgemalt hatte. Wie er alle Mitwirkenden arrangiert und die Bekanntmachung bis zum letztmöglichen Moment aufgespart hatte – um das letzte Wort zu haben, selbst noch im Tod. Ich erfuhr es, nachdem die Gäste gegangen waren.

Sage, meine heranwachsende Tochter, war im Bett, verweint und erschöpft, und das Haus war still. Zu still. Die Art von Stille, die nach einem Schrei verlangt. Ich saß bei vorgezogenen Vorhängen im Wohnzimmer, die Flügeltüren geschlossen, ein Glas Whisky auf dem Beistelltisch, und trug ein schwarzes Seidenkleid. Wir hatten es gemeinsam ausgesucht, als wir uns beinahe hatten einreden können, es wäre eigentlich gar nicht für *diesen*

Anlass. Er hatte sich dafür entschieden, weil ihm gefallen hatte, dass es meine Beine zur Geltung brachte.

Doch das war schon eine ganze Weile her; jetzt hing es wie ein Sack an mir herunter, während ich dasaß, den Kopf zwischen den Knien, und erfolglos versuchte, mir die Zukunft ohne ihn vorzustellen.

Charlotte Woolf: fünfundvierzig, Mutter, in Vergessenheit geratene Krimiautorin, *Witwe*. Ich hatte Frieden mit meinem fortschreitenden Alter und der zum Stillstand gekommenen Karriere geschlossen, aber mit dem Witwendasein wollte ich nichts zu tun haben. *Nicht das Geringste.*

Es klopfte leise an die Tür, und Allan, mein Bruder, trat ein. Er hatte dieses Lächeln aufgesetzt, ausgegraben irgendwo aus einer kaputten Tiefe. Das Lächeln, das die Lebenden für die Hinterbliebenen reservieren.

Er nahm Platz und legte den Brief auf den Beistelltisch, lehnte ihn an mein Whiskyglas.

»Er ist von James, seine letzten Wünsche und all das, Twig«, sagte er.

Mein Bruder nennt mich schon fast mein ganzes Leben lang Twig, selbst nachdem ich aufgehört hatte, wie eine Stabheuschrecke mit zweigähnlichen Gliedmaßen auszusehen, selbst nachdem der Spitzname dank etlicher Schwangerschaftskilos, die zehn Jahre lang nie richtig verschwunden waren, sogar noch lächerlicher wirkte. Ein wenig nervös überkreuzte Allan die schlanken Beine und öffnete sie wieder, strich mit den Händen über seine Anzughose.

Allerdings machte Allan immer einen leicht nervösen Eindruck, als werde er beim nächsten lauten Geräusch die

Flucht ergreifen. Doch er war robuster, als es den Anschein hatte. Ich wusste das nur zu gut, besonders nachdem ich in den letzten Wochen – ja, das ganze letzte Jahr über – derart auf seine Unterstützung angewiesen gewesen war.

Ich blinzelte. »Er hat mir einen Brief hinterlassen?«, wiederholte ich verdutzt.

Wann hatte James Zeit gehabt, mir einen Brief zu schreiben? Und warum hätte er es tun sollen, wo wir doch seit seiner Diagnose jeden Tag miteinander verbracht hatten? Der Gedanke stimmte mich traurig. Wie er mir irgendeine letzte traurige Nachricht in jenen letzten Tagen im Krankenhaus schrieb, als sein Körper nach dem langen Kampf gegen den Krebs aufgab. Die Krebserkrankung, die sich Zentimeter für Zentimeter in dem einen Meter achtzig großen Körper, den ich so geliebt hatte, ausgebreitet hatte.

Melanom im Stadium IV.

Letztlich war sein Tod schnell gekommen und hatte sich nicht so in die Länge gezogen, wie es hätte sein können. Das sagten alle seine Ärzte. Es waren fünf, also war es wohl tatsächlich so. Das sollte mir ein Trost sein. Die kurze Antwort lautet: *War es nicht.*

Ich wollte nicht, dass er litt, natürlich nicht, konnte aber nicht anders, als mir wünschen, es hätte einen Kompromiss geben können. Ein paar Monate oder auch nur Wochen mehr, in denen er keine Schmerzen litt. Schrecklich egoistisch, ich weiß. Aber wie hatte er im Alter von sechsundvierzig Jahren sterben können? So hatten wir uns das nicht vorgestellt. Ganz und gar nicht. Ich wollte die Midlife-Crisis, die nie so richtig eingetreten war, komplett mit protzigem Auto. Die grauen Haare und Altersflecken. Ihn, wie er Sage zum Traualtar führte. Den Tag, an dem er zum ersten Mal sein Enkelkind hielt.

Nicht *das hier*.

Mit geschlossenen Augen lehnte ich den Kopf ans Sofa, wo die Tränen auf das gebürstete Leinen des Sofas fielen und mit dem blassblauen Stoff verschmolzen. Man hätte meinen können, meine Tränen wären mittlerweile vollständig aufgebraucht, aber sie kamen einfach immer weiter, als wäre es das Einzige, was mein Körper konnte – wie eine Wunde, aus der Bedauern sickerte.

Allan umklammerte meine Hand, diejenige, an deren Daumen sich James' Ehering befand. Dort trug ich ihn, seitdem James mir gesagt hatte, es sei sinnlos, ihn damit einzuäschern. Allan drückte meine Hand, stand dann auf und schenkte sich ebenfalls einen Whisky ein, die Augen trübe von unvergossenen Tränen.

»Was steht drin?«, erkundigte ich mich.

Er seufzte. »Ich weiß es nicht, Twig. Er hat mir gesagt, es sei etwas, das vielleicht helfen könnte. Du kennst doch James.«

Präsens, stellte ich fest. Als wäre James immer noch hier. Als wäre er nur in einem anderen Zimmer.

Herrgott, wie ich wünschte, *das* wäre wahr!

Ich wischte mir über die Augen, trank einen Schluck Whisky und griff nach dem Brief.

Allan machte Anstalten zu gehen, vielleicht um mir etwas Privatsphäre zu gewähren, doch ich schüttelte den Kopf. »Nein, bleib bitte.«

Er nickte und ließ sich dann wieder neben mir nieder. Ich faltete den Brief aus dem Umschlag auf, wobei ich durch die Tränen hindurch nur verschwommen sah. Ein einzelnes Foto fiel mir in den Schoß. Ich legte die Stirn kraus. Da stand nur eine einzige Zeile, geschrieben in James' unordentlichem Gekritzel.

Ich habe dir ein Haus gekauft. Sei nicht böse.

Blinzelnd stieß ich irgendein Geräusch zwischen einem Schnauben und einem Lachen aus. Ich starrte unverwandt die Notiz an. Versuchte, sie zu begreifen. *Was zum Teufel?*

»Was?«, fragte Allan. »Was ist los?«

Ich sah ihn an, und mir wurde klar, dass ich die Wörter laut ausgesprochen haben musste.

»Er hat mir *ein Haus* gekauft.«

»Was?« Allan blinzelte mit seinen graugrünen Augen. Offensichtlich hatte James auch ihn nicht in seine Pläne eingeweiht. Ich reichte ihm den Brief, und er betrachtete ihn genauso verständnislos, wie ich es getan hatte.

»Das ist alles – keine Erklärung oder so was?« Er drehte den Brief sicherheitshalber um, als könnten die Wörter irgendwie auf die nächste Seite gekrabbelt sein, als würden sich womöglich sämtliche Dinge, die James offengelassen hatte, auf der Rückseite sammeln.

Dem war nicht so.

Ich hob das Foto auf, das auf meinen Schoß gefallen war, und Wiedererkennen flackerte auf. Das kleine sepiafarbene Quadrat passte perfekt in meine Handfläche. Die Ecken hatten gezackte Ränder, und das Bild sah seltsam vertraut aus wie etwas, das ich vor Jahren aus der Ferne gesehen hatte, ohne dass ich mich jedoch daran erinnern konnte, wo.

Die Abbildung zeigte eine kleine weiße, von Bäumen umgebene Steinvilla, die auf ein gewaltiges, schaumgekröntes Meer hinaussah. Das Bild war verblasst und abgenutzt, von der Zeit und, vielleicht, durch die sehnsuchtsvollen Berührungen von Fingern. Ich drehte es um und sog die Luft ein.

»Marisal«, hauchte ich, indem ich den Namen las, der dort in einer geliebten, vertrauten Handschrift stand.

Allan riss die Augen auf. Wir kannten beide den Namen – als Kinder hatten wir ihn oft genug von unserer Großmutter gehört. Es war in unserer Kindheit ein verheißungsvolles Versprechen gewesen, wenn wir sie anbettelten, uns Geschichten von dem alten Haus ihrer Familie zu erzählen. Dann hatte sie uns immer nur so viel erzählt, dass unsere Einbildungskraft angeregt wurde, nie mehr. Allan und ich schworen uns damals, dass wir eines Tages dorthin fahren, dass wir die Geheimnisse lüften würden, von denen wir wussten, dass sie immer noch dort schlummerten, Geheimnisse, die ihren Lippen nie zu entlocken gewesen waren. Ein Versprechen, das ich vergessen hatte, während ich mit dem Heranwachsen und der Gründung einer eigenen Familie beschäftigt gewesen war.

Bis jetzt.

Ich holte tief Luft und hob den Blick zum goldenen Himmel, sodass die Sonne meine Netzhaut durchdrang. Ich wollte nicht, dass mein erster Blick auf die Villa durch einen Tränenschleier fiel, und James würde das auch nicht wollen.

Es war dieser Gedanke, der mich mehr als alles andere vorantrieb. Auf Marisal zu.

Ich öffnete das kleine, niedrige Gartentor, an dem der Name, in den Stein gemeißelt, beinahe ganz verwittert zu erkennen war.

Endlich war ich hier.

2

Ein Monat zuvor

»Also lass mich das mal zusammenfassen«, sagte Sage, meine Tochter, die neunzehn war, aber irgendwie auf die fünfunddreißig zuging. Sie packte gerade ihre Tasche, und ich tat so, als bräche es mir nicht das Herz, dass sie an die Universität zurückkehrte.

Es war eine Woche nach der Beerdigung, und wir versuchten, normal zu sein, was schrecklich fehlschlug.

Auf dem Bett neben ihrem offenen Koffer lagen zwei Listen, verfasst in ihrer ordentlichen, kompetenten Handschrift.

Eine für sie, die andere für mich. Ihre war eine Checkliste, meine ein Survival Guide mit Notrufnummern, nützlichen Informationen und Ermahnungen. Als wäre ich das Kind und sie die Erwachsene.

Das war wohl ihre Art, damit umzugehen, dass sie mich allein zurückließ. In dem Haus, das James und ich im Laufe der Jahre langsam in ein Zuhause verwandelt hatten. Ich hatte ein paar Tage gebraucht, um ihr zu erzählen, was ihr Vater getan hatte. Eigentlich hatte ich nicht gewusst, wo ich anfangen sollte, bis mir die Zeit davongelaufen war. So war es kurz vor ihrer Abreise aus mir herausgeplatzt.

Sie sah mich ungläubig an. »Dad hat dir eine Villa gekauft, in Spanien? Glaubst du, dass er gegen Ende ein bisschen durchgedreht ist?« Teils meinte sie es ernst, teils nicht. Sie unterbrach das Packen, um mich mit ihren eindringlichen ebenholzfarbenen Augen anzustarren, das dunkelblonde Haar zu dem üblichen Pferdeschwanz gebunden. Einen Moment lang erinnerte sie mich an das kleine Mädchen, dessen Lachen in meinen Ohren nach Seifenblasen und Tausenden Streuseln klang, das kleine Mädchen, das ewig in meinem Herzen wohnt, zusammen mit dieser herzzerreißend erwachsenen Version.

Ich setzte mich auf die Kante ihres Bettes, griff nach Scruffy, dem alten Plüschkaninchen, das sie früher immer überallhin mitgeschleppt hatte, und berührte seine abgewetzten Ohren. Ich unterdrückte ein Lachen, als ich meine Liste betrachtete, auf der Dinge standen wie: »Jeden Tag spazieren gehen. Drei anständige Mahlzeiten zu dir nehmen (Schokolade ist keine Mahlzeit, Mum).« Das war unterstrichen, doppelt, es war also offensichtlich sehr wichtig. »Vielleicht deine Lektorin anrufen und noch mal um einen späteren Abgabetermin für deinen Roman bitten? Dich von Grandma *fernhalten.*«

Der letzte Punkt entlockte mir ein Schnauben und stimmte mich gleich darauf wieder traurig. Im Moment war die Beziehung zwischen meiner Mutter und mir etwas angespannt. So war es schon eine Zeit lang, seit James' Diagnose; ihre Art zu »helfen« hatte darin bestanden, alle möglichen rätselhaften Esoterik-Heilmittel anzuschleppen, die er ausprobieren sollte. Selbst während wir stritten, hatte ich gewusst, dass sie es eigentlich nur gut meinte, nur helfen wollte, doch es trieb mich in den Wahnsinn. Es war schwierig genug zu versuchen, das Unmögliche zu akzeptieren – dass die Liebe meines Lebens demnächst sterben würde –, ohne dass meine Mutter ständig versuchte, mir Hoffnungen mit irgendeinem aussichtslosen Unterfangen zu machen. Einem Unterfangen, das nur auf Enttäuschung hinauslief und uns ständig dazu brachte, einander Schmerz zuzufügen.

Sage starrte mich unverwandt an, während ihre Augen sich mit Tränen füllten. Dann schüttelte sie den Kopf und begann auszupacken. »Ich werde pausieren oder so was. Nächstes Jahr noch mal anfangen. Das hier ist lächerlich. Ich kann dich nicht einfach allein lassen und wieder zur Uni gehen, als wäre nichts geschehen. *Das mache ich nicht.*«

»Doch, *das machst du.*« Ich sprach in einem strengen Tonfall, den sie kaum je zu hören bekam. »Du fängst dein zweites Studienjahr in Medizin an, es ist dein Traum – dort ist jetzt dein Leben, alle deine Freunde. Um mich brauchst du dir keine Sorgen zu machen, okay?«

Sage war als alte Seele auf die Welt gekommen. Klug, kompetent, fleißig, manchmal zu streng mit sich selbst. James hatte ihr immer sagen müssen, dass es in Ordnung war, sich zu amüsieren, einfach mal loszulassen, nicht alles so hinzubekommen, wie es sich »gehörte«. Die teuren, aber modischen Klamotten zu tragen, die beim Waschen auseinanderfielen, und nicht immer nur vernünftige Pullis und Schuhe von Marks & Spencer. Für alt und vernünftig war später immer noch Zeit. Es war okay, einfach neunzehn zu sein ohne einen Plan für alles, und sich nicht für jeden verantwortlich zu fühlen. Diese Gespräche fielen ab jetzt in meinen Zuständigkeitsbereich. Ich legte ihre Kleidung in den Koffer zurück.

»Zu bleiben ist keine Lösung, für keine von uns beiden. Wenn du das tust, habe ich nur noch eine weitere Sache, um die ich mir Sorgen machen muss.«

Sage hatte wohl Angst, ich würde mich in ihrer Abwesenheit von überzuckerten Frühstücksflocken ernähren und nur noch im Schlafanzug herumlaufen. Ich war eine fünfundvierzigjährige Witwe mit einer Arbeit, die es mit sich brachte, dass ich nie das Haus verlassen musste (und Arbeit eigentlich auch nur, wenn ich je das neue Manuskript fertigstellte, das ich meiner Lektorin vor einem Jahr versprochen hatte). Im Schlafanzug zu arbeiten und Müll zu essen war *mein gutes Recht.*

»Und nein – ich glaube nicht, dass Dad gegen Ende ein bisschen durchgedreht ist. Tatsächlich glaube ich, dass er dir sehr ähnlich war. Er hat sich Sorgen gemacht, was mit mir geschehen würde – eigentlich mit uns –, und er hat sich gedacht, das hier sei eine gute Art und Weise, um weiterzumachen.«

Das war geraten. Größtenteils.

Ungläubig sah Sage mich an. »Mit einem Haus in Spanien?«

»Streng genommen ist es auf einer kleinen spanischen Insel, gleich neben Ibiza.«

Ihre dunklen Augen leuchteten überrascht auf und sie schnaubte. »O mein Gott, *Ibiza?* Dad wollte, dass du Partys feierst?«

Ich lachte. Ihr verwirrtes Entsetzen konnte ich gut nachvollziehen. »Nein. Auf der kleinen Insel ist es anders. Viel ruhiger, Gott sei Dank weit weg von den Menschenmassen und dem Lärm.«

Laut Google wird die winzige Insel Formentera von ein paar Tausend Menschen bewohnt. Sie ist lang und schmal und bedeckt mit grünem Ackerland, Pinienwald und meilenweiten unberührten Sandstränden. Formentera ist nur dreiundachtzig Quadratkilometer groß, und an jeder ihrer felsigen Landspitzen befindet sich ein einsamer Leuchtturm.

Seitdem ich die Sache mit dem Haus erfahren hatte, hatte ich etwas Zeit darauf verwendet, mir Bilder von der Insel anzusehen. Ich versuchte, mir vorzustellen, dort hinzufahren, und fragte mich, wann ich mich dem je gewachsen fühlen würde. Die Farbe des Meeres nimmt das Auge gefangen, ein überwältigender Streifen aus Türkis, der glitzert und sich mit dem dunkel wirbelnden Blau des ihn umgebenden gewaltigen Ozeans vermischt.

Das echte Problem besteht darin, dass man nur dorthin gelangt, indem man zuerst nach Ibiza fliegt und dann die Fähre zu der kleineren Schwesterinsel nimmt. Es wirkte, gelinde gesagt, unpassend, dass ich nach dem Tod meines Ehemannes zur bekanntesten Partyinsel der Welt voller lauter, von Drogen überschwemmter Nachtklubs, alternder Hippies und Hedonisten aufbrechen sollte. Vielleicht *war* er durchgedreht, jedenfalls ein kleines bisschen.

Doch ich kannte natürlich die Wahrheit.

»Es war das Haus deiner Urgroßmutter. Deswegen hat er es gekauft – er wollte, dass wir es kennenlernen, glaube ich, und dass es wieder in Familienbesitz ist. Wo es seiner Meinung nach bestimmt hingehört.«

Obwohl er es nicht explizit in seiner Nachricht erklärt hatte, wusste ich, dass das der Grund war. Wir hatten im

Laufe der Jahre über Marisal geredet und über das Versprechen, das Allan und ich einander in unserer Kindheit gegeben hatten: zu der Insel zu fahren und die Villa zu finden. James war immer dafür gewesen, aber irgendwie war ich nie dazu gekommen, es zu tun, und Allans Interesse hatte mit zunehmendem Alter nachgelassen. Meines nicht, aber dennoch hatte ich einfach nie die Zeit gefunden. Das Haus zu kaufen, die Entscheidung für mich zu treffen, war vielleicht James' Art sicherzustellen, dass ich es wirklich tun würde. Ich reichte meiner Tochter das Foto, berührte dann ihre Schulter.

Mit gerunzelter Stirn betrachtete sie es. »Das hier hat deiner Großmutter gehört?« Sie setzte sich und hielt das Foto in beiden Händen, während sie das grobkörnige, sepiafarbene Bild eines alten weißen Hauses umgeben von wild tosendem Meer betrachtete. Ihre Augen waren ernst.

Ich nickte. Sage war meiner Großmutter nie begegnet, da diese kurz nach der Geburt meiner Tochter verstorben war. »Vor langer Zeit. Sie entkam im Spanischen Bürgerkrieg in den Dreißigerjahren, glaube ich, und kurz danach begegnete sie meinem Großvater, und sie ließen sich in seiner Heimat nieder. Das Haus – Marisal – ging irgendwie verloren. Die Einzelheiten kenne ich nicht, sie hat uns eigentlich nie viel erzählt, aber ich weiß, es schmerzte sie, dass es nicht mehr in Familienbesitz war.«

»Hat sie dir nie erzählt, was passiert ist?«, fragte Sage und drehte sich mit gerunzelter Stirn zu mir.

Ich schüttelte den Kopf und stieß ein leises Seufzen aus. »Nein, sie sprach nicht gern über die Vergangenheit. Besonders die harten Zeiten. Aber sie liebte es dort.«

Zumindest so viel wusste ich. »Und ihr hätte der Gedanke gefallen, dass die Villa wieder irgendwie bei uns gelandet ist, und dann noch durch Dad.«

Unwillkürlich musste ich darüber nachdenken, was es ihr bedeutet hätte.

Sage lächelte. »Sie hat ihn gemocht?«

Ich schüttelte den Kopf. »Sie hat ihn *vergöttert*. Es war peinlich. Er hat immer versucht, sich in seinem schrecklichen Spanisch mit ihr zu unterhalten, und sie hat ihn deswegen geliebt.«

»Das hört sich ganz nach Dad an.« Wir tauschten ein tränenverschleiertes Grinsen und wischten uns rasch die Augen.

»Wann wirst du also hinfahren? Nach Formentera … zur Villa Marisal?«

Wann, nicht *ob*, wie mir auffiel. Wir wussten wohl beide, dass mir keine große Wahl blieb. Selbst wenn die Vorstellung, jetzt dorthin zu jetten, unmöglich erschien. Zu hell, zu schön … im Grunde zu viel.

»In zwei Wochen oder Monaten vielleicht«, erwiderte ich ausweichend. Vielleicht wenn der Drang nachließ, mich selbst auch einäschern zu lassen. Natürlich *sagte* ich das nicht. »Vielleicht könntest du nachkommen, wenn du wieder Ferien hast, dir die Villa selbst ansehen? Ich weiß nicht, in welchem Zustand sie ist, wir werden also einfach mal sehen müssen. Der Anwalt, du weißt schon, Steve Linberg?«

Sie nickte.

»Tja, als ich bei ihm vorbeigeschaut habe, hat er nicht erwähnt, ob sie bewohnbar ist oder nicht, aber ich hatte das Gefühl, dass sie ein wenig heruntergekommen sein muss. Er sagte, es habe seit Jahren keiner mehr dort gewohnt.«

Sage schnaubte. »Als du ihn angeplärrt hast, was zum Teufel Dad sich dabei gedacht hat, meinst du?«

Ich grinste. Sie kannte mich sehr gut.

»Das kommt hin. Wie dem auch sei, wer weiß, vielleicht haben wir einen Ort, an dem wir dieses Jahr Weihnachten verbringen können. Margaritas am Strand?«

Sie riss die Augen auf. »Das wäre vielleicht gut.«

Das wäre es vielleicht. Ich hatte mir nicht viele Gedanken über die Zukunft gemacht, abgesehen davon, dass ich einfach versuchte, zu atmen und mich von einem Tag zum nächsten zu hangeln. Doch Weihnachten weit weg von den Erinnerungen in unserem gemeinsamen Zuhause schien mir ein guter Plan zu sein.

Bei meinem Versuch, der kurzen, geheimnisvollen Nachricht meines Mannes nachzuspüren, hatte ich von Steve ein paar Einzelheiten bezüglich James' Hauskauf erfahren, einschließlich des Namens des Maklers, über den er die Sache hatte laufen lassen.

Ich hatte herausgefunden, dass Steve derjenige war, der sich für James um alles gekümmert hatte, als dieser ihm sein Vorhaben auseinandersetzte. Seinen Plan, Marisal zu kaufen.

Zwar sagte ich Steve, er hätte mich vielleicht zurate ziehen sollen, doch er versicherte mir, James sei bei gesundem Verstand gewesen, als dieser ihn vor etlichen Monaten anwies, das Haus zu kaufen, nachdem er entdeckt hatte, dass es versteigert wurde.

Finanziell war es ein gutes Geschäft gewesen. Das Geld stammte aus James' eigenen privaten Mitteln, vom Verkauf seines Designbüros, also hatte er die Villa ohne Weiteres kaufen können. Es hatte keine finanzielle Belastung für uns verursacht, was eine Erleichterung war. Ich wünschte nur, er hätte mir erzählt, was er tat, oder was er sich dabei gedacht hatte. Es fühlte sich nicht richtig an, gerade jetzt unser Zuhause zu verlassen und auf eine spanische Insel zu fliegen. Besonders wenn mir der Sinn einzig und allein danach stand, mich das ganze nächste Jahr im Bett zu verkriechen. Wenigstens wenn ich träumte, war James immer noch da. Vielleicht hatte er das befürchtet.

Was einem niemand über den Tod erzählt, ist, welchen Tribut er von der Leber fordert. Ich wusste einfach nicht, wie ich ihm nüchtern die Stirn bieten sollte. Und es wurde so viel schlimmer, als Sage ging. Mir war nicht ganz klar gewesen, wie sehr ich mich für sie zusammengerissen hatte, bis sie nicht mehr da war.

Die andere Sache, die einem keiner erzählt, ist, was nach der Beerdigung passiert. Wenn keine Aufläufe mehr vorbeigebracht werden und das Telefon nicht mehr läutet. Dann trifft es einen. In der Stille. Wenn man sich wünscht, alles möge einfach *aufhören*, aber das tut es nicht. Die Sonne geht weiter auf. Die Gezeiten wechseln weiter. Die Vögel singen weiter. Und die Post kommt auch immer weiter.

Ich zuckte zusammen, als die Post durch den Briefschlitz kam und auf dem Haufen landete, den wegzuräumen ich mich am Tag zuvor nicht hatte aufraffen können. Reklame. Werbeprospekte von Wochenblättern. Kataloge.

Ich musste mich zusammenreißen, um nicht die Tür aufzumachen und dem Postboten hinterherzuschreien, etwas Respekt zu zeigen. Dass ich im Moment kein verfluchtes Fensterputz-Sonderangebot zum halben Preis bräuchte; ich bräuchte mehr Wodka und vielleicht könnte er den dazulegen, wenn er morgen wieder seine Runde machte?

Doch das tat ich nicht. Stattdessen saß ich nur auf der Treppe und starrte die braunen Kuverts an, diejenigen, die an James adressiert waren, und weinte.

Obwohl wir alles auf meinen Namen umgeändert hatten und den Rest abbestellt, war es, als hätte niemand zugehört, denn sie kamen weiterhin, an jemanden adressiert, der nicht mehr hier war.

Es sind diese kleinen Demütigungen, die einen in den Wahnsinn treiben.

Wenn das Telefon in jenen ersten Wochen läutete, waren es gewöhnlich meine Mutter oder Allan, die sich nach mir erkundigten. Als läge ich im Koma, mein Körper gefangen in diesem stillen Haus, und sie wollten nur sichergehen, dass ich immer noch atmete.

Das tat ich. *Gerade noch.*

»Was machst du im Moment?«, fragte meine Mum.

Ich hielt inne und betrachtete James' Urne in meinen Händen; ich hatte mir angewöhnt, sie in jedes Zimmer, in das ich ging, mitzunehmen. Er hatte mir gesagt: »Du wirst schon wissen, wann der rechte Zeitpunkt ist, meine Asche zu verstreuen.«

Er würde in unserer Nähe sein wollen, an einem Ort mit Aussicht, das wusste ich. Im Moment behielt ich ihn allerdings nur in meiner Nähe. Ich wusste nicht, ob je der rechte Zeitpunkt kommen würde loszulassen.

Ich glaubte nicht, dass meine Mum es billigen würde, wenn sie davon wüsste. Sie würde wahrscheinlich irgendeine seltsame Zeremonie veranstalten wollen, mit Kristallen oder Ähnlichem.

»Liebling, vielleicht sollte ich wieder vorbeischauen? Vielleicht sollten wir ein bisschen außer Haus?«

Trotz Sages Warnungen war meine Mum nicht aufzuhalten. Sie kam immer wieder vorbei, selbst wenn wir nur auf dem Sofa saßen, ohne viel zu reden, und größtenteils versuchten, keinen Streit vom Zaun zu brechen. Doch jedes Mal, wenn sie vorbeischaute, brachte ich James' Urne in ein anderes Zimmer. Wenn es mir schon nicht erspart blieb, bestand kein Grund, weshalb er es über sich ergehen lassen sollte. Ich fand, dass er schon genug um die Ohren hatte, da er doch tot war und so.

Der einzige Ort, der schlimmer war als zu Hause, war allerdings »außer Haus«.

Außer Haus war riesengroß; die Welt rauschte vorbei, und Menschen lachten und redeten und stießen mit einem zusammen, und keiner merkte oder kümmerte sich darum, dass einem das absolut Schlimmste auf der Welt zugestoßen war. Dass man einen Blick in die Hölle geworfen hatte und immer noch auf den Beinen stand. Bloß dass es keine verräterischen Trümmer oder aber eine Explosion gab, die es den anderen einsichtig machen konnte, nur die kaputte Hülle von einem selbst, die übrig geblieben war.

Für andere war es auch nicht gut, wenn ich außer Haus ging. Es war kein Spaß für die Menschen, die das Pech hatten, mir in die Quere zu kommen. Ich hatte diesen Schalter verloren, der einen davon abhält, den Leuten zu sagen, was man *wirklich* denkt.

Im Grunde war es zu Hause also am besten. Wenn ich zu Hause war, konnte ich lügen. Ich war ziemlich genial im Lügen geworden, beim Vorspiegeln, es ginge mir »eigentlich prima«. Ja, mein Leben sei ereignisreich und recht voll. Natürlich sei es niederschmetternd, aber ich sei schließlich vorbereitet gewesen. Ich würde es überleben. Ich würde es schon schaffen. Was natürlich reines Wunschdenken war.

Ich dachte mir, dass die Leute gern von Fortschritten hören. Wenn sich keine Fortschritte einstellen, wird ihnen unbehaglich zumute. Als Mensch, der es von jeher allen recht machen will, schien mir das Lügen die beste und die einfachste Vorgehensweise.

Folglich erzählte ich meinem Freund Terry, dass ich mir diesen Zumbakurs, der seiner dreiundsiebzigjährigen Freundin Steph nach dem Tod ihre Mannes geholfen hatte, ansehen *würde*, auch wenn ich eigentlich nur vorhatte, an dem Abend weiter Wodka zu trinken. Ich sagte meiner Mum, dass ich mich bei dieser Therapeutin melden würde – deren Nummer sie am Kühlschrank hinterlassen hatte –, auch wenn ich stattdessen eine Übungsrunde mit James' Asche machte, wobei James die Therapeutenrolle übernahm.

»Du bist deprimiert, weil ich tot bin? Wie *seltsam.*«

»Ich weiß, es ist total schockierend. Es ist fast einen

Monat her. Wenn das hier ein Roman wäre, hätte ich längst beim Wohltätigkeitsbasar der Pfarrgemeinde den Kuchen-Wettverkauf gewinnen müssen, weißt du?«

»Ja, aber du backst gar nicht, schon vergessen?«

»Stimmt.«

»Vielleicht *solltest* du es mit einer Therapie versuchen?«

»Vielleicht … *oder* ich könnte einfach noch etwas Wein trinken?«

»Klar, das funktioniert auch …«

Am schlimmsten war allerdings, dass ich Sage belog, wie gut ich zurechtkäme, während ich mir Sorgen machte, wie sie zurechtkam, und hoffte, dass sie nicht auch nach und nach zerbrach. Doch sie schien auf ihre eigene Art klarzukommen, verbiss sich in ihr Studium, verbrachte Zeit mit ihren Freunden. Also erzählte ich ihr nicht, dass an manchen Tagen meine einzige erwachsene Handlung darin bestand, mich bei ihr zu melden, um zu sehen, ob bei ihr alles in Ordnung war. Dann legte ich auf und weinte und kroch wieder mit James' Urne ins Bett zurück.

Um die Schatten zu vertreiben, sah ich mir viel Schund im Fernsehen an, auch wenn ich nicht recht weiß, ob ich viel davon aufnahm. Vielleicht weil ich größtenteils dazu trank, während Allan ab und an vorbeischaute, genau wie meine beste Freundin Hannah. Ihre Besuche machten mir nichts aus. Hannah kam alle zwei Tage vorbei, ob ich nun wollte oder nicht, wie eine Pflegekraft, die sicherstellte, dass ich mich nicht wundlag. So war sie eben. Sie nahm es nicht krumm, wenn ich mit seit einer Woche nicht gewaschenen Haaren an die Tür kam, dabei James'

Bademantel trug, einen Drink in der Hand, und seufzte, »Oh, du bist's«, weil sie in eine Folge von *Doctor Who* platzte.

Sie nickte nur. Und lenkte mich dann in Richtung Dusche.

Hannah war meine älteste, Erzähl-mir-keinen-Bullshit-Freundin. Die Sorte kennt wohl jeder.

Sie war diejenige, die mir so gut wie alles sagen konnte, und die Dinge in mir sah, die ich selbst nicht über mich wusste. Die alles durchschaute, was ich sagte.

Sie war tough. Nahm kein Blatt vor den Mund. Ein Energiebündel. Gütig zu denen, die ihr am Herzen lagen. Der restlichen Welt gegenüber verhielt sie sich ziemlich furchterregend.

Hannah war es, die mir sagte, ich solle Marisal besuchen.

Gerade als ich glaubte, klasse im Lügen geworden zu sein.

»Dir geht's verdammt noch mal nicht prima«, sagte sie und betrachtete mich, einen Monat, nachdem ich von dem Haus erfahren hatte.

»Doch.«

In ihren Augen blieb Zweifel. »Charl, du siehst wie ein Gespenst aus, du bist furchtbar dünn, zerbrechlich dünn, als würdest du dahinsiechen. Er würde das nicht wollen, dass du dich hier wie Miss Havisham oder so jemand verkriechst.«

Ich knirschte mit den Zähnen. »Was hast du erwartet, Han? Dass ich längst beim örtlichen Bingo und Backwettbewerb mitmische? Mein Mann ist *gestorben* – es tut mir leid, wenn ich mich nicht einfach mit einem verfluchten Fingerschnippen zusammenreißen kann.«

»Du weißt, dass ich das nicht gemeint habe.«

Beleidigt sah ich aus dem Fenster, während sie fortfuhr. »Keiner erwartet von dir, dass alles *okay* ist, aber du musst das nicht allein durchstehen. Abgesehen davon finde ich, dass du hinfahren und dir das Haus, das er gekauft hat, ansehen solltest. Es tut dir vielleicht gut wegzukommen. James …«

»Hat nicht nachgedacht.« Ich verschränkte die Arme. »Ich kann nicht einfach zu irgendeiner verfluchten spanischen Insel fliegen und anfangen, in einer Villa Highlife zu machen – das hier ist keine bescheuerte Liebeskomödie, es ist das echte Leben.« Ich atmete bebend ein. »Ich habe nie etwas davon gewollt, Han – nicht ohne ihn.«

Und da begann das Schluchzen. Ich war wütend. Wütend auf James. Wütend auf die abtrünnige, mutierte Zelle in seinem verräterischen Körper, der entschieden hatte, vor mir das Zeitliche zu segnen. So sollte es nicht sein. Wie sollte ich ohne ihn weitermachen?

Hannah legte die Arme um mich. »O Gott, Charl, es tut mir leid, dass ich dich zum Weinen gebracht habe. Du bist schon immer eine harte Nuss gewesen.«

Halb schluchzte ich, halb lachte ich. »Nicht mehr.«

Sie lächelte, strich mir das Haar zurück und holte dann meine Tasche, in der ich die Zigaretten aufbewahrte, von denen ich ihr nicht erzählt hatte. »Sollen wir im Garten eine rauchen gehen?«

Woher hatte sie es gewusst?

Ich lachte. Es erinnerte mich daran, als wir dreizehn

waren, das erste Mal, als wir genau das mit den Kippen ihrer Mutter gemacht hatten: wie wir uns nach draußen geschlichen und sie gepafft hatten.

»Ich werde sie aber mitnehmen, wenn ich gehe«, erklärte sie streng, nachdem sie mir eine angezündete Zigarette gereicht hatte. Ich nickte. Sie hatte recht, wie üblich. Manche Dinge wollte ein Mensch nicht, wenn der Ehemann an Krebs gestorben war: sich eine Sucht zulegen, von der man auch Krebs bekommen und das einzige Kind zur Waisen machen konnte. Verdammte Hannah. Wie schon gesagt, der Tod ist die absolute Hölle für die Leber.

Schließlich kaufte ich das Ticket um zwei Uhr morgens, nachdem ich den letzten Rest Whisky geleert hatte, eingemummelt in James' Bademantel, bei dem ich mir vormachte, er röche immer noch nach seinem Aftershave. Eigentlich war ich mit Erwägungen beschäftigt gewesen, mich mit seiner Urne in den Händen von der nächsten Brücke zu stürzen, damit wir gemeinsam abtreten könnten. Stattdessen nach Formentera zu reisen, schien die vernünftigere Option.

Ein paar Tage später fuhr Allan mich zum Flughafen und murmelte alles Mögliche, während wir die Autobahn entlangbretterten.

»Du hast deinen Pass, Twig? Und die Tabletten gegen Reisekrankheit für die Fähre? Was ist mit Handtüchern, ich bezweifle, dass es dort so was gibt, hast du daran gedacht, welche einzupacken? Vielleicht hättest du stattdessen einfach ein Hotel buchen sollen? Und wenn es dort keinen Strom oder fließendes Wasser gibt und du festsitzt? Vielleicht sollte ich mitkommen? Ich kann nicht zulassen, dass du einfach allein durchbrennst.«

Er sagte das alles recht schnell, und ich starrte ihn an, während sich allmählich Panik in mir breitmachte. Seine Nervosität war ansteckend.

Ich hatte eine Tasche für eine Woche gepackt, obwohl ich keinen Rückflug gebucht hatte. Die Logik dahinter lautete, dass ich nicht zu sehr auf einen bestimmten Rückreisetermin festgelegt sein wollte. Auch wenn ich Allan versprochen hatte, dass ich dem Ort eine Chance geben würde, bevor ich nach Hause zu meinem Bademantel, dem Whisky und den illegalen Kippen zurückkehrte. Ohne gebuchten Rückflug konnte ich mich wenigstens, wenn ich wollte, gleich in den nächsten Flieger nach Hause setzen.

3

Die Luft roch nach Ozean, wildem Rosmarin und diesem ersten Flüstern des Sommers.

In der Luft lag eine Wärme, die nach der Londoner Kälte überraschend war und dazu führte, dass ich meine Jacke über den Arm hängte und meine Haut vor Schweiß kitzelte. Ich hatte für das Wetter definitiv nicht angemessen gepackt. Es war schwierig gewesen, mir nach einem derart langen, harten Winter Sonnenschein vorzustellen.

Ich hatte im Hafen von La Savina angelegt, wo es von Bars und Touristen, die Mopeds und Fahrräder mieteten, nur so wimmelte, alle voller Urlaubsgedanken. Ich wollte schleunigst fort von den Sonnenhungrigen, weg von dem leichten Lächeln und dem verwirrten Blick von Menschen, die etwas in mir sahen, vielleicht etwas, das ihnen zeigte, dass ich nicht dazugehörte.

Viel hatte ich nicht, woran ich mich halten konnte, bloß den Namen des Hauses und dass es sich in einer Gegend befand, die als Can Marroig bekannt war, eine der besonders abgeschiedenen Ecken von Formentera. Ich hatte es geschafft, ein Taxi zu ergattern, und es hatte an der Straße gehalten, wo sich meine Villa dem Fahrer zufolge eigentlich befinden müsste. Ich winkte ab und sagte ihm, ich würde den restlichen Weg zu Fuß gehen. Meinen Fehler erkannte ich erst, als ich eine lange, karge

Straße entlangwanderte, die sich eine halbe Meile weit erstreckte, gesäumt von niedrigen Steinmauern und Ackerland.

Mein Koffer war klein und hatte Räder. Ich latschte den heißen Asphalt entlang und zerrte ihn hinter mir her, während ich mir den Schweiß aus den Augen wischte.

Allerdings war ich dankbar, dass es hier keine Menschen gab. Endlich konnte ich atmen und aufhören, ein gezwungenes Lächeln aufzusetzen. Ibiza war eine Überlastung für meine angespannten Sinne gewesen, und auf der Fähre hatte es sich im Grunde ähnlich verhalten. Zu viele Partygänger, aufgedrehte Teenager und Menschen, deren Glück meinen eigenen tiefen Kummer nur zu unterstreichen schien, als wären sie in Farbe, während ich zu Schwarz-Weiß verblasst war. Es war eine Erleichterung, weg von all dem zu sein. Mein Gesicht in seine behaglichen, wenn auch allzu vertrauten Sorgenfalten gleiten zu lassen.

Unterwegs kam ich an weiß getünchten Häusern vorüber, manche modern, manche heruntergekommen und alt. Dieser ältere Teil der Insel schien fast wie ein von der Zeit vergessener Ort, was meine Erleichterung noch verstärkte.

Als ich einen leichten Hang hinaufging, erblickte ich sie. Zuerst nur den Rand des Hauses – und dann war sie da: eine kleine weiße Villa, mit blassrosa Bougainvillea, die sich um die alten Steinmauern rankte.

Marisal.

Die Natur hatte in dem kleinen Vorgarten die Oberhand gewonnen; es gab Hecken und Unkraut, die den

Weg verdeckten, und neben der Haustür stand ein großer Orangenbaum, schwer mit Obst, dessen Duft einen Vorgeschmack auf den Sommer bot.

Ich bückte mich neben dem Baum, um nach dem dicken blauen Blumentopf zu suchen, in dem sich, wie man mir gesagt hatte, der Schlüssel zur Villa befand.

Im Brief des Maklers hatte kaum etwas über den derzeitigen Zustand des Hauses gestanden, und jetzt erkannte ich warum; vielleicht hatte er befürchtet, ich könnte es mir anders überlegen. Selbst wenn das nicht allzu wahrscheinlich gewesen war. Schließlich war es der letzte Wille meines Ehemannes gewesen, das Haus für mich zu kaufen, damit ich herkam.

Es war sowieso egal, in welchem Zustand es sich befand. Dieses Haus war früher einmal im Besitz meiner Familie gewesen, und ein Teil von mir wurde das Gefühl nicht los, dass ich mehr als nur vier Steinmauern vor mir hatte.

Ich öffnete die verwitterte Tür, die alt war und klemmte. Die Luft im Inneren war modrig, dieser Geruch von jahrelanger Nachbarschaft zum Ozean, der mich an Kindheitssommer an der Küste erinnerte. Ich ging zu dem kleinen Fenster vorn und öffnete einen der Läden, sprang dann zurück, als er auseinanderfiel und auf die Steinplatte bröckelte. Nun drang warmer, zitronenfarbener Sonnenschein ins Haus und erweckte die Schatten zum Leben. Die meisten Möbel waren von einer unglaublich dicken Staubschicht bedeckt, die mich zum Niesen brachte. Man hatte mir gesagt, das Haus sei auf einer Auktion versteigert worden, nachdem der letzte Bewohner, wer auch immer das gewesen sein mochte, fortgezogen oder verstorben war. Deswegen gab es hier wohl immer noch Möbel. Mein Blick schweifte durchs Zimmer, und mir fiel der Kamin in der Ecke auf, das kleine Fenster, das auf den Ozean hinausging, die dicken Steinmauern und die Kühle im Hausinnern. In der Ecke stapelten sich weggeworfene Zeitungen, und auf dem Fensterbrett standen immer noch mehrere alte Weinflaschen.

Trotzdem war da etwas unter dem Staub, diese Art von Wärme, die manche Häuser an sich haben und die einen willkommen heißt.

Ich ging durch das Haus, vielleicht weniger ehrfürchtig, als ich es mir zuvor ausgemalt hatte, fest überzeugt, dass ich in die Schatten von Geistern treten würde; doch obwohl ich in Schränken und Winkeln nachsah, fand ich keine Spur von ihnen.

In der Mitte der kleinen Bauernküche mit ihrem Holzfeuerofen stand ein kleiner, billiger Resopaltisch, von der Sorte, die mich an Schulveranstaltungen und Jugendherbergen erinnerte. Darauf standen ein neuer Wasserkocher, ein paar Becher, Teller und eine Flasche Spülmittel – Dinge, um die ich den Makler gebeten hatte, als er sich freundlicherweise erboten hatte, etwas für mich zu besorgen.

In der Zimmerecke standen etliche große Wasserflaschen. Das Leitungswasser würde wahrscheinlich salzig sein – jedenfalls stand es so in den Reiseführern. Zu meiner Erleichterung funktionierte der Strom. Später würde ich Allan simsen, um ihm Bescheid zu geben.

Im kleinen Hauptschlafzimmer gab es einen alten

Eisenbettrahmen und eine unbezogene Matratze, die schon bessere Tage gesehen hatte. In der Mitte war sie ein wenig eingesunken, und sie war zur Farbe von abgestandenem, milchigem Tee verblasst.

Die anderen beiden Zimmer wirkten nicht viel besser; beide beherbergten vom Boden bis zur Decke stapelweise ausrangierte Möbelstücke. Das Ausräumen würde Tage in Anspruch nehmen.

Einen Augenblick erwog ich, mir ein Zimmer in einem der Hotels zu nehmen, wie Allan es vorgeschlagen hatte. Wo es frische Laken, einen Fernseher und, vielleicht am wichtigsten, Wodka gab. Ich war auf dem Weg hierher an einem Urlaubsort vorbeigekommen, doch eine Woge der Erschöpfung bewirkte, dass ich mich dagegen entschied. Die Wahrheit lautete, dass ich mich dem Gedränge aus Menschen nicht gewachsen fühlte, nicht jetzt, nicht nachdem ich von all diesen Partygängern umgeben gewesen war, die mit dem Flugzeug nach Ibiza unterwegs gewesen waren.

Auf der Taxifahrt hatte ich die Straße hinunter einen kleinen Laden erspäht, der aussah, als könnte man dort das Nötigste kaufen. Später konnte ich dorthin gehen und ein paar Vorräte besorgen. Ich kehrte ins Schlafzimmer zurück, rollte meinen kleinen Koffer hinein und öffnete ihn. Dann holte ich James' Urne heraus und stellte sie auf den Nachttisch. »Tja, jetzt sind wir hier«, sagte ich und berührte sie. Dann schüttelte ich den Kopf.

»Ich hoffe, du bist zufrieden.«

4

Es war ein seltsames Gefühl, in einem Haus aufzuwachen, von dem ich immer nur gehört hatte.

Als Kind hatte es Spaß gemacht, sich an Tagen, wenn der Regen gegen die Fenster peitschte und der graue Himmel wie ein alter Bluterguss aussah, einen verloren gegangenen, abgelegenen, sonnendurchfluteten Familiensitz vorzustellen.

Doch die Geschichten waren dünn gesät gewesen, sie ließen sich den austernhaften Lippen meiner Großmutter nur bei seltenen Gelegenheiten entlocken, und erst nach viel Bettelei.

Vielleicht war es an jenen dunklen, grauen Tagen auch für sie schwerer; vielleicht versuchte sie an solchen Tagen, sich *nicht* zu erinnern.

Wenn ich die Augen schloss, konnte ich mir vorstellen, wie sie den Namen sagte, beinahe widerwillig. *Marisal.* Den Ozean riechen und die wilden Orangen aus dem Garten, mir die alte weiße Villa ausmalen. Sehen, wie ihre Augen traurig und dunkel wurden, wenn wir das Album mit dem blutroten Vorsatzblatt aus der alten Holztruhe holten, in der sie auch ihre anderen Erinnerungen aufbewahrte, und sie baten, uns davon zu erzählen. Die bräunliche, pergamenthafte Haut ihrer Finger fuhr dann über den dunklen Ledereinband, während sie Allan und mir widerstrebend von unseren katalanischen Wurzeln erzählte. Jedes Wort fiel von ihrem Mund, als bereitete es Schmerzen, als kostete es sie Geld.

Selbst zu der Zeit, als sie starb, wussten wir nur das Allernötigste. Wir wussten, dass unsere Familie, so lange sie denken konnte, auf der Insel gelebt hatte, dass sie ursprünglich aus Mallorca gekommen war und dass ein paar ihrer Verwandten auch auf Ibiza lebten. Die Familie sprach Ibizenkisch, ein Dialekt des Katalanischen. Über die Jahrhunderte war es von vielen Herrschern des Landes zugunsten der gemeinsamen spanischen Sprache verboten worden.

Wir wussten, dass die Familie Alvarez, von der Allan und ich abstammten, rote Haare und Bärte hatte, woher auch mein eigenes rotbraunes Haar stammte. Jedenfalls behauptete das meine Großmutter.

Grüne Augen waren ebenfalls ein gängiges Merkmal. Der Großteil der Familie hatte diese Farbe gehabt, abgesehen von einer Ururgroßmutter, die dunkel und schön gewesen war, mit einem ebenholzfarbenen Wasserfall aus Haaren und mit Augen wie Tusche. Unvermittelt war meine Großmutter verstummt, als ich wegen dieser Frau nachbohrte, und hatte dann die Lippen geschürzt, als habe sie schon zu viel verraten. Man musste behutsam vorgehen und langsam, für den Fall, dass sie sich auf einmal ganz aufs Schweigen verlegte, was nur allzu häufig vorkam.

Als ich mich über das Widerstreben meiner Großmutter, von der Vergangenheit zu erzählen, beklagt hatte, hatte meine Mutter mir gesagt, dass sie alle so seien, nicht nur meine Großmutter, sondern die meisten Menschen, die den Krieg miterlebt hatten. »Niemand von ihnen spricht gern von seinem alten Leben – sie wollen es einfach in der Vergangenheit lassen, und deine Großmutter hat den einen Krieg hinter sich gelassen, nur um hierherzukommen und den nächsten zu erleben …«

Es konnte nicht leicht gewesen sein, das wusste ich, die Heimat inmitten eines schrecklichen Bürgerkriegs zu verlassen, zu flüchten, bloß um sich inmitten eines der schlimmsten Kriege der Geschichte wiederzufinden, dem Zweiten Weltkrieg, nur ein paar kurze Jahre später. Es war ungerecht. Und es war keine große Überraschung, dass sie nicht darüber hatte reden wollen, wenn man bedachte, wie viel Leid und Kummer sie erlebt hatte, wie viel sie mit angesehen hatte. Aber es war auch schade, dass sie uns nicht eingeweiht hatte, denn als sie tot war, war es das – ein für immer geschlossener Deckel über jenem Teil unserer Familiengeschichte.

Während ich mich umsah, wurde mir klar, dass es so viel gab, was ich nicht über diesen Ort wusste. Wer waren die Menschen gewesen, die ihn einst ihr Zuhause genannt hatten?

Wer war die geheimnisvolle dunkelhaarige Verwandte, über die meine Großmutter nicht hatte reden wollen?

Das Haus selbst bot keine echten Anhaltspunkte.

Ich stand auf, immer noch in James' altem Bademantel, den ich teils als Schutz gegen die unbezogene Matratze trug, teils weil ich mir einredete, er röche immer noch nach ihm, selbst wenn das mittlerweile unwahrscheinlich war, da ich ihn seit seinem Tod zu oft angehabt hatte. Wenn er jetzt nach irgendetwas roch, dann nach mir. Die Sonne stand hoch am Himmel, und das Licht war ins Zimmer gedrungen, sodass die Luft warm und schläfrig war. Nach einem Glas Wasser machte ich mich daran, das Haus zu lüften und einige der dicken Staubschichten in Angriff zu nehmen. James' Urne ließ ich währenddessen im Schlafzimmer.

Ich zog mir eine Jogginghose an, die früher ein wenig eng gewesen war und jetzt an mir herunterhing, und schnitt eine Grimasse, als ich im Spiegel an der Wand einen Blick auf mich erhaschte. Ich sah gehetzt aus, unsicher, selbst in meinen eigenen Augen. Dann schaute ich weg und hielt mir den Hemdkragen vor den Mund, während ich den Staub wegwischte. Als es später am Vormittag an der Tür klopfte, hatte ich noch immer keine großen Fortschritte erzielt.

Ich öffnete die Tür und schirmte die Augen vor dem grellen Sonnenschein ab, da trat ein kleiner Mann in mein Blickfeld, der trotz des heißen Tages einen dunkelgrauen Wollanzug trug.

Sein Haar war wie Stahlwolle, und er hatte gütige, faltige Augen. Er hatte eines dieser Gesichter, dessen Alter man nur erraten konnte; irgendetwas zwischen Anfang sechzig und achtzig.

»Charlotte?«, fragte er, und seine Stimme war beschwingt und melodiös und so warm wie der Sonnenschein, der in das kühle Hausinnere sickerte.

Ich nickte.

»Ich bin Escobar de Riba.«

»Hola, Señor.« Ich erkannte den Namen des Maklers wieder.

»Ich komme, um nachzusehen, ob alles okay ist. Die *finca* sagt Ihnen zu?«

»Finca?«, fragte ich.

»Das Bauernhaus?« Seine Augenbraue zuckte in die Höhe.

»Ach so«, erwiderte ich mit einem Grinsen.

Sein Englisch war ziemlich gut, stellte ich erleichtert fest. »Prima, danke – und danke für alles.« Ich wies auf die Vorräte, die er gekauft hatte – einschließlich meines neuen Wasserkochers und der Becher.

»Keine Ursache.« Er zögerte, legte die Stirn in Falten und räusperte sich dann, während er mich ein wenig nervös anstarrte.

»Ich …« Er hielt inne, schüttelte dann den Kopf und bedachte mich mit einem höflichen Lächeln, während er einen Schritt zurückwich.

»Was?«, fragte ich verwirrt.

»Es ist nur so, dass ich nicht umhinkam, mir Gedanken um Sie zu machen. Tja, nach allem.«

Ich runzelte die Stirn. »Sie haben sich Gedanken um mich gemacht?«

Sein Gesicht errötete ein wenig. »Ja. Es tut mir leid. Ich habe mir Gedanken um Sie gemacht, nachdem ich mit Ihrem Gatten gesprochen hatte …«

»Sie haben mit James gesprochen«, wiederholte ich verwirrt.

»Viele Male.« Seine Augen wurden traurig. »So ein guter Mann, wie ich fand. Es hat mir leidgetan, von seinem Tod zu hören.«

Meine Augen brannten. Ich konnte nur nicken, zum

Himmel hochsehen und verzweifelt versuchen, nicht vor diesem wohlmeinenden Fremden in Tränen auszubrechen.

»Eigentlich ist das der Grund, warum ich heute hier bin«, sagte er und schenkte mir dann dieses Lächeln – dasjenige, das mir jeder seit seinem Tod schenkte, voller Bedauern. »Ich will Ihnen das hier geben.«

Es war noch ein Brief.

5

Mit zitternden Fingern zog ich das Papier aus dem Kuvert.

Mein Schatz,
Okay. Du bist also sauer auf mich. Ich weiß. Es tut mir leid.
Ich wollte alles gleich erklären – du weißt ja, wie ich mit Geheimnissen bin. Unmöglich. Aber ich wusste, dass du erst selbst hierherkommen musstest.
Auf die Insel, meine ich. Und wenn du das hier liest, dann bist du dort, was irgendwie unglaublich ist.
Es konnte nicht ich derjenige sein, der dir befahl hinzufahren – auch wenn sich »Süße, ich habe dir ein Haus gekauft« wahrscheinlich ein wenig so angefühlt hat. Ich hoffe, dass du dich nicht gedrängt gefühlt hast – darum ging es mir nicht.
Okay, das ist eine Lüge, ein bisschen geht es schon darum – ich wollte dich drängen, allerdings subtil. Und darf ich sagen, auch mit einer Portion Geheimnis? Einsatz Sean Connerys Stimme … Wie dem auch sei, ich wollte mir nicht die monumentale Liste an Gründen anhören müssen, die du gegen die Reise angeführt hättest.
Ich Schlaumeier, nicht wahr?
Aber im Ernst, du hast mittlerweile bestimmt erraten, dass ich einfach nicht wollte, dass du zu Hause bist und verloren vor

dich hinsiechst. Ich glaube, das ist der Gedanke, der mich am meisten umbringt.
Ja, ich weiß schon. Schlechter Witz.
Also wie dem auch sei, Folgendes sollst du tun, in Ordnung? Ich möchte, dass du darüber nachdenkst zu leben, richtig zu leben, tja und eine Insel kurz vor Spanien hört sich in meinen Ohren ziemlich klasse an. Auch wenn ich dich kenne und du dich sträuben wirst, aber tu's nicht, okay?
Ich hoffe, dass es Spaß macht oder zumindest so etwas wie Spaß. Das vergangene Jahr ist die Hölle gewesen, Punkt, aus. Mich freut das Wissen, dass du etwas Positives machst, etwas, das dir ein wenig Freude bringt, wie ich hoffe.
Dazu habe ich ein bisschen herumgeschnüffelt, während ich hier festsitze – mit Steves Hilfe. Anscheinend ist das Haus von irgendwelchen Hippies bewohnt worden, die es vor einer Weile aufgegeben haben, also ist leider nicht so viel darin, was deiner Familie gehört und Anhaltspunkte bieten könnte. Aber Steve hat einen Detektiv angeheuert. Ich weiß, das hört sich total krimimäßig an – und du weißt ja, wie sehr ich das liebe. All die Kriminalromane, die ich in der Badewanne gelesen habe …
Wie dem auch sei, er hat den Vorfahren deiner Großmutter nachgespürt und, tja, er hat etwas Interessantes herausgefunden. Wie sich herausgestellt hat, lebt ihre Schwester immer noch auf der Insel. Sie heißt Maria de Palma. Hast du überhaupt gewusst, dass sie eine Schwester hatte?! Ich bin mir sicher, dass du es mir gegenüber nie erwähnt hast. Hier ist ihre Adresse. Anscheinend weiß sie viel mehr, als sie dem Detektiv verraten hat. Man sagt mir, die Einheimischen seien ein wenig wie deine liebe Gran, wenn es darum geht,

über sich und die Vergangenheit zu reden – nämlich sehr verschlossen.
So oder so wirst du dort eine Familienangehörige haben, die du kennenlernen kannst – was ein guter Anfang ist. Ich wünschte, ich wäre dort, um zu helfen – vielleicht geschieht es hiermit.

Ich liebe dich.
J.

Anschließend wusste ich nicht, was ich empfand. Nein, das stimmte nicht. Ich hatte beinahe das Empfinden, nur einen Augenblick lang, als wäre James hier bei mir. Der Brief war so *er*. James erhellte immer jedes Zimmer, brachte einen so sehr zum Lachen, dass man Zeug aus der Nase schnaubte. Es war, als würde ich nach all dem Schweigen wieder seine Stimme vernehmen, und alles, was ich tun konnte, war schluchzen. Und da wurde ich wütend. Ich konnte nicht anders.

Für James war das hier wie eine Art Spiel gewesen, aber für mich war es real. Ein richtig großer, schmerzender Teil von mir wollte tatsächlich einfach nur ein Jahr lang ins Bett kriechen und nicht eher aufstehen, als bis die Qual seines Verlustes zu etwas Erträglichem geworden war. War das nicht mein Recht? Ich wollte nicht auf dieser hellen, schönen, von Hippies in Besitz genommenen Insel sein und versuchen, eine Verbindung zur Vergangenheit meiner Familie zu finden. Jedenfalls noch nicht.

Also holte ich seine Urne, stellte sie in den Kleiderschrank und machte die Tür zu. Im Moment konnte ich ihn nicht um mich haben.

Dann ging ich spazieren, auf der Suche nach Handyempfang. Etwa eine halbe Meile vom Haus entfernt wurde ich fündig. Ich simste Allan und Sage und schrieb ihnen, dass ich sicher und gesund eingetroffen war, schickte ihnen ein paar Schnappschüsse, die ich machte, während ich dort stand. Einen von dem Haus und der umgebenden Landschaft und dem türkisfarbenen Ozean, während mein Gehirn die Schönheit noch nicht einmal registrierte. Von James' Brief erzählte ich ihnen nichts, jedenfalls noch nicht.

Später ging ich zu dem kleinen Laden in der Nähe. Er hatte staubige Regale, vollgestopft mit Lebensmittelkonserven und Kosmetikartikeln. Ein alter Mann mit einem Gesicht wie ein zerknittertes Geschirrtuch, der einen verblassten schwarzen Hut schief auf dem Kopf trug, saß auf einem kleinen Schemel vor dem Geschäft und beobachtete die Passanten. Gelegentlich unterbrach er allerdings seine Wache, um eine Runde Domino mit einem kleinen Jungen mit lachenden braunen Augen zu spielen. Der alte Mann stellte sich als Francisco vor und den Jungen als seinen Enkel Andreas.

Ich holte ein paar Dinge aus den Regalen – Tee, eine Packung Zitronenkekse, die von einer dünnen Staubschicht bedeckt war, ein paar Putzutensilien, einen Korb und, wie sich herausstellte, Franciscos hausgemachten Wein. »Der kuriert alles«, sagte er mit einem wissenden Blick. »Nehmen Sie nur so viel«, warnte er und mit seinem dicken Finger zeigte er die Menge an der Flasche an, als wäre er Apotheker. Er starrte mir in die Augen, als ich zahlte, und ich sah weg und fragte mich, wann der Schmerz darin nicht mehr so offensichtlich sein würde.

Um drei Uhr morgens, nachdem ich mehr als Franciscos empfohlene Dosis Wein genossen hatte und mich besser fühlte, ging ich James holen.

»Sieh mal. Es tut mir leid, dass ich sauer gewesen bin«, sagte ich und stellte seine Asche mit einem erleichterten Seufzen auf den Nachttisch. Mit dem Wissen, dass er im Kleiderschrank steckte, konnte ich nicht einschlafen. Er hatte es nicht verdient, zumal er nur versuchte, auf mich zu achten. »Ich weiß, dass du es gut gemeint hast, aber Schatz, das hier kommt mir verrückt vor, allein schon meine Anwesenheit hier.«

Ich hatte längst aufgegeben, mir darüber Gedanken zu machen, wie verrückt ich mich mit seiner Asche benahm. Wenigstens war niemand da und sah es mit an. Eigentlich waren da nur er und ich, und selbst zu Lebzeiten war James an meine Absonderlichkeiten gewöhnt gewesen. Es war bestimmt keine Überraschung für ihn, dass sie sich jetzt, da er tot war, noch verschlimmert hatten. Dass ich eine Kerze anzünden musste, bevor ich mit dem Schreiben anfing. Oder dass ich nicht einschlafen konnte, wenn die Bettdecke nicht gerade lag. Jetzt funktionierte ich nicht, ohne seine Asche in jedes Zimmer mitzunehmen, das ich betrat.

Erst nachdem er wieder da war, wo er hingehörte, an meiner Seite, dachte ich darüber nach, was er in dem Brief geschrieben hatte – dass meine Großmutter eine

Schwester gehabt hatte. Eine Schwester, von der sie nie gesprochen hatte. Trotz allem war ich neugierig. Hatte diese Verwandte die ganze Zeit über hier auf der Insel gelebt? Und wenn ja, warum hatte meine Großmutter sich nicht mit ihr in Verbindung gesetzt – oder war nach dem Krieg hierher zurückgekehrt? Aber vielleicht war sie das ja? Vielleicht hatte sie es mir nur nie erzählt. Aber warum nicht? Und warum hatte sie sie uns gegenüber nie auch nur erwähnt?

»Es ist tatsächlich ein Rätsel«, erklärte ich ihm.

6

Am Morgen setzte der zitronenfarbene Sonnenschein früh ein und sandte kleine staubige Regenbogen durch die geschlossenen Fensterläden. Die Luft duftete nach Oliven, wildem Rosmarin und Salz, was meine Sinne während des Schlafens anregte und mir längst vergangene Sommer und sonnengeküsste Erinnerungen mit James in den Sinn brachte.

Überall hier roch es nach dem Meer, und nachts bildete es noch dazu die einzige Geräuschkulisse.

Die Wärme hinter meinen Augenlidern ließ mich blinzeln, und ich seufzte, als mir wieder einfiel, wo ich war. Ich hätte schwören können, dass ich manchmal im Schlaf James' Stimme hörte, als wäre er gleich neben mir und wartete darauf, dass ich aufwachte. Gewöhnlich stimmte es mich traurig, wenn ich dann tatsächlich wach wurde und den schmerzhaften Streich erkannte, den mir mein Gehirn spielte, besonders wenn mein Blick auf seine Asche fiel.

Ich stand aus dem Bett auf und berührte die Urne. Meine Großmutter sagte früher immer: »Wenn du sonst nichts für den Tag tun kannst, mach dein Bett.«

Es war ein guter Rat. Es war nur schade, dass es beinahe vierzig Jahre gedauert hatte, bis ich begriff, was sie damit meinte. Ich kochte Kaffee, während ich James mit mir in die Küche nahm, und entschied, dass mein erster Tagesordnungspunkt war, etwas zu finden, das sich abgesehen von James' Bademantel auf das Bett legen ließ. Dann würde ich mit dem Hausputz fortfahren. Wenn Hannah, Allan oder Sage anriefen, konnte ich so zumindest sagen, dass ich etwas Produktives mit meiner Zeit anstellte, anstatt mit der Asche meines verstorbenen Ehemannes zu reden und langsam die Woche auszusitzen, die ich dem Ort geben würde, wie ich Allan versprochen hatte, bevor ich mich wieder in meinem eigenen Bett zu Hause auf dem Land in Surrey verkriechen würde.

Als ich in dem kleinen Laden vorbeischaute, um ein paar Auskünfte und etwas Paracetamol zu bekommen, erklärte Francisco mir, wohin ich mich wegen der Bettwäsche wenden könne, und quittierte meinen leicht verkaterten Zustand mit einem Kopfschütteln. »Das Zeug hat es in sich, ich habe Sie gewarnt.« Er goss mir auf der Stelle ein Glas Wasser ein, damit ich zwei der Tabletten, die er in der Handfläche hielt, nehmen konnte. Ich griff dankbar danach und ging mit einem verlegenen Lächeln und dem Versprechen, es das nächste Mal langsamer anzugehen.

Die Sonne war warm auf meinen Schultern, als ich am Nachmittag zum Hafen in La Savina ging, während mein Kopfweh endlich nachließ. Ich entschied, dass ich mir für die restliche Woche entweder ein Fahrrad ausleihen musste oder Blasen vom Gehen in meinen Sandalen in der sengenden Sonne riskieren würde. Dennoch war der Spaziergang angenehm, die Luft mild mit einer kühlenden Brise. Dementsprechend hob sich meine Laune.

Ich nahm den Duft nach Paella, Salat direkt vom Bauernhof und frisch geröstetem Kaffee aus den Bars und Cafés wahr. Je mehr ich von dem Ort sah, die laut Reiseführer ein Zentrum für millionenteure Jachten, Segelsport und Regatten war, desto mehr konnte ich sehen, dass sie immer noch etwas von der Atmosphäre der vergangenen Hippie-Ära beibehalten hatte. An den Ständen am Strand gab es inmitten des billigen Plunders einzigartige Kunsthandwerksstücke zum Verkauf. Auch waren die Menschen freundlich und entspannt, und ich merkte, wie ich den Tag beim Herumstöbern immer mehr genoss.

Während meines Spaziergangs sah ich Auto-, Motorroller- und Fahrradverleihe und das aufgeregte Gedränge von Menschen, die mit der Fähre eintrafen. Es war eine pikante Mischung, die wie ein Sommerfestival wirkte, ein Schnappschuss vom Paradies, und einen Augenblick kam ich mir wie ein Teil davon vor und war froh, da zu sein, wo ich war.

Als mein Vater verstorben war, hatte meine Mutter mir erzählt, dass der Tod etwas war, womit man umging, nichts, worüber man je hinwegkam, und dass manche Tage leichter als andere waren. Ich war dankbar, dass heute einer jener seltenen leichteren Tage war.

Ich hatte mir ein Fahrrad ausgeliehen und eine besonders hübsche Bettwäschegarnitur in weichem Puderrosa mit grauen Akzenten gekauft. Während ich mir weiter die Stände ansah, lernte ich Isla kennen. Eine Sängerin und Künstlerin Mitte dreißig aus Alabama, die in die alte Hippiekultur zu passen schien, als wäre sie in deren

Generation auf die Welt gekommen, anstatt vierzig Jahre zu jung dafür zu sein. Sie hatte dunkle, von dichten Wimpern umrahmte Augen, einen Stecker mit einem blauen Edelstein in der Nase und halblanges braunes Haar, das ihr in Wellen auf die sonnengebräunten Schultern fiel. Während sie mir ihre Kunstwerke zeigte, bewegte sie sich mit der Grazie einer Tänzerin.

Es waren schöne Meereslandschaften, verträumt und impressionistisch, und ich bückte mich, um sie näher zu betrachten. Besonders eine, von einem einsamen Leuchtturm, hatte es mir so angetan, dass ich sie auf der Stelle kaufte in der Hoffnung, sie werde in den kleinen Korb des Fahrrads passen, das ich mir ausgeliehen hatte. Marisal konnte ein wenig Leben gebrauchen, und Farbe. Der Preis war lächerlich niedrig, und ich kam mir ein bisschen schlecht vor, derart wenig für solch ein wunderbares Werk zu bieten.

»Es ist von dem Leuchtturm am Cap de Barbaria, sind Sie dort gewesen?«, fragte Isla und winkte lässig ab, als ich ihr anbot, mehr zu bezahlen.

Ihre Stimme war weich und besänftigend. Die Art Stimme, die an die Musik in Wellnesseinrichtungen und an heilende Kristalle denken ließ.

Ich schüttelte den Kopf. »Nein, ich habe gehört, dass es ein ziemlicher Weg ist.«

Sie nickte. »Ist es aber wert. Nehmen Sie Wasser mit, das ist mein Rat, falls sie doch hinfahren«, fügte sie mit Blick auf mein Fahrrad hinzu und lachte bei der Erinnerung. »Ich war unvorbereitet. Ich war gestrandet, buchstäblich im Nirgendwo, bin vor Durst umgekommen und habe mich fast auf die ersten Menschen, die ich sah, gestürzt: diese zwei verliebten Wanderer, die einen Moment für sich genossen, bis ich über sie hergefallen bin und nach ihrer Wasserflasche gelechzt habe.«

Bei der Vorstellung musste ich lachen. »Genau so etwas würde mir auch passieren. Danke, das ist ein toller Rat.«

Sie grinste. Sie hatte kleine, sehr ebenmäßige Zähne. »Sind Sie eine Weile hier oder bloß eine Tagesausflüglerin?«

Es gab wohl viele Tagesausflügler von Ibiza, die versuchten, dem Lärm zu entfliehen und sich ein wenig Ruhe zu verschaffen.

Ich schüttelte den Kopf. »Eigentlich bin ich mir da nicht so sicher.«

Sie legte den Kopf schräg, und ihr Haar schwang in einer glänzenden Welle. »Wie geht das denn?«

Ich lachte. »Tja, ich bin wohl länger als einen Tag hier, aber ich weiß nicht recht, für wie viel mehr.« Ich erwähnte noch die Buchung eines einfachen Fluges und das Haus meiner Familie, ging allerdings auf keine weiteren Einzelheiten ein. Irgendwie schien es mir einer Fremden gegenüber nicht das passende Gesprächsthema, wenn ich damit herausplatzte, dass mein Ehemann vor Kurzem gestorben sei und mir ein Haus gekauft habe, das früher einmal meiner Familie gehört hatte.

»Das ist so spontan, find ich toll. Eine Frau ganz nach meinem Geschmack, ohne Zweifel«, sagte sie beeindruckt. »Tja, wenn Sie noch ein wenig hierbleiben, sollten Sie in die Blues Bar kommen. Sie ist gleich da um die

Ecke.« Sie deutete auf eine kleine Straße jenseits der Verkaufsstände. »Ich singe dort mit meiner Band.«

»Sie sind in einer Band?«

»Yeah, es sind bloß ich und Big Jim und seine Frau Sue. Jim spielt Bass, und Sue spielt Keyboard. Ich spiele Gitarre und Tamburin.«

Ich grinste. Natürlich tat sie das.

»Bloß folkmäßiges Indie-Zeug, wissen Sie?«

»Das mag ich. Meine Tochter steht auch auf so was.«

Ihre Augen weiteten sich. »Sie haben eine Tochter? Cool, wie alt?«

»Neunzehn.« Ein kleiner Ruck durchlief mein Herz beim Gedanken an mein kleines Mädchen. Isla sah überrascht aus. »Wow, Sie sehen nicht alt genug aus, um eine neunzehnjährige Tochter zu haben!«

Ich zuckte mit den Schultern. »Ich bin fünfundvierzig, also ist es nicht so merkwürdig.«

Vielleicht hörte sich das für Isla alt an, denn sie sagte: »Dann haben Sie gute Gene.«

Mit einem Schulterzucken entschloss ich mich, das Kompliment anzunehmen. Besonders da ich mich in letzter Zeit immer nur alt fühlte.

»Danke.«

Am Abend spielte ich mit dem Gedanken, in die Blues Bar zu gehen. Just in dem Moment, als ich mir wieder James' Bademantel übergezogen hatte, mit einem Glas von Franciscos Wein zur Gesellschaft, verspürte ich ein schlechtes Gewissen, weil ich genau das machte, was James nicht wollte. Nach der Lektüre seines Briefes konnte ich nicht einmal mehr so tun, als verhielte es sich anders. Ich schlüpfte aus dem Bademantel und machte mich auf die Suche nach einer Jeans und einer Bluse.

Ich überlegte mir, dass es dort Alkohol geben würde und dass etwas anderes als selbst gemachter Wein vielleicht wenigstens eine Abwechslung für meine Leber wäre – und vielleicht auch für meinen Kopf am Morgen.

Die Bar war kaum mehr als eine Strandhütte, mit einem Blechdach, sandigem Boden und im Shabby-Chic-Stil gestrichenen Holzbänken. Es gab Lichterketten und reichlich Menschen, die sich zu der Musik, die Islas Dreimann-Band darbot, im Takt wiegten.

Big Jim, beziehungsweise der Mann, den ich für Big Jim hielt, war tatsächlich ziemlich voluminös, mit einem langen grauen Pferdeschwanz und einem riesigen Batikhemd, das über seinem beeindruckenden Bauch spannte, während er Bassgitarre spielte. Sue sah ein bisschen aus, als könnte sie den Kuchenbasar bei uns zu Hause im Dorf leiten, komplett mit Oma-Löckchen und Pulli, bloß dass sie mit entrückter Miene auf dem runden Gesicht Keyboard spielte. Die beiden waren mir auf Anhieb sympathisch.

Nachdem ich ein Bier bestellt hatte, nahm ich Platz. Isla hörte mitten im Song auf, um mich zu begrüßen. Es war eben die Art Laden, und ich musste grinsen, als mir ein paar Leute zuwinkten.

Isla hatte ein wunderbares Timbre. Wie teure Zigarren gemischt mit erlesenem Brandy. Es war rauchig und süß und seidig weich, und die Songs, die sie sang, waren bewegend, aber dennoch ein wenig verschroben und auch witzig.

Da war einer über einen Mann, der den Winter über im Bauch eines Bären saß, um seinem Bürojob zu entkommen. Ein anderer über ein Mädchen, das unter dem Meeresspiegel in einer Glasstadt lebte. Isla war offensichtlich eine Geschichtenerzählerin, und ich amüsierte mich viel besser, als ich ursprünglich gedacht hatte.

Nach ihrem ersten Set legte die Band eine Pause ein, und Isla, gefolgt von Big Jim und Sue, gesellte sich zu mir. Ich spendierte ihnen eine Runde Drinks.

»Ihr seid alle unglaublich«, sagte ich und meinte es so. »Ihre Stimme, Isla – wow!«

Sie lächelte mich an. »Danke. Wir haben bloß ein bisschen Spaß, wissen Sie?«

»Aber Sie wollen es nicht professionell machen? Sie haben auf jeden Fall das Talent.«

Mit einem Schulterzucken trank sie einen Schluck Bier. »Ja, danke, aber eigentlich nicht …«, wand sie sich.

Big Jim sah mich kopfschüttelnd an. »Sie erkennen sie nicht wieder?«

Isla sah ihn beschwörend an. »Big Jim, nicht …«

»Was?«, fragte ich.

Big Jim betrachtete mich mit seinen runden blauen Augen. »Das hat sie früher schon einmal.«

»Was?«

Sie seufzte. »Es ist schon lange her. Tatsächlich war es in einem anderen Leben. Ja, ich habe mein Bestes getan, um die Sache zu vergessen …«, sagte sie mit einem spitzen Blick auf Big Jim.

Er verdrehte die Augen, ignorierte ihre Einwände und den nicht allzu subtilen Wink zu schweigen. »Kinder! Sie glauben, ein Jahrzehnt wäre ein Leben. Und warum solltest du es vergessen? Du solltest *stolz* sein. Zum Teufel, mich macht es schon stolz, dich nur zu kennen!«

Auf meinen verständnislosen Blick hin erläuterte er mehr. »Haben Sie von den Riddles gehört?«

Ich zögerte. Der Name kam mir bekannt vor.

»Sie hatten einen Hit, ›The Muse‹.« Er summte ein paar Takte, und ich wandte mich mit vor Verblüffung offen stehendem Mund zu Isla und rief: »Das waren Sie?«

Ich hatte doch gleich gedacht, dass ich diese Stimme irgendwoher kannte! Vor ein paar Jahren war dieser Song ziemlich angesagt gewesen. Man konnte nicht das Radio einschalten, ohne ihn zu hören. Sie hatten ihn monatelang ohne Unterbrechung gespielt.

»Ja, was soll's. Das waren ich und mein bester Freund Jules und mein Freund Sebastian. Von bescheidenen Gigs und Übungssessions hauptsächlich in der Garage meiner Eltern gingen wir dazu über, die meisten Tage des Jahres zu touren. Dann, keine Ahnung – wir waren wohl alle ausgebrannt. Und unser Leben drehte sich um alles außer der Musik. Die Plattenfirma wollte eine bestimmte Art von Song, und dann wollten sie, dass wir die kommerziellere Pop-Route einschlagen, und ich konnte einfach nicht mehr. Ich habe bloß gern Musik komponiert und gesungen, wissen Sie? Den anderen Kram wollte ich nicht.«

»Aber könnten Sie nicht ein bisschen von beidem machen?«, fragte ich, weil ich es schade fand, dass niemand außer den Gästen in der Blues Bar sie zu hören bekam.

»Ach ja, ich weiß nicht recht, vielleicht eines Tages.

Ich bin zum ersten Mal seit Jahren glücklich. Es ist mir egal, wenn ich eine Zeit lang keinen Plan habe.«

Ich betrachtete sie und nickte. »Ja«, sagte ich. »Daran muss ich noch arbeiten. Ich bin in der ›Versuchen, es okay zu finden, dass man nicht für alles einen Plan hat‹-Phase«, gestand ich.

Tatsächlich war ich in der »Richtig doll versuchen, nicht völlig in die Brüche zu gehen«-Phase, aber das behielt ich für mich.

Big Jim betrachtete mich, und einen Moment lang hätte ich schwören können, dass mir diese großen blauen Augen direkt ins Herz sahen, denn er berührte mich an der Schulter und sagte: »Na, das ist eine Straße, auf der zu fahren sich lohnt, Süße. Achten Sie nur auf die Schilder, dann kommen Sie schon ans Ziel.«

Halb lachte ich, halb schluckte ich die Tränen hinunter. Ich wurde in Lebensdingen von einem echten alternden Hippie beraten. James hätte das *toll* gefunden.

Ich lauschte ihrem nächsten Set und probierte einen Cocktail namens Pineapple Lady und noch einen namens Ring a Rosé, obwohl ich wusste, dass ich es wahrscheinlich am nächsten Morgen bereuen würde. Es war zwei Uhr morgens vorbei, als ich nach Hause kam, nachdem Big Jim mich in einem ramponierten Nissan Micra gefahren hatte, mein Leihfahrrad im Kofferraum. Er boxte mir gegen den Arm und sagte: »Sie kommen schon klar, Kleine«, bevor ich in die Nacht hinaustorkelte.

Doch als ich zu Bett ging, dachte ich darüber nach, was Big Jim gesagt hatte, dass ich nicht die Schilder an der Straße ignorieren sollte.

Seufzend griff ich abermals nach James' Brief. Er war nicht nur ein Schild, er war eine ganze Straßenkarte. »Ich werde morgen versuchen, sie aufzuspüren«, erklärte ich der Urne. »Und am anderen Teil arbeite ich auch, okay? Heute Abend *hat* Spaß gemacht.«

Nur für den Fall, dass er zuhörte.

7

Beim Gehen drehte ich James' Ring am Daumen. Meine Finger strichen leicht über das verschlungene Muster aus glänzendem und glattem Zickzack, das ich mit einem winzigen Diamanten in der Mitte entworfen hatte, vor mittlerweile über zwanzig Jahren. Ich hatte mir angewöhnt, daran zu drehen, wann immer ich besonders nervös war.

Trotz allem, was ich James in der vergangenen Nacht versprochen hatte, war es bereits Mittag, als ich mich endlich auf die Suche nach Maria de Palma, der Schwester meiner Großmutter Alba, begab.

Von Francisco im Laden hatte ich mir eine Landkarte besorgt, um herauszufinden, wo Maria lebte. Was konnte es schaden, mich ihr vorzustellen? Entweder würde sie mich willkommen heißen oder nicht. Damit würde ich klarkommen. Was hatte ich sonst zu tun, außer zu putzen und an James zu denken?

In der warmen spanischen Sonne fuhr ich vierzig Minuten auf meinem Leihfahrrad durch unberührte Landschaft, die hier und da mit kleinen weißen Häusern an sandigen Straßen gesprenkelt war. Allerdings legte ich häufig eine Pause ein, um einen Schluck Wasser zu trinken. Der Duft nach wildem Rosmarin hing stark in der Luft, zusammen mit dem salzigen Geruch des Meeres, heute ein ruhiges, klares Türkis, das vor den Bändern aus weichen weißen Stränden glitzerte. Begleitet von einer kühlen Brise trat ich in die Pedale.

Ich brauchte fast eine Stunde, um ihr Haus zu finden.

Es war eine Villa mit verblassten blauen Fensterläden, ganz wie meine, umgeben von trockenem Ackerland. Das Haus war in dem vertrauten würfelförmigen Design vieler hiesiger Häuser, eine Bauweise, die es gestattete, die Behausung im Laufe der Jahre zu erweitern, wenn die Familie größer wurde. Vor dem alten Haus war eine von Wein umrankte Holzpergola. Die Trauben, in einem satten Violett, glänzten in der Sonne. Unter ihrem blauroten Schleier war zu erkennen, dass das Haus kühl und dunkel war. Solche Häuser waren für die Hitze und den Wind gemacht, und ich wusste, dass der dicke Stein, genau wie bei Marisal, das Haus selbst an einem heißen Tag wie diesem kühl hielt.

Ein Junge mit dunklem Wuschelkopf, nussbraunen Augen und einem lausbubenhaften Grinsen spielte im Garten vor dem Haus. Er veranstaltete im rotbraunen Sand ein Rennen mit Spielzeugautos und stieß »Brumm«-Geräusche aus, die mir ein Lächeln entlockten. Bei meinem Anblick fing er an, in schnellem Katalanisch zu sprechen, und als ich in einem gemurmelten Mischmasch aus gebrochenem Anfängerspanisch und Englisch antwortete, dass ich nichts verstand, zuckte er nur mit den Schultern und spielte weiter.

Ein Geräusch ließ mich aufblicken. Ich sah eine kleine, runzelige alte Frau mit bernsteinfarbener Haut und ergrautem, ehemals dunkelbraunem Haar, die ein Kleid trug, das wie ein verblasstes schwarzes Zelt aussah. Ihre krummen Hände waren knotig vor Arthritis und sie umklammerten ihre Arme vor dem ausladenden Busen.

Sie starrte mich eine Weile an, den Kopf zur Seite geneigt, und wartete darauf, dass ich etwas sagte.

Ich stand neben meinem Fahrrad und strich mir nervös das Haar glatt, während ich mich räusperte, ohne zu wissen, wie ich mich nun, da ich hier war, vorstellen sollte. Beweise hatte ich keine mitgebracht, und wenn ich es mir jetzt recht überlegte, wirkte es doch recht vermessen von mir, einfach vor ihrer Tür aufzutauchen. Vielleicht hätte ich erst versuchen sollen anzurufen? Das alles ging mir in Sekundenschnelle durch den Kopf, während ich dort stand, mit leicht geöffnetem Mund, ohne dass Worte herauskamen, und meine Hände unruhig an James' Ehering drehten.

Eine Gruppe Kinder lief vorbei, etwa sechs oder sieben Jahre alt, und rief dem Jungen etwas zu, woraufhin er hinter ihnen herjagte. Sie lachten und kreischten und bildeten ein Wirrwarr aus sonnengebräunten Gliedmaßen, eine Wolke aus rötlichem Staub zurücklassend.

Als sich der Staub allmählich legte, näherte ich mich der Frau, und sie öffnete die verschränkten Arme und legte die Stirn kraus, während sie etwas auf Katalanisch sagte.

Ich entschuldigte mich. »Es tut mir leid, ich spreche die Sprache nicht«, erklärte ich verlegen.

Sie nickte, ihre Augen dunkel und abschätzend. Nur wenige sprachen den hiesigen Dialekt, und die meisten Einheimischen waren an die Touristen gewöhnt.

Ich zögerte. »Sind Sie Maria? Maria de Palma?«

Sie nickte, zog dann die Stirn kraus, die Augen argwöhnisch. »Das ist richtig.« Auch wenn sie das R so rollte, dass es mehr wie *»Das ist rrrrrrichtig«* klang. Dann schenkte sie mir einen erwartungsvollen Blick, der mich ein wenig überrumpelte.

»Ich bin Charlotte, Charlotte Woolf, auch wenn, ähm, mein Mädchenname Alvarez lautete.«

Sie starrte mich eine Weile an, dann sah sie mit einem Schnauben zum Himmel hoch, anschließend wieder zu mir, als wollte sie Gott dafür ausschelten, dass er ihr einen schlechten Streich spielte. Ihre Augen wurden jedoch ein gutes Stück herzlicher. »Du bist Albas Kind?«

Ich schüttelte den Kopf. Nein. »Ihre Enkelin.«

Sie schlug sich gegen die Stirn und nickte mit dem grauen Kopf. »Zu jung, natürlich, um das Kind zu sein.« Ihre dunklen Augen taxierten mich. Bemerkten vielleicht mein rotbraunes Alvarez-Haar, meine dunkelgrünen Augen. »Ich habe mich schon gefragt, wann du kommst.«

Dann drehte sie sich um und ging wieder ins Haus zurück. Ich stand wie angewurzelt da. Wollte sie, dass ich ihr folgte? Oder war ich soeben ohne viel Federlesen abserviert worden? Ließ sie möglicherweise einen Groll an mir aus, den sie meiner Großmutter gegenüber gehegt hatte? War ich den ganzen Weg hergekommen, nur damit mir die Tür vor der Nase zugeschlagen wurde?

»Ähm, Maria?«, rief ich ihr nach und hoffte, Letzteres war nicht der Fall.

Sie drehte sich um und hielt im Türrahmen inne.

»Kommst du rein? Oder willst du den ganzen Tag da in der heißen Sonne herumstehen und es dir überlegen?«

8

Ich trat in das kühle Innere, wo mich die Gerüche nach Möbelpolitur, Zitrone und einer Pfanne voll herber, in Butter geschwenkter Tomaten begrüßten. Ich war in einer gewaltigen altmodischen Bauernküche. Es gab dicke Holzregale, auf denen in einem bunten Durcheinander Tassen und Teller standen. Auf dem Fensterbrett trockneten Kräuter, und eine massige graue Katze schlief in einem verschwommenen Band aus Sonnenschein auf dem Fliesenboden.

»Setz dich«, sagte Maria, zog einen Holzstuhl mit schmaler Lehne heraus und tätschelte ihn mit ihrer braunen Pfote.

Ihr Englisch war makellos. Irgendwie hätte ich ihr das nicht zugetraut. Sie wirkte so traditionell. Das Äußere trog offensichtlich.

Ich zögerte, aber dann lächelte sie. Es war die Art Lächeln, die Wunder bewirkte und Falten, die sich um die Augen und den Mund eingegraben hatten, verwandelte, bis man den Menschen darunter erblickte. Unwillkürlich empfand ich eine gewisse Erleichterung.

Kopfschüttelnd sah sie mich fragend an. »Du siehst ihr ein bisschen ähnlich, weißt du?«

Ich nickte. Man hatte mir das ganze Leben lang gesagt, ich sähe wie meine Großmutter aus. Das gleiche Haar, die gleichen Augen. Die gleichen Sommersprossen über der Nase und, trotz meiner katalanischen Wurzeln, die gleiche blasse, sonnenbrandanfällige Haut.

»Du hast damit gerechnet, dass ich komme?«

Sie nickte. »Nachdem dieser Mann hier war, habe ich es vermutet.«

»Ein Mann?«

»Hat herumgeschnüffelt … Fragen über mich, die Familie gestellt. Kurz nachdem er da war, hörte ich, dass das alte Haus gekauft worden war und, na ja, ich habe mich gefragt … Eigentlich habe ich es wohl gehofft.« Sie schüttelte den Kopf und murmelte: »*Ai carai*, nach all den Jahren. Die Hoffnung lässt sich nicht unterkriegen, was?«

Ich lächelte. »Nein.«

Maria nahm neben mir Platz. Sie zog eine Schüssel Kartoffeln, die vor ihr stand, näher heran und begann mit dem Schälen.

»Du bleibst zum Mittagessen.«

Es war keine Frage, doch ich nickte trotzdem, während ich ein Grinsen verbarg. Meine Großmutter war genauso gewesen.

»Gut. Das ist gut.«

Ich sah ihr beim Kartoffelschälen zu und bemerkte die dunklen Strähnen, die ihr graues Haar durchzogen. Dabei fielen mir wieder die Worte meiner Großmutter ein – dass es eine Alvarez-Frau mit dunklem Haar gegeben *habe* –, aber sie hatte es klingen lassen, als wäre das vor vielen Jahren gewesen … War ihre Schwester die Frau, die sie gemeint hatte?

Doch etwas an der Art, wie sie sich hielt, ein Ausdruck

in ihren Augen, die Neigung ihres Kopfes und die Form ihres Mundes erinnerten mich an meine Großmutter. Es war gleichzeitig seltsam, süß und traurig, diese Verbindung, von deren Existenz ich nie auch nur geahnt hatte.

Jetzt betrachtete Maria mich und schien ihren Mut zusammenzunehmen. »Sie ist tot, ja?«

Ich schluckte und nickte. Sie biss sich auf die Unterlippe, und ich sah, dass ihr Tränen in die Augen traten. Mit dem Zipfel ihrer Küchenschürze tupfte sie sich die Augen ab. Ihre Schultern bebten, und sie tat einen tiefen, zittrigen Atemzug. Dann blickte sie zur Decke empor.

Ich wusste nicht, was ich sagen sollte.

»Es tut mir leid.«

Sie nickte, und eine Träne rann schnell ihre alte, verbrauchte Wange hinunter. Ich kam mir schrecklich vor, das verursacht zu haben.

»Ich dachte, vielleicht … aber ja, als ich nicht mehr von ihr gehört habe, *wusste* ich es wohl.«

Ich blinzelte. »Sie hat Kontakt zu dir gehalten?«

Sie nickte. »Ja, wenn auch nicht so oft, wie es mir lieb gewesen wäre … aber ja, manchmal im Laufe der Jahre. Nachdem sie in England angekommen war und deinen Großvater kennenlernte, hat sie ein paar Briefe geschrieben.«

»Sie – na ja, sie hat nicht viel über ihr Leben hier erzählt«, sagte ich zögerlich, da ich dieser Frau nicht auf die Nase binden wollte, dass meine Großmutter mir gegenüber die Existenz einer Schwester nie auch nur erwähnt hatte. Hatte mein Vater Bescheid gewusst? Er war in meiner Jugend gestorben, also konnte ich mich schlecht bei ihm erkundigen. Vielleicht hatte er es meiner Mutter erzählt. Ich würde sie fragen müssen – sie anrufen. Auch wenn mir die Vorstellung nicht gefiel. Ich hatte ihr nicht gesagt, wohin ich fahren würde – nur dass ich zur Erholung nach Spanien verreisen würde, irgendwohin an die Sonne. Das hatte ich ihr bloß gesimst, um nicht in die Mangel genommen zu werden. Da sie ihre Schwiegermutter zutiefst geliebt hatte, war ich nicht sicher, ob sie es guthieße, wenn ich deren alte Geister ausgrub. Doch hatten wir nicht das Recht, die eigene Familie zu kennen? Zu wissen, woher wir stammten?

Mit einem Seufzen legte Maria kurz das Messer weg. »Das habe ich mir gedacht. Ich glaube, nach allem, was passierte, na ja, sie wollte einfach alles vergessen.«

»Du meinst nach dem Krieg?«

Sie nickte. »Ja, aber nicht nur das – sie traf bei ihrem Weggehen eine Wahl, alles hinter sich zu lassen. Etwas, das sie einst sagte, lässt mich jetzt wieder daran denken.«

»Was meinst du?«

»Es ging um den Glauben. Viele andere auf der Insel gaben auch den Glauben auf, nicht nur sie – viele andere Familien taten es auch, weißt du? Es ist ironisch, denn wir hielten es so lang geheim – heutzutage wissen manche Kinder nicht einmal Bescheid … manche Menschen, wenn man sie fragt, warum sie etwas Bestimmtes tun, wie beispielsweise warum sie beten, wie sie es tun, warum sie den Boden weg vom Haus fegen oder warum sie Freitagabend immer Kerzen anzünden, dann heißt es nur, »Na, das hat meine Familie schon immer so gemacht«, sie *wissen* es nicht, was für mich letztlich das Traurigste daran ist, wenn man vergisst, wenn man aufgibt zu sein, wer man ist – tja, dann gewinnen sie doch.«

Ich starrte sie an. Etwas in meinem Innern schien bei ihren Worten zu stocken. Doch ich begriff nicht das Geringste. »Was aufgeben?«

Ihre Augen weiteten sich, und sie schüttelte ungläubig den Kopf, als würden meine Worte in gewisser Weise ihre schlimmsten Vermutungen bestätigen. »Hat sie dir nie davon erzählt – von uns?«

Ich runzelte die Stirn. »Na ja, sie hat uns ein bisschen was erzählt. Allerdings immer nur widerwillig. Sie erzählte mir, dass sie hier lebte – dass die ganze Familie es tat, viele Jahre lang. Sogar schon vor dem Spanischen Bürgerkrieg, sagte sie, hat die Familie Alvarez über mehrere Generationen auf dieser Insel gelebt, aber das kann eigentlich gar nicht stimmen, nicht wahr? Ich meine, na ja …«

Sie nickte langsam.

Auch ich nickte. »Genau. Ich meine, in den Reiseführern heißt es, die Insel sei lange Zeit unbewohnt gewesen, dass es viele Piraten gab und die Strände gefährlich waren, und es herrschte Armut, also hat hier früher einmal keiner gelebt.«

»Na ja. Das stimmt nur zum Teil. Es gab eine Zeit der Landflucht, ja – aber sie währte nicht so lange, wie die Leute glauben.«

»Wie können die Reiseführer sich irren?«

Was erzählte sie mir da? Ich wurde die Angst nicht los, vielleicht einen Fehler begangen zu haben. Vielleicht war sie eine verrückte Verschwörungstheoretikerin. Vielleicht hatte es einen guten Grund gegeben, weshalb meine

Großmutter sich entschieden hatte, ihre Schwester zu verleugnen. Vielleicht war er das.

»Weil nicht jeder die Wahrheit kannte, weißt du, besonders die Regierung. Es gab eine Zeit, im frühen achtzehnten Jahrhundert, als die Insel eigentlich nicht verlassen war, als ein paar Familien von Mallorca herüberkamen, um heimlich hier zu leben. Einschließlich unserer. Heutzutage ist es, als hätten die Leute es aus der Geschichte, aus dem Dasein gelöscht – viele Menschen halfen dabei. Aber man kann nicht alles begraben, o nein, besonders nicht Erinnerungen, und manchmal bekommt das Gedächtnis, wenn man Glück hat, auch ein wenig Hilfe.«

Sie stand auf und ging zu einer Holztruhe gegenüber dem Tisch und kam mit einem großen schwarzen Album zurück. Darin befand sich eine Schriftrolle, die in einem anderen Alphabet beschrieben war. Verwirrt starrte ich sie an.

»Du weißt, was das ist?«, fragte sie.

Ich schüttelte den Kopf.

»Es ist eine hebräische Schriftrolle, selten und kostbar, und früher einmal ein gefährlicher Besitz. Sie allein wäre ein Beweis gewesen, der während der Inquisition gegen unsere Familie hätte eingesetzt werden können, wenn sie entdeckt worden wäre. Früher hat die Familie das hier im Keller in einem alten Ofen aufbewahrt«, sagte sie mit einem leisen traurigen Lachen, während sie sich erinnerte. »Damals gab es auch andere, aber das hier ist eine der letzten, die überdauert haben. Wenn jemand sie damals während der Inquisition gefunden hätte – tja, es hätte ausgereicht, weißt du?«

»Ausgereicht?«

Sie sah mich an. »Um zu beweisen, wer wir wirklich waren.«

Ich runzelte die Stirn.

»Wer ihr wirklich wart?«

»Chuetas. Marranos. Conversos«, sagte sie. Angesichts meines leeren Starrens hob sie die Augenbrauen, dann flüsterte sie, selbst jetzt noch, nach all den Jahren: »Wir waren Juden … geheime Juden. Kryptojuden.«

9

»Geheime Juden. Hier auf Formentera? Das begreife ich nicht. Sie … wir sind *jüdisch?*« Ich blinzelte überrascht. »Wie ist das möglich? Wie kann es sein, dass ich das nicht wusste?«

Es war keine Lappalie – ein ganzer Glaube, eine Kultur und Identität. Wie hatte meine Großmutter es nie erwähnen können? Ich schüttelte den Kopf. Es war unmöglich. Ich erinnerte mich daran, wie sie in die Messe ging, an den Rosenkranz, den sie immer besaß. Wie sie oft die Heiligen anrief, wenn Allan und ich es zu weit trieben.

»Aber meine Großmutter war Katholikin.« Ich schüttelte den Kopf.

Sie lachte. »*Ai carai.* Sind wir das nicht alle?«

Auf meinen entsetzten Blick hin fuhr sie fort. »Nach der Inquisition wurden Tausende Menschen gezwungen, zum Christentum überzutreten. Schließlich stellte man sie vor die Wahl: konvertieren oder verschwinden. Viele gingen fort, diejenigen, die das nicht konnten, blieben. Was einem nicht gesagt wurde, war, dass diejenigen, die blieben, dafür bestraft und nie gleichwertig behandelt wurden. Die Geschichtsbücher erzählen einem, auf den Balearen wäre die Geschichte der Juden immer die Gleiche gewesen. Genozid. Folter. Spott. Das beruht hauptsächlich auf den Geschehnissen auf Mallorca, wo unsere Familie ursprünglich herkommt. Dort, das stimmt, dort gab es unsägliches Leid und Verfolgung – aber auf den Inseln Ibiza und Formentera war es nicht so.«

»Sie kamen hierher, meinst du – unsere Familie, Juden?«

Sie nickte. »Sie verließen Mallorca während besonders schlimmer Unruhen im späten siebzehnten Jahrhundert. Es gab noch ein paar andere Familien, die auch herkamen, um sich neu anzusiedeln. Sie hatten gehört, dass die hiesigen Inseln toleranter waren und nicht so viel herumgeschnüffelt wurde. Formentera war größtenteils verlassen und so kamen sie heimlich her und ließen sich in der Gegend nieder.

»Es war eine gute Wahl. Natürlich mussten sie vorsichtig sein. Ja, ich würde sagen, das einzige Mal, dass sie wahrhaft in Gefahr schwebten, entdeckt zu werden – was Folter, Gefängnis oder Tod bedeutet hätte –, war im frühen achtzehnten Jahrhundert.«

Ich versuchte, das zu begreifen. Meine Familie stammte von einer Linie geheimer Juden ab, die sich ein Zuhause auf der Insel gesucht hatten und über die bis zum heutigen Tag nur wenige Menschen Bescheid wussten? Wie war das überhaupt möglich?

»Niemand weiß, dass hier Juden lebten – selbst jetzt?«

»Oh, manche *wissen* es natürlich, es wird bloß nicht an die große Glocke gehängt. Weil viele Familien nach Francos schrecklichem Krieg fortgingen und dann der Salzhandel größtenteils zusammenbrach und die Leute im Anschluss daran wegzogen – es hieß wohl, such dir woanders Arbeit oder verhungere. Aber man sagt, viele Bewohner von Ibiza und Formentera können ihre Wurzeln bis zu einem jüdischen Erbe zurückverfolgen. Die Inseln wurden während der Inquisition vor die Wahl gestellt – sie konnten die Namen der hier lebenden Juden verraten, sie konnten es sogar anonym tun … aber das geschah nie.«

Ich starrte sie an und versuchte, es mir vorzustellen. Keine Menschenseele hatte sie verraten?

»Es ist wahr. Sie schützten sie. Hier war man ein Inselbewohner, ganz gleich, welchem Glauben man angehörte. Man war einer von ihnen.

Ich kann dir davon erzählen, wenn du möchtest – davon, wie das Leben damals war. Ich glaube, in gewisser Weise sollten wir dort anfangen, wenn du verstehen möchtest, warum Alba dir nie von ihrem Leben hier erzählt hat – damit du erst einmal ein Verständnis dafür entwickeln kannst, wer wir waren. Möchtest du das?«

Ich nickte. »Sehr sogar.«

Ihre dunklen Augen wurden weicher. »Es ist wichtig, den jungen Leuten von der Vergangenheit zu erzählen, bevor sie in Vergessenheit gerät.«

Ich konnte nicht anders, ich musste ihr zustimmen. Es hatte mir leidgetan, dass viel von meiner Familiengeschichte nach dem Tod meiner Großmutter verloren war, und dies war nun meine Chance zu verstehen – und vielleicht meine Großmutter besser zu verstehen, etwas, das ich versucht hatte, seit ich ein kleines Mädchen war. Damals war ich einzig und allein tiefem Schweigen und einer mit Erinnerungen gefüllten Holztruhe begegnet, die sie für sich behalten wollte.

Maria stand auf, um den Herd herunterzustellen, während sie dem buttrigen Tomatengemisch Fisch und Karotten und rote und grüne Paprika hinzufügte, wobei sie sich eine Strähne dunkelbraun-grauen Haares hinter ein Ohr steckte.

»Ich habe die Geschichten von meiner eigenen Mutter und von ihrer vor ihr gehört. Ich glaube, sie sind so sehr bei mir hängen geblieben, weil ich der Frau, von der es hieß, sie habe alles aufs Spiel gesetzt, so stark ähnelte.«

Mit gerunzelter Stirn erinnerte ich mich an etwas, das meine Großmutter gesagt hatte. »Jemand mit dunklem Haar? Meine Großmutter sagte, sie habe Schande über die Familie gebracht … auch wenn sie nicht weiter darauf eingehen wollte, ganz gleich, wie sehr ich sie drängte.«

Maria nickte. »Ja. Tja, das lag wohl daran, dass es für sie eine Wiederholung dessen war, was sich zwischen uns zutrug.«

Ich starrte Maria an, blinzelte, und sie schüttelte den Kopf. »Davon erzähle ich dir später. Vielleicht.«

Das hoffte ich. Ich konnte nicht so weit kommen und nicht erfahren, warum meine Großmutter alles hinter sich gelassen hatte, warum sie nie auch nur erwähnt hatte, dass sie eine Schwester hatte.

Es fühlte sich seltsam an und auf merkwürdige Art wie ein sich schließender Kreis, hier in der Küche der Schwester meiner Großmutter zu sitzen; bei dem Duft ihres köchelnden Fischeintopfes und den Geräuschen spielender Kinder draußen endlich von Dingen zu hören, die ich als Kind so sehr von meiner Großmutter hatte in Erfahrung bringen wollen.

»Sie hat dir gesagt, dass alle Alvarez-Leute rote Haare und grüne Augen und blasse Haut haben?«

Ich nickte, lächelte dann. »Außer einer, die dunkelhaarig war und sehr schön. Sie war ein bisschen ein schwarzes Schaf, glaube ich ... jedenfalls danach zu urteilen, wie sie von ihr sprach.«

»Tja, es war wegen ihr – und dem Mann, in den sie sich verliebte, Benito Nuñez –, dass wir beinahe entdeckt worden wären. Die Gemeinde, die hier über hundert Jahre lang friedlich gelebt hatte, ohne dass die Behörden die leiseste Ahnung gehabt hätten, drohte deswegen aufzufliegen. Im Herzen dieser Geschichte standen zwei Schwestern.

Meine Mutter sagte immer, auf gewisse Weise seien wir, Alba und ich, wie sie. So unterschiedlich wie Tag und Nacht. Von der Haarfarbe bis hin zu unserem Temperament. Doch in Wahrheit war es wie mit unserem eigenen Bruder, der uns das Haus der Familie kostete, als er es verspielte – eine Geschichte, die ich dir auch erzählen werde, vielleicht an einem anderen Tag: Auch bei ihr war es der Bruder gewesen, der sie überhaupt erst in die Notlage brachte, die das Schicksal unserer Familie bestimmen sollte. Ich glaube, dort sollten wir anfangen.«

10

Formentera, 1718

Auf der Insel gingen Gerüchte über einen Fremden um.

Die dunklen Augen der jungen Frau huschten nach hinten und suchten die Küste ab, während sie leise über flaches Buschwerk auf die alte Kirche zulief, wo ihre Mutter wartete. Ihre Füße in den weichen Lederschuhen verursachten kaum ein Geräusch. Sie hatte schon in ganz jungen Jahren gelernt, leise zu sein, und sehr schnell.

Fremde bedeuteten eines auf dieser kleinen, oft vergessenen spanischen Insel.

Wachsamkeit.

Sie konnte es in den Augen eines jeden sehen, an dem sie am Morgen vorüberkam. Die subtilen Veränderungen, die nur einem Inselbewohner auffielen.

Die sorgfältig sichtbaren Rosenkranzperlen, die nun aus einer Tasche lugten, und das unvermittelte Auftauchen einfacher Kruzifixe an den Türen der kleinen weißen Häuser, die die Landschaft wie Kandiszucker sprenkelten.

»Denk dran«, flüsterte ein Greis in traditioneller Tracht, die von den meisten Männern für besondere Anlässe reserviert wurde, eine weiße Hose und ein breiter Gürtel mit Messer, eine rote Mütze und ein schwarzes Wams. Als sie vorüberging, blickte er nicht auf, saß nur vor seinem Haus und schnitzte eine kleine Holzflöte. Er setzte sie an die Lippen, um den Ton auszuprobieren, und sie hörte, während sie lief, die eindringliche Melodie. Sie hatte ihm nicht geantwortet. Es war ja nicht so, als könnte irgendwer je vergessen.

Ihre Mutter wartete am Kirchenportal, den Mund zu einer festen, ängstlichen Linie zusammengepresst, die Augen mit der Hand abgeschirmt, während sie in die frühmorgendliche Sonne spähte, um ihre Tochter besser sehen zu können. In ihren Augen spiegelte sich Erleichterung, als das Mädchen in Sicht kam. Sobald es sicher drinnen war, half es seiner Mutter, die Tür zu verriegeln.

»Hat dich jemand gesehen?«, fragte ihre Mutter und zog sich das Kopftuch tiefer in die Stirn. Die Haare trug sie, wie viele Frauen auf der Insel, in einem langen Zopf auf dem Rücken.

Die junge Frau schüttelte den Kopf. Den alten Mann erwähnte sie nicht – das war nicht, was ihre Mutter im Sinn hatte. Sie bemerkte das neue Kruzifix an der *gonella*, die ihre Mutter trug, an der Goldkette, die in über achtzehn Strängen von der einen Schulter zur anderen verlief. Allerdings ließ sie die Ergänzung unkommentiert. Die dunklen Augen ihrer Mutter wurden weicher. »Gut. Komm. Sie warten drinnen auf uns – vielleicht ist es nicht, was wir befürchten.«

Trotz dieser Worte konnte die junge Frau sehen, wie sich der Mund ihrer Mutter verspannte.

Als die junge Frau ihrer Mutter nacheilte, fiel ihr Blick auf die Reihen leerer Kirchenbänke, während sie auf eine weitere Tür an der gegenüberliegenden Wand zuliefen, die beinahe von der Holzvertäfelung verdeckt wurde. Ihre

Finger fanden die geheime Einkerbung, und sie hob das Paneel an, sodass eine Treppe in den Keller und den kleinen Raum, in dem die anderen versammelt waren, freigelegt wurde. Am Eingang befand sich eine Kiste mit abgelegten Rosenkranzperlen. Ihre Mutter platzierte ihre obendrauf, beim Weggehen wieder griffbereit, wie eine Maske.

Gemeinsam traten sie vor und setzten sich auf eine Bank neben die anderen Frauen. Die Männer saßen rechts.

Am Sitzplatz der jungen Frau befand sich eine simple Schnitzerei von einem zackigen Stern, der in das alte Holz eingeritzt war. Ein Davidstern, das wusste sie. Einer der wenigen Begriffe, die sie im Laufe der Zeit aufgeschnappt hatte. Begriffe, die verboten waren und überhaupt nur hier unten, wo es sicher war, wo sie niemand hören konnte, geflüstert werden konnten. Sie fragte sich, wer es gewagt hatte, ihn dort einzukratzen. Ihre Finger fuhren die Ränder nach, während ein kleiner Mann vorn zur Begrüßung lächelte. Seinen Hinterkopf bedeckte ein Taschentuch, und als er sich wieder der übrigen Gemeinde zuwandte, nahm sein Gesicht erneut eine Sorgenmiene an.

Es gab keine Ermahnung für ihr Zuspätkommen, weder von ihm noch von irgendwem sonst. Sie verstanden. Wachsamkeit überwog hier alles.

Denn hier in diesem Raum, wo über ihren Köpfen die leere Kirche mit ihren Reihen aus Holzbänken für irgendeine Phantomgemeinde stand, die sich niemals einfinden würde, lag die Wahrheit, das Geheimnis im Herzen des Bauwerks: Eigentlich war es überhaupt keine Kirche. Es war eine Synagoge.

II

Mittelmeer, 1718

Die Inselpiraten versteckten sich nicht in Buchten oder in Stürmen, sondern vor aller Augen. Das Kapern der maurischen Schaluppe war vorüber, bevor sie Gelegenheit hatten, ihre Kanonen zu laden. Sie hatten das Nahen der Piraten im sommerlichen Dunst erst bemerkt, als es längst zu spät war. Es war ein alter Inseltrick, einer, der den Piraten sehr leicht von der Hand ging.

Sie überfielen die Schaluppe innerhalb von Minuten und schleppten ihre Beute unter den schadenfrohen Rufen der blutdürstigen Besatzung an Bord. Menschliche Beute, die aus zwei Gefangenen aus Mallorca bestand, die schon lange auf der Flucht waren und nach Krankheit und Niederlage rochen. Die Art von Niederlage, die Männer überwältigte und Seelen zerbrach.

Die Gefangenen waren Verräter an der Krone, an ihrem Land und der Religion, denen sie die Treue geschworen hatten.

Sie waren *chuetas*.

Ein Wort, das auf dem spanischen Festland viele dazu veranlasste, sich keuchend zu bekreuzigen. Es war ein Wort für Schweine, ein Wort für einen Glaubensabtrünnigen. Ein Wort für einen geheimen Juden.

Die Gefangenen waren der Grund, weshalb die Piraten überhaupt erst beschlossen hatten, ihren Kurs zu ändern und dem maurischen Schiff nachzusetzen. Der Grund, weshalb sie beschlossen hatten, das Risiko einzugehen, mit der *Invictus* entdeckt zu werden, einem der bekanntesten Schiffe auf der mediterranen Salzstraße, und ihre heimliche Piratenflagge zu hissen, mit der sie sich die Todesstrafe einhandeln konnten, falls sie entdeckt werden sollten. Doch das Risiko war es wert, da waren sich alle einig. Das Lösegeld für die *chuetas* würde ein hoher Preis sein, den das Heilige Offizium für derart gesuchte Verbrecher gern bezahlte.

Doch es gab keinen einzigen Mann an Bord, der es in Erwägung zog, das Geld zu nehmen oder sie auszuliefern.

Denn *chueta* bedeutete nur eines an Bord dieses Schiffes. Es bedeutete *Bruder*.

Antoni war im Frühjahr Kapitän der *Invictus* geworden. Das ungestüme Wesen des jungen, gut aussehenden Seemanns war im Kreis seiner Lieben immer schon sowohl ein Quell der Freude als auch der Sorge gewesen. Passend zu seinem Naturell begann seine erste Fahrt damit, dass er das Leben eines jeden einzelnen Besatzungsmitglieds aufs Spiel setzte.

Sie hatten mit rotem Salz gehandelt und sollten gerade mit dem Rest nach Genua in See stechen, als er von der maurischen Schaluppe und ihrer Ladung mallorquinischer *chuetas* gehört und entschieden hatte, den Kurs zu wechseln und ihnen nachzusetzen.

Antoni hatte von seinem Vater gelernt, wie man ein Seemann war. »Hier draußen, auf hoher See, kann ein Mann frei sein«, sagte dieser immer, die Augen ernst, das

Gesicht wettergegerbt und stolz. Freiheit war etwas, das jeder Ibizenker – die Bezeichnung für Menschen, die von den Inseln Ibiza und Formentera kamen – mehr als alles Gold schätzte.

Die Freiheit war der Grund, weshalb Antonis Vater überhaupt erst zur See gegangen war. Er hatte kein leichtes Leben gehabt und, im Gegensatz zu manch anderen Besatzungsmitgliedern, den Söhnen und Neffen von Ibizas renommiertesten Führern, wichtigen Funktionsträgern im Salzhandel, arm angefangen. Seine erste Arbeit war das Abbauen der Salzpfannen gewesen. Unter der gnadenlosen Sonne bearbeitete er monatelang das weiße Gold, das die Insel gebildet hatte, in mörderischen Schichten, zwölf Stunden am Tag. Es gab keine freien Tage und sein Vater sagte, er habe sich nie an die schmerzenden roten Augen und die salzgetrocknete Haut gewöhnt, die bei jedem Schritt brannte. Sein Rücken erholte sich auch nie, und besonders an kalten Tagen litt er darunter. Sobald er gehört hatte, dass ein einheimisches Schiff Besatzungsmitglieder brauchte und gewillt war, ungelernte Neulinge zu nehmen, meldete er sich und unternahm auf diese Weise den Versuch, die Freiheit zu erringen. Er würde Tag und Nacht an Deck des Schiffes arbeiten und schrubben, wenn es bedeutete, dass er nicht mehr in den Salzpfannen arbeiten musste.

Es war die beste Entscheidung, die er je getroffen hatte. Er hatte sich durch die Ränge nach oben bis zum Takler hochgearbeitet, und zwar schnell. Nicht lange danach stieg er zum Ersten Offizier auf und schließlich zum Kapitän, kurz vor seinem Tod im Spanischen Erbfolgekrieg, der den gegenwärtigen König, Philipp V., auf den Thron gebracht hatte. In gewisser Weise war Antoni froh, dass sein Vater dies nicht mit ansah – denn es bedeutete, dass der Salzhandel jetzt nicht mehr von den Inselbewohnern kontrolliert wurde.

Antoni hoffte, dass sein Vater dem maurischen Schiff ebenfalls nachgesetzt hätte, wenn ihm zu Ohren gekommen wäre, dass sich an Bord mallorquinische Juden befanden. Schließlich waren sie selbst früher einmal, vor vielen Jahren, mallorquinische Juden gewesen.

Jetzt, drei Wochen später, gab Antoni einem Sterbenden ein Versprechen. Ein Versprechen, das nicht nur Auswirkungen auf seine Besatzung, sondern auch auf seine Familie haben würde, da sie es waren, die den Preis würden bezahlen müssen.

Das ist das Problem an der Freiheit, sie ist immer mit Kosten verbunden.

»Versprich es mir«, sagte Paulo, dessen fiebrige Augen unverwandt in Antonis eigene starrten. Antoni nickte. Die beiden Männer hatten sich angefreundet. Den Gefangenen war schnell aufgegangen, welch Glück ihre Rettung durch die ibizenkischen Händler war, die sich als Piraten maskierten. Doch jetzt, trotz der größten Anstrengungen der Besatzung, lag Paulo im Sterben, und wenn Antoni nicht half, würde Paulos Bruder vielleicht auch sterben. Antoni musste ihn vom Schiff zu dem einzigen Menschen bringen, der ihm vielleicht das Leben retten konnte. Seine Schwester Cesca, die sich beim Inselarzt zur Krankenschwester hatte schulen lassen. Das Problem war, dass er, falls er den Gefangenen zu ihr brachte, dabei ihr Leben – und das seiner ganzen Familie – aufs Spiel setzen würde.

Doch er hatte dem im Sterben liegenden Paulo sein Wort gegeben, dass er seinen Bruder bewahren werde, koste es, was es wolle. Antoni gab das Versprechen, weil er, wie schon sein Vater vor ihm, glaubte, dass Freiheit ein Gut war, für das zu sterben sich lohnte.

12

Formentera, 1718

Der kalte Wind peitschte über die flachen Felsen, wo er den Duft nach Rosmarin und Salz aufnahm. Er ließ seine schlüpfrigen Finger an dem kleinen Stück Haut hinabgleiten, wo ihr Hals entblößt war, sodass sie zitterte, während sie dicht an der Seite ihrer Mutter einherging.

Cesca war bei ihrer Mutter untergehakt, und sie lehnten aneinander, um sich gegenseitig zu wärmen, das Donnern des Meeres in den Ohren. Als sie sich dem Haus näherten, erblickte Cesca das Licht unter der Tür und blieb stehen. Ihre Mutter drehte sich zu ihr, wurde am ganzen Körper steif, und in ihren dunklen Augen spiegelte sich die gleiche Angst wie in Cescas.

Das Haus war kalt, und es herrschte ein übler Geruch, der ihr beim Eintreten in die Nase stieg, wie nach Tod und Elend. Ein Mann saß in den Schatten der Küche, vornübergebeugt auf einem Stuhl. Vor ihm auf dem Tisch brannte schwach eine Laterne.

Er schreckte auf, als er die Tür hörte, und hob müde, misstrauische Augen. Cesca seufzte erleichtert auf, als sie ihn endlich erkannte. Es war Antoni, ihr Bruder.

Sie schloss die Tür hinter sich, und ihre Mutter stürzte vor, um ihn zu umarmen. Er schloss die Augen, als sie sich in den Armen lagen, und genoss einen Moment des Trostes nach der langen und gefährlichen Reise. Er hatte den fiebernden Passagier selbst in das Ruderboot von Ibiza laden müssen und war fast die ganze Nacht durch gerudert, um Formentera zu erreichen, im Schutz der Dunkelheit, um nicht gesehen zu werden. Es hatte ihn seine letzte Kraft gekostet, ungesehen ihr Haus zu erreichen.

»Ich habe etwas getan … etwas vielleicht Dummes. Verzeiht mir.« Er sah erschöpft aus, doch sein Gesicht war ängstlich, und es machte sie nervös.

Cesca legte die Stirn in Falten. Erst da erblickte sie den anderen Mann, der auf einer Pritsche auf dem Boden lag. Daher rührte der üble Geruch, erkannte sie. Der Körper des Mannes war ausgemergelt, seine Kleidung verdreckt und abgenutzt, das lange Haar ungepflegt und mit getrocknetem Blut verklebt. Seine Augen waren glasig, und er murmelte fiebrig vor sich hin.

»Mein Gott, was ist passiert?«, hauchte sie und trat vor, um den Fremden besser sehen zu können. Ohne auf den Gestank zu achten, hörte sie sein Herz und seine Lunge ab, wie Señor Garcia es ihr vor all den Jahren gezeigt hatte, als sie mit elf Jahren der Lehrling des Arztes geworden war. Damals war seine Frau gestorben, und ihr Vater hatte sie für die Rolle seiner Assistentin vorgeschlagen, sehr zur allgemeinen Überraschung. Sie legte den Kopf an die Brust des Fremden und lauschte auf seine flatternde Atmung.

Allerdings schien ihre Mutter die Gefahr, in der sie schwebten, besser begriffen zu haben als Cesca. Sie verstand, was es bedeutete, einen Fremden auf diese Insel zu bringen. Was es sie letzten Endes kosten könnte.

»Antoni«, flüsterte ihre Mutter. Sie schien unsicher auf

den Beinen, als sie ihn an der Schulter packte. »Was hast du getan?«

Die Augen ihres Bruders schlossen sich in dem klaren Eingeständnis all dessen, was er ihnen abverlangte.

»Hat euch jemand gesehen?«

»Euch gesehen?«, fragte Cesca, die die Sorge ihrer Mutter nicht nachvollziehen konnte, während sie den Puls des Mannes fühlte. Antoni hatte schon früher viele Male verletzte Tiere und Freunde nach Hause gebracht, damit sie sich um sie kümmerte. Warum bereitete das hier den beiden also jetzt derart viel Sorge? Sie ging davon aus, dass der Mann einfach ein Besatzungsmitglied ihres Bruders war, jemand von der großen Insel, dem sie nur noch nicht begegnet waren. Sie hielt nicht inne und fragte sich, warum ihr Bruder nicht dort nach einem Arzt gerufen hatte. Ihr Hauptinteresse galt ihrem Patienten. Fragen konnte sie später stellen, doch im Moment vergeudeten sie kostbare Zeit. »Ich glaube, wir holen besser Señor Garcia. Dieser Mann ist in ein Fieber verfallen, und der Arzt hat vielleicht etwas Stärkeres, um es zu bekämpfen – meine Vorräte gehen allmählich zur Neige. *Mare*, holst du ihn?«, bat sie ihre Mutter, und ihr Blick huschte in der kleinen Bauernküche von einer frischen Sammlung Kräuter, die gerade trocknete, in Richtung eines kleinen Regals, auf dem kleine Keramikdosen mit den Tinkturen und Heilmitteln standen, die sie am häufigsten verwendete. Im Laufe der Jahre hatte sie einen kleinen Arzneischrank aufgebaut, der durch Antonis Fahrten über die Meere aufgestockt worden war – nach jeder Reise kehrte er mit neuen Dingen zurück, um die sie ihn per Liste gebeten hatte. Doch die schlimme Verfassung dieses ausgehungerten und fiebrigen Mannes verlangte nach einer erfahreneren Hand.

Antoni schüttelte den Kopf. »Francesca, wir können ihn nicht rufen, noch nicht – erst wenn du begreifst. Ich muss es erklären.«

Mit gerunzelter Stirn blickte Cesca auf, weg von dem kranken Mann, und schob eine Strähne rotbraunen Haares zurück, die ihr über die Stirn in ihr Tuch gefallen war.

»Was erklären?«

»Die Inquisitoren hätten ihn umgebracht, wenn sie ihn in die Finger bekommen hätten. Mir blieb keine andere Wahl.«

Da Cesca immer noch verdutzt dreinblickte, stieß ihre Mutter ein ungeduldiges Geräusch aus. »Er ist auf der Flucht, Cesca«, erläuterte sie. »Ein *marrano*, richtig?« Auf der Suche nach Bestätigung blickte sie zu ihrem Sohn, der wortlos nickte. *Marrano* war eine andere Bezeichnung für heimliche Juden, für Menschen wie sie.

Cesca keuchte auf. »Woher denn?«

»Mallorca, auch wenn sein Bruder, wie ich höre, in Bayonne geboren wurde. Sie waren auf der Flucht vor einer Befragung.«

Befragung bedeutete, wie sie wussten, häufig Gefängnis oder Folter oder, schlimmer noch, den Tod.

»Sein Bruder?«

Antoni erzählte von der Kaperung, davon, was seine Besatzung und er getan hatten, um die beiden zu retten. Dem Versprechen, das er einem Sterbenden gegeben hatte. »Ich muss morgen zurückfahren, um zu vermeiden, dass hier nach ihm gesucht wird, aber ich musste ihn zu dir bringen – ich glaube, du könntest ihn retten, Cesca. Du bist die Einzige, der ich diese Sache anvertrauen kann. Könntest du ihm helfen?«

Sie schluckte und umklammerte die Hand ihres Bruders. »Ich werde es versuchen.«

Ihre Mutter hatte kein Wort von sich gegeben. Antoni sah sie erneut an. Er ließ die Kiefermuskeln spielen, senkte den Blick nicht. »Mir blieb keine andere Wahl.«

Cesca nickte. »Nein«, erwiderte sie. »Blieb dir nicht.«

»Aber …«, setzte ihre Mutter an, die Augen vor Angst weit aufgerissen.

Sie kannte die Geschichten über die Leute vom Heiligen Offizium, diejenigen, die mitten in der Nacht kamen und nach der Wahrheit schnüffelten – die Inquisitoren. Es hieß, sie hätten die Räder ihrer Kutschen mit Lumpen umwickelt, damit sie sich mitten in der Nacht leise nähern konnten. Dass sie die Mädchen fortschafften. Immer die Mädchen … Und dass sie sie folterten, dass sie sie zum Reden brachten. Sie hatte Angst um ihre Töchter.

Cesca teilte diese Ängste, doch sie berührte den Arm ihrer Mutter. »Wir schaffen das, wir können ihn schützen, wie die Inselbewohner uns geschützt haben.« Sie meinte die Inselbewohner, die die Gruppen mallorquinischer Flüchtlinge aufgenommen hatten, die auf die Insel entkommen waren, darunter ihr Großvater und ihre Großmutter vor ungefähr fünfzig Jahren. Sie hob das Kinn, als ihr ein Gedanke in den Sinn kam. »Er ist unser Cousin. *Das* werden wir sagen, falls jemand fragen sollte.«

Bruder und Schwester hatten offensichtlich den gleichen Gedanken.

»Rafael«, stimmte Antoni zu. »Ich rede bei meiner Rückkehr nach Ibiza mit *Tio* Alfonso, bevor wir in See stechen.«

Ihr Cousin Rafael aus Ibiza war kürzlich verstorben. Noch wusste niemand davon – vielleicht würde es nie jemand erfahren, falls dieser Mann seinen Platz einnehmen sollte.

»Es gefällt mir nicht«, sagte Esperanza, ihre jüngere Schwester, als sie später am Vormittag heimkehrte. Ihre dunklen Augen waren voller Argwohn.

Das Problem war, dass sie es bereits dreimal gesagt hatte, und es Cescas ohnehin angespannte Nerven strapazierte. Sie atmete tief durch und erklärte ihr die Situation. Schon wieder.

»Er war ein Gefangener, der demnächst den Inquisitoren übergeben worden wäre. Sie hätten ihn andernfalls vielleicht umgebracht. Willst du das?«

Esperanzas Blick war unverändert düster. »Ich verstehe das, ich bin ja kein Ungeheuer, Cesca. Aber sollen wir für ihn ins Gefängnis gehen? Für irgendeinen fremden *chueta*?«

»Esperanza«, mahnte Cesca und warf dem Mann, den sie näher ans Feuer gebracht hatten, rasch einen Blick zu. *Chueta* war ein schmutziges Wort. Es bedeutete Schwein. »Er ist einer von *uns*.«

Sie waren ebenfalls *chuetas*, nur dass keiner hier sie so nannte, denn hier, auf der Insel Formentera, waren sie frei, weil ihre Familie entkommen war. Sie hatten vor vielen Jahren einen Pakt mit ein paar ihrer besten Freunde aus Mallorca geschlossen, mitten in der Nacht hierher zu fliehen. Er war genau in der gleichen Lage wie sie damals.

Esperanza lachte spöttisch. »Nein, ist er nicht. Er ist ein entlaufener Bauer. Das ist jetzt schon Jahre her, und wir brachten etwas auf die Insel – Arbeiter, Menschen, die gewillt waren, in den Salzpfannen zu schuften. Wir brachten Lebensmittel, Kleidung, Geld – er ist mit nichts hier und bringt uns in Gefahr, droht, uns alle auffliegen zu lassen. Er hätte einfach richtig zum Christentum übertreten sollen. Ich hätte es getan, wenn ich dort leben würde.«

Cesca sah ihre Schwester verwirrt an.

»Warum? Warum sollte man gezwungen sein, seinen Glauben und seine Kultur aufzugeben, bloß wegen der Überzeugungen eines anderen?«

»Wir haben es getan, nicht wahr? Oder warum sonst sollte die ganze Insel auf einmal Kruzifixe zur Schau stellen und einander zuraunen, nicht aus der Rolle zu fallen, bloß weil irgendein Fremder vom spanischen Festland hergekommen ist?«

Die Nachricht, dass ein Fremder aus Barcelona auf die Insel gekommen war, hatte alle nervös gemacht. Keiner wusste, was der Mann wirklich trieb, und nur ganz wenige kauften dem Fremden die Geschichte ab, er sei hier, um die Flora und Fauna zu studieren. Das hatte er ein paar Dorfältesten erzählt.

Die meisten glaubten, er sei als Abgesandter des Heiligen Offiziums geschickt worden, um sicherzustellen, dass es hier keine Menschen gab, die die Gesetze Mose praktizierten. Das Heilige Offizium schien das ab und an zu tun, üblicherweise etwa alle zehn Jahre, wenn es ihnen wieder einfiel – wenn sie demonstrieren wollten, dass sie ihre Aufgabe erfüllten und noch die letzten verbliebenen Juden ausmerzten. Die Inquisitoren waren früher schon hergekommen, und sie waren wieder abgereist, ohne irgendeinen Beweis gefunden zu haben. Dafür hatten die Inselbewohner gesorgt.

Jetzt starrte Cesca ihre Schwester ungläubig an. »Das ist etwas anderes. Wir müssen unsere Rolle spielen, wenn man uns dazu auffordert. Das ist Teil unseres Schutzes.«

»Schutz oder Gefangenschaft?«

»*Schutz*. Du bist eine Närrin, Spranza. Hier können wir wir selbst sein, weil die anderen Inselbewohner tolerant sind – der einzige Unterschied zwischen dem Gefangenen in unserer Obhut und uns besteht darin, dass er nicht das Glück hatte, von Anfang an hier zu leben.«

Esperanzas Augen weiteten sich ungläubig. »Glück? Hier zu leben?«

»*Ja!*«

»Eine arme Insel am Ende der Welt, bei der es die meisten Leute überrascht, dass sie nicht völlig menschenleer ist, und die höchstens einmal von barbarischen Piraten besucht wird? Wo fast nichts wächst außer Salz und ein paar vertrockneten Kräutern?«

Cesca schüttelte den Kopf. Ihre Schwester begriff es einfach nicht. Es war hart hier und ärmlich, das stimmte, aber es ging ihnen besser als den meisten. Auf ihrer *finca* gab es Feigen, Oliven, Orangen, Zitronen, Hühner und eine Ziege, und mit ihrem Bruder als Kapitän eines Schiffes, das den Rimbauds, wichtigen Amtsträgern auf der Hauptinsel Ibiza, gehörte, ging es ihnen nicht schlecht.

»Wir sind frei hier, und das ist es, was zählt.«

Esperanza lachte hämisch. »Das glaubst du, dabei können wir niemals von hier weg. Und wir können nie richtig sein, wer wir wirklich sind. Das ist keine Freiheit, Cesca. Das ist *Gefangenschaft*.«

Antoni verließ sie am nächsten Tag bei Morgenanbruch und fuhr mit dem kleinen Boot nach Ibiza zurück, zum Haus seines Onkels. Cesca verabschiedete ihn. Sie war vor der Morgendämmerung aufgestanden und folgte ihm nach unten an den Strand. Es war wichtig, dass er zurückkehrte, dass er seine Rolle spielte. Die Leute würden schon bald anfangen, nach dem Mann in ihrer Küche zu suchen, und Antoni durfte ihnen keinen Grund liefern, auf dieser Insel nachzusehen. Besonders jetzt, da sich jemand vom spanischen Festland hier befand und herumschnüffelte. Es bereitete Antoni Sorge, dass das gerade jetzt geschah. Er hatte nicht von dem Fremden gewusst, als ihm in den Sinn gekommen war, Paulos Bruder hierher in die Obhut seiner Schwester zu bringen, und jetzt war es zu spät. Sie konnten ihn nicht wegschaffen; sie würden einfach hoffen müssen, dass der Fremde aus Barcelona so bald wie möglich abreiste, und dass er nie von dem Mann hörte, den sie in ihrem Haus versteckten.

Er schob das Boot ins Wasser und gab Cesca einen letzten Kuss auf die Wange. Alles Nötige war gesagt. Jetzt mussten sie dafür Sorge tragen, dass es geheim blieb.

13

Formentera, Gegenwart

Marias Geschichte wurde von dem Jungen mit dem Lausbubengesicht unterbrochen, der draußen gespielt hatte. Jetzt stürmte er mit einem kehligen Lachen herein, bevor er in schnelles Katalanisch verfiel, während er an ihren Röcken zupfte. Auf den sandigen Fersen waren ihm eine Armee aus Sechs- oder Siebenjährigen, die anscheinend alle nach Mittagessen verlangten.

Maria drohte ihm zwar mit dem Finger, weil er sie beim Geschichtenerzählen unterbrochen hatte, lachte dabei aber. Sie stellte uns einander vor, und ich fand heraus, dass der Name des Knirpses Ben lautete, kurz für Benito.

Ich half ihr, den Eintopf aufzutischen, und staunte darüber, wie anders die hiesigen Kinder im Vergleich zu denen zu Hause waren. Sie machten sich mit Wonne über ihre Schüsseln mit Fischeintopf her, während ihnen tropfenweise frische Tomatensoße am Kinn hinunterrann. Die meisten Kinder, die ich kannte, hatten einen Speiseplan, der gerade einmal von Fischstäbchen bis hin zu Würstchen mit Pommes reichte. Mir waren immer noch die Tobsuchtsanfälle im Gedächtnis, die Sage in dem Alter hatte, wenn ich mich auch nur an etwas so Exotisches wie nicht paniertes Hühnchen wagte.

Wir hatten keine Gelegenheit, weiter zu besprechen,

was Maria mir über meine lange verlorenen Verwandten erzählt hatte, deren Namen in meinem Kopf herumschwirrten: Cesca, Esperanza, Antoni … Ich wusste noch nicht einmal, ob der Mann, den sie bei sich aufgenommen hatten, den sie als ihren Cousin ausgeben wollten, überlebt hatte. Ich hatte so viele Fragen, aber mit einem Haus voller fröhlich plappernder Kinder wusste ich, sie würden warten müssen.

Einerseits war ich eine Fremde, gleichzeitig aber auch Familie, und als solche wurde ich behandelt. Ich genoss Marias Gesellschaft, und dass ich in ihrem lebhaften Zuhause willkommen geheißen wurde.

Nach dem Mittagessen ging ich, auf Marias Bitte hin mit dem Versprechen, am folgenden Nachmittag wiederzukehren. Sie versprach mir, dass sie mir mehr erzählen würde.

Als ich mit dem Fahrrad an ihren trockenen Wiesen vorüberfuhr, füllte der unvergleichliche Duft der Insel meine Sinne und parfümierte meine Gedanken an das Vergangene.

Mir schwirrte der Kopf von allem, was ich gehört hatte, während ich versuchte, die Geschichten, die Maria mir erzählt hatte, mit dem Wissen in Einklang zu bringen, dass diese Menschen Teil meiner Familie waren und dass ich von ihnen abstammte.

Ich dachte an den Schiffskapitän Antoni und seine mutige Schwester Cesca. Eine Krankenschwester, die alles von einem ortsansässigen Arzt gelernt hatte? Ihr Mumm war einfach bewundernswert. Das konnte zu der damaligen Zeit nicht leicht gewesen sein.

Ich hoffte, dass ich an ihrer Stelle wie sie reagiert und jemanden, der mich brauchte, aufgenommen hätte, aber hätte ich das? Oder hätte ich wie die andere Schwester, wie Esperanza, reagiert?

»Sie war jung, und sie hatte viel zu lernen, und du weißt ja, dass das diejenigen Menschen sind, denen das Lernen am schwersten fällt«, hatte Maria gesagt, als ich ihren Erzählfluss unterbrochen hatte, weil ich mich wunderte, wie Esperanza nicht hatte sehen können, was für ein Glück sie gehabt hatte, während der Inquisition hier gelebt zu haben. Allerdings konnte ich ihr im Grunde keinen Vorwurf daraus machen, dass sie den fremden Mann anfangs nicht in ihrem Haus haben wollte. Eigentlich nicht. Nicht wenn ich aufrichtig war. Schließlich hätte seine Anwesenheit bedeuten können, dass die eigene Familie in Gefahr geriet. Ich konnte nicht sicher sein, dass ich nicht genau wie sie reagiert hätte. Hätte ich wie Antoni und Cesca alles riskiert, für einen Fremden?

Ich traf mit einem Kopf voller Fragen zu Hause ein und machte mich daran, die Küche zu putzen, während ich die ganze Zeit über James' Asche davon erzählte, was sich zugetragen hatte.

»Natürlich weißt du nun, dass du recht hattest – dort gab es eine Geschichte. Ganz bestimmt bist du im Moment ziemlich stolz auf dich.«

Ich sah die Urne an und verdrehte die Augen, während ich zur Spüle ging, um einen Lumpen auszuwaschen, der mit tintenschwarzem Staub bedeckt war. James war stolz auf sich, das merkte ich.

»Es ist unglaublich, wenn man bedenkt, dass das alles hier passiert ist, in diesem Haus.«

Unwillkürlich fragte ich mich, wie sehr sich die Villa inzwischen von damals unterschied, als Cesca und Esperanza gelebt hatten. Ich stellte mir das Regal voller Kräuter und Tinkturen vor. Die um einen Tisch sitzende Familie. Natürlich keiner wie der hier. Ich war mir ziemlich sicher, dass es damals nichts derart Hässliches wie diesen alten, wackeligen Resopaltisch gegeben hatte.

Ich kochte mir eine Tasse Tee und beschloss, Sage anzurufen. Sie würde sich für Maria interessieren, das wusste ich.

Am Ende des Gartens hatte ich endlich Handyempfang, und die ungläubige Stimme meiner Tochter kam gut hörbar durch die knisternde Leitung.

Die ersten zehn Minuten plauderten wir über ihr Studium und darüber, dass sie sich in ihre Arbeit gestürzt hatte, worüber ich mich freute. Dann erzählte ich ihr von den letzten beiden Tagen, einschließlich der Begegnung mit Maria.

Sie stieß ein Keuchen aus. »Du machst Witze, Mum?«, entfuhr es Sage, als ich ihr offenbarte, was Maria mir über unsere Familie erzählt hatte. Auch wenn es schwierig war, all das in ein Telefonat über eine etwas störanfällige Verbindung zu packen. »Sie waren heimliche Juden?«

»Ja«, bestätigte ich, die ich es selbst kaum glauben konnte. »Jedenfalls behauptet sie das. Sie hat mir ein bisschen davon erzählt – von unserer Vergangenheit. Tatsächlich ist es ziemlich unglaublich.«

»Wow, das ist echt cool, ich wünschte, ich wäre bei dir!

Ich fand das mit dem Haus ziemlich toll – also, nein, eigentlich habe ich es für eine Spinnerei von Dad gehalten«, sagte sie mit einem Lachen, in das ich einfach einstimmen musste.

»Aber herauszufinden, dass es immer noch lebende Verwandte auf der Insel gibt! Das ist verrückt. Ich fasse es nicht, dass er dir einen solchen Brief hinterlassen und in der Vergangenheit herumgeschnüffelt hat, während er im Krankenhaus lag.«

Es trat eine Pause ein, und ich vernahm das Zittern in ihrer Stimme. »Es ist – Herrgott, es ist so *Dad*. Er hat dich wirklich geliebt.«

Schniefend drehte ich den Ehering an meinem Daumen und fuhr mit den Fingern über den kleinen Edelstein. »Fang gar nicht erst an, sonst verliere ich auch noch die Fassung.«

Sie stieß ein komisches leises Geräusch aus, halb Schluchzen, halb Lachen, das mir das Herz zerriss, und dann sog sie tief die Luft ein und sagte: »Okay, du hast recht. Wie ist sie also? Sieht sie aus wie wir?«

»Eigentlich schon. Sie sieht ein bisschen wie Oma aus, aber sie hat dunkle Augen, wie du.«

»Wow! Die Vorstellung, dass es auf der Insel die ganze Zeit über diese Verbindung zu der Seite der Familie gegeben hat, Menschen, die dort leben mit den gleichen Augen, ähnlichen Gesichtern und Kinnpartien … unglaublich. In gewisser Weise auch traurig.«

Ich wusste, was sie meinte – wenn James dieses Haus nicht gekauft hätte, mich nicht diesen Pfad entlanggeschickt hätte, wäre ich Maria nie begegnet. Ich hätte nie auch nur von ihrer Existenz gewusst. Das Geheimnis wäre einfach mit meiner Großmutter gestorben.

»Was bedeutet das nun also für dich, da du sie gefunden hast? Du kannst nicht einfach in ein paar Tagen heimkommen, wie du vorhattest, oder? Ich meine, sie ist alt, nicht wahr?«

Ich blinzelte und ließ Sages Worte auf mich wirken. Als ich zurück zum Haus starrte, sah ich es nun beinahe mit anderen Augen. So weit hatte ich eigentlich noch gar nicht gedacht.

»Muss weit über neunzig sein, aber sie wirkt unglaublich gesund und rüstig«, antwortete ich.

»Aber trotzdem …«, beharrte sie.

Ich schloss die Augen. Sage hatte nicht unrecht. Eine Frau über neunzig konnte nicht ewig leben. Ich würde diese Zeit nicht zurückbekommen – ich musste das meiste aus der ihr verbleibenden Zeit machen. Das begriff ich mittlerweile mehr als jeder andere. Trotzdem hatte ich nicht vorgehabt, meine Reise über die eine Woche hinaus zu verlängern. »Du hast recht, ich kann jetzt nicht einfach abreisen, nicht wahr?«

»Ja, genau, kannst du nicht«, wiederholte meine Tochter. »Wie dem auch sei, es wird gut, Mum. Zumindest weiß ich, dass du mal aus dem Haus kommst und all so was. Ich habe mein Studium, also brauchst du dir keine Sorgen um mich zu machen, und Onkel Allan kann zu Hause nach dem Rechten sehen und Oma bestimmt auch.«

Während meiner Abwesenheit hatten sie im Haus vorbeigeschaut, um die Pflanzen zu gießen und dergleichen, und es stimmte, es würde ihnen nichts ausmachen, bis zu meiner Rückkehr damit fortzufahren. Doch wie lange würde das dauern?

»Du findest also wirklich, dass ich noch ein bisschen bleiben sollte?«, fragte ich, und mein Blick fiel mit einem Stirnrunzeln auf die Villa. *Konnte* ich hier länger bleiben?

»Aber ja, Mum. Ich glaube, das wird dir guttun. Ich sag dir was, mach mein Zimmer fertig, vielleicht kann ich bald für ein langes Wochenende rüberkommen. Na ja, nicht *bald* bald, weil ich die Idiotin bin, die sich für ein Medizinstudium entschieden hat und nicht für das, was die coolen Kids gerade treiben. Also werde ich mehr oder weniger bis in alle Ewigkeit studieren, aber wenn sich eine Lücke auftut, gehört sie *dir*.«

Ich grinste. »Okay, abgemacht. Und weißt du, Liebes, ich finde dich sehr wohl cool.«

»Du bist meine Mum, du musst das finden.«

»Ich würde es sogar finden, wenn ich es nicht wäre.«

»Auch das musst du sagen.«

Ich lachte. »Tja. Wie dem auch sei, ich bin stolz auf dich, du arbeitest so fleißig.«

»Danke, Mum, und weißt du, Dad hat recht, sträub dich nicht dagegen.«

Ich seufzte. Jetzt gingen sie schon von zwei Seiten auf mich los.

Ich spazierte ins Haus zurück und setzte abermals den Wasserkocher auf. Bis ich mir noch eine Tasse Tee gekocht hatte, war meine Entscheidung gefallen.

»Okay«, erklärte ich James. »Ich bleibe noch ein bisschen länger, in Ordnung?«

Ich würde die Zeit nutzen, um mich zu erholen, um etwas über meine Familie herauszufinden und vielleicht auch, um mit dem Schreiben des Romans zu beginnen, den ich meiner Lektorin vor einem Jahr versprochen hatte. Wenn Sage den Willen fand, sich für ihr Studium so abzurackern, konnte ich es auch. Es heißt, die Alten hätten der Jungend viel beizubringen, aber oft ist es auch umgekehrt. Etwas in meinem Innern löste sich bei der Entscheidung, ein wenig länger zu bleiben, mehr über meine Familie in Erfahrung zu bringen und Maria besser kennenzulernen. Bis ich mich zum Bleiben entschied, war mir nicht klar gewesen, wie sehr ich in der Luft gehangen hatte.

Es war schon früher Abend, als an der Tür ein Klopfen erklang. Ich hatte die Rückseite einer Serviette von einer nahe gelegenen Pizzeria benutzt, um ein paar Ideen für eine Geschichte zu skizzieren, und hatte laut mit James' Asche darüber geplaudert.

Meinen Laptop hatte ich nicht mitgebracht, da ich eigentlich nicht gedacht hatte, dass ich mich nach einem Jahrzehnt ohne Schreiben ausgerechnet jetzt dazu entschließen würde. Ich nahm mir gerade vor, so bald wie möglich ein Notizbuch kaufen zu gehen, da unterbrach mich das Klopfen in meinen Gedanken.

Ich hielt in der Diele inne und fragte mich, ob der Makler zurückgekehrt war. Beim Gedanken an einen weiteren Brief von James fing mein Herz zu klopfen an.

Mit einer gewissen Beklommenheit öffnete ich die Tür, nur um vor Überraschung große Augen zu machen, als da draußen Big Jim stand, seinen langen grauen Pferdeschwanz über der Schulter. Er trug eine runde Brille im Stil der Sechzigerjahre, verblasste Blue Jeans und wieder ein Batikhemd, das über seinem üppigen Bauch spannte.

»B- ähm, Jim, hi«, sagte ich und öffnete die Tür vollständig. Ich zögerte, ihn Big Jim zu nennen. Zwar hatte ich es genossen, neulich abends seine Bekanntschaft zu machen und Zeit mit Sue und Isla in der Blues Bar zu verbringen, aber im Grunde kannte ich ihn nicht gut genug, um ihn mit seinem Spitznamen anzureden.

»Guten Abend, Miss Charlotte«, sagte er, indem er die Brille abnahm und sich wie ein altmodischer Gentleman verbeugte. In seinen kornblumenblauen Augen war ein Funkeln.

Ich lachte.

»Ich komme nicht mit leeren Händen.«

»Oh?«, fragte ich überrascht.

»Jawohl«, erwiderte er, ging dann zu seinem ramponierten Nissan und holte ein Fahrrad aus dem Kofferraum. »Ich weiß, dass du an deinem Leihfahrrad hängst – das ich ein Stückchen verbeult habe, als ich es neulich abends hinten in den Kofferraum gequetscht habe, sorry! Aber …« – er schenkte mir ein Grinsen, das irgendwie verschämt, gleichzeitig für sein über sechzigjähriges Gesicht aber auch bemerkenswert jungenhaft war – »ich hatte das hier in der Garage, wo es nur Platz weggenommen hat, und ich dachte mir, vielleicht könntest du Verwendung dafür finden und dir zumindest die Leihgebühren sparen. Was sagst du? Warum siehst du es nicht als Teil dieser neuen Straße, auf der du jetzt unterwegs bist?«

»Jim! Das ist so nett von dir«, stieß ich hervor und starrte das Fahrrad bestürzt an. »Eigentlich ist es auf seltsame Weise perfektes Timing – ich habe eben entschieden, ein bisschen länger als ursprünglich beabsichtigt auf der Insel zu bleiben.«

»Aha«, sagte er und tippte sich an die Nase. »Etwas hat mir zugeflüstert, dass das der Fall sein könnte.«

»Wirklich?«

»Nö, hatte keine Ahnung! Ich wusste nicht, dass du ursprünglich einen Kurzaufenthalt geplant hattest, nicht als du erwähnt hast, dass du neulich hier ein Haus gekauft hast.«

Ich lachte. Das ergab Sinn.

Es war ein altes Mountainbike, mit dicken Reifen und einem marineblauen Rahmen und einer beeindruckenden Gangschaltung, die das Herumfahren bestimmt leichter machen würde als das schwere Leihfahrrad, das ich bisher benutzt hatte. »Aber warum willst du mir das Fahrrad geben? Ich meine, ich will ja nicht gerade undankbar klingen, es ist nur so, dass du mich kaum kennst.«

Er wippte auf den Fersen und warf sich den Pferdeschwanz über die Schulter. »Das machen wir hier – achten aufeinander. Außerdem, weißt du, es ist irgendwie nett, endlich einmal nur Jim genannt zu werden …«

Ich legte die Stirn in Falten. »Was meinst du?«, fragte ich, aufrichtig verwirrt.

»Du hast mich nie ›Big Jim‹ genannt. Es ist nicht so, als würde mir der Spitzname etwas ausmachen, aber weißt du, manchmal fände ich es schön, wenn die Leute mich beim Begrüßen nicht gleich nach dem Leibesumfang beurteilen würden. Ich bin irgendwie mehr als nur ›ein dicker Typ‹, weißt du?«

Meine Augen weiteten sich, und ich nickte, seltsam gerührt. Im Grunde war er so etwas wie ein sanfter Riese.

»Ich weiß, was du meinst – mein Bruder nennt mich schon den Großteil meines Lebens Twig. Ich meine, jetzt ist es mir egal, aber früher hat es mich wahnsinnig gemacht …«

»Twig? Du?«

Ich lachte, besonders, als ihm die Röte ins Gesicht stieg und er ins Stottern geriet. »Nicht dass du nicht dünn wärst … oder … ich meine, du bist sehr … ähm … ich hör jetzt besser auf.«

»Keine Sorge.« Ich lachte erneut. »Als Kind habe ich ein bisschen wie eine Stabheuschrecke ausgesehen.«

Jetzt war ich dünn, das wusste ich, aber bestimmt nicht zweigähnlich. Himmel, nicht mit meinen Hüften! Ein Umstand, den ich der Mutterschaft zu verdanken hatte.

Er grinste. »Geschwisterliebe, einfach unschlagbar.«

»Ja, klar – aber er ist spitze. Allan. Du würdest ihn mögen.«

Es entsprach wahrscheinlich der Wahrheit, selbst wenn sie sich in etwa so ähnlich waren wie Öl und Wasser.

»Möchtest du einen Kaffee?«, bot ich an.

Er zuckte mit den Schultern. »Da sag ich nicht nein.« Er folgte mir in die Küche, wo ich den Wasserkocher aufsetzte und zwei der vier Becher holte, die ich derzeit besaß. Rasch packte ich James' Urne und stellte sie in den Schrank, leise eine kurze Entschuldigung flüsternd, weil ich ihn wegräumen musste. Auch wenn Jim gar nicht wissen würde, dass sich in der Urne die Asche meines Ehemannes befand, überlegte ich. Trotzdem wollte ich *das* lieber nicht erklären müssen.

Jim holte das Fahrrad ins Haus und lehnte es in der Diele an die Wand.

»Vielen Dank für das Fahrrad. Ich könnte es dir bezahlen?«, bot ich an.

Er schüttelte den Kopf. »Wie schon gesagt, wir haben es nicht benutzt. Eigentlich war es Sues Idee – es war ihr Fahrrad, aber sie hat jetzt einen Motorroller.«

Ich grinste. »Ich mag Sue.«

»Das beruht auf Gegenseitigkeit. Du weißt schon, dass sie all deine Bücher gelesen hat.«

Ich errötete. »Wirklich?«

»Ja, sie ist online gegangen und hat auch die gekauft, die sie noch nicht kannte, als sie gehört hat, dass du *die* Charlotte Woolf bist. Findet dich ziemlich toll.«

Mit rotem Kopf sah ich zu Boden. Die Wahrheit lautete, dass ich schon lange nicht mehr *die* Charlotte Woolf war. Geschrieben hatte ich schon seit Jahren nichts mehr. Ich hatte ein paar Romane verfasst, die sich in den Neunzigerjahren ganz gut verkauft hatten, doch mein letztes Buch hatte keinen großen Anklang gefunden, woraufhin ich beschlossen hatte, eine Pause einzulegen. *Zehn Jahre lang.*

Den Großteil des letzten Jahrzehnts war meine Schriftstellerei hauptsächlich eine theoretische Angelegenheit gewesen. Eigentlich war ich Hausfrau gewesen. Eine Rolle, die sich ziemlich erledigt hatte, als Sage von zu Hause auszog und James verstarb. Gab es so etwas wie eine Hauswitwe? Es war ein deprimierender Gedanke.

»Ich wusste gar nicht, dass sie noch erhältlich sind.« Ich goss den Kaffee aus der Cafetiere ein, die mir Escobar, der Makler, vor meiner Ankunft gekauft hatte.

»Ja, sie hat sie gebraucht bekommen«, räumte er ein.

Ich lachte.

Bevor ich es mir anders überlegen konnte, fragte ich: »Jim, würdest du mit Sue und Isla, wenn sie Zeit hat, würdet ihr morgen Abend zum Essen kommen wollen – falls ihr keine Pläne habt?«

»Pläne? Als ich das letzte Mal Pläne hatte, haben sie immer noch davon gesprochen, die Berliner Mauer niederzureißen. Hört sich klasse an. Was können wir mitbringen? Sue wird es wissen wollen.«

»Nur euch.«

»Okay, klasse. Hört sich gut an. Aber wir können den Wein mitbringen – hab einen Freund, der den besten *costa*-Wein herstellt. Das bedeutet Küste. Der Wein sieht ein bisschen dubios aus – er ist braun –, aber er schmeckt ziemlich gut.«

»Echt?«

»Nein, eigentlich ist es Fusel«, antwortete er lachend. »Aber man muss ihn probieren, Mann. Da wachsen einem Haare auf der Brust.«

Ich kicherte. »Ähm, eigentlich will ich das nicht …«

»Ja, okay, stimmt schon. Aber probier ihn trotzdem.«

Ich grinste. »Okay.«

Dann erzählte ich ihm vom Besitzer des hiesigen Ladens, Francisco, und dem Wein, den er herstellte. Wie sich zeigte, war die Weinherstellung hier so etwas wie eine feste Institution, genau wie die Olivenölproduktion. Etwas an der Vorstellung fand ich ansprechend, auch wenn ich für eine Hausfrau gar nicht so häuslich war. Bei Weitem keine Küchengöttin, noch nicht einmal eine Halbgöttin.

Jim sah sich um. »Also dieses Haus – Isla hat mir erzählt, es war früher in eurem Familienbesitz, aber du hast es wieder gekauft?«

Ich nickte und beschloss dann, einfach die Wahrheit zu sagen. »Eigentlich hat mein Mann es gekauft – als Überraschungsgeschenk –, bevor er verstarb.«

Seine Augen wurden riesig. »Das ist aber mal ein Überraschungsgeschenk!«

»Das kannst du laut sagen! Ich weiß noch immer nicht so recht, was ich davon halten soll.«

»Wie ist er gestorben?«

Ich biss mir auf die Unterlippe. »Krebs.«

Ein Wort, das so viel erklärte.

»Das tut mir leid, Kleines.«

Ich zog tief die Luft ein, wandte den Blick ab. »Danke.«

»Aber das Haus hat früher deiner Familie gehört? Wie geht das? Und wie hat er es zurückbekommen?«

Jim hatte etwas Sympathisches an sich, er wirkte überhaupt nicht bedrohlich, sondern herzlich, ja, sogar liebenswert, und bevor ich mich versah, erzählte ich ihm den ganzen traurigen Schlamassel.

Als ich die Sache mit James' erstem Brief zur Hälfte

erzählt hatte, hob er eine Hand. »Hierfür brauchen wir Wein, Mädchen, wo ist diese Flasche von deinem Freund aus dem Laden?«

Ich grinste, Tränen in den Augen, und stand auf, um sie zu holen. Während ich den Wein in meine letzten beiden Kaffeebecher goss, nahm ich mir vor, morgen Gläser für meine Gäste zu besorgen.

Big Jim nippte an seinem Becher Wein und starrte mich kopfschüttelnd an. »Na, ich finde das ziemlich unglaublich. Ich habe gewusst, dass es da eine Geschichte gibt – tut mir leid, das sagen zu müssen, aber ich habe es neulich abends gesehen. Da war was in deinen Augen ... Mann, es war ein bisschen wie bei den Jungs, mit denen ich aufgewachsen bin. Als sie aus Vietnam zurückkehrten, sahen ihre Augen auch so aus – als hätten sie zu viel gesehen.«

Er sprach vom Vietnamkrieg, und es fühlte sich merkwürdig an, mit diesen armen Seelen verglichen zu werden, in gewisser Hinsicht konnte ich allerdings nachvollziehen warum; ich hatte meinen eigenen persönlichen Krieg durchgemacht, auch wenn mir nicht bewusst gewesen war, dass man es mir einfach so ansah. Der Gedanke gefiel mir ehrlich gesagt gar nicht.

Er drückte meine Schulter und schenkte uns beiden Wein nach. »Aber du wirst das schon durchstehen. Das weiß ich.«

»Danke, Jim«, sagte ich und meinte es auch so.

Ich mochte seine ruhige Gewissheit. Nachdem er gegangen war, holte ich James' Urne aus dem Schrank und stellte ihn zurück auf den Tisch. Dann betrachtete ich das

Fahrrad, das Big Jim mir dagelassen hatte, und dachte an die Tatsache, dass ich versprochen hatte, Jim, Sue und Isla am folgenden Abend zu bekochen. Beinahe wäre ich in Gelächter ausgebrochen.

»Habe ich ihm wirklich gesagt, ich würde kochen?«, fragte ich die Asche fassungslos.

Ich war keine tolle Köchin. Es war eine Art Familienwitz. Doch ich hatte Maria dabei zugesehen, wie sie am Nachtmittag diesen Eintopf kochte, und ich dachte mir, vielleicht würde ich ihn morgen zum Abendessen probieren.

Die Mahlzeiten, die ich in der Vergangenheit zubereitet hatte, bestanden im Allgemeinen aus Nudelauflauf, Spaghetti Bolognese, Gemüsesuppe oder Tiefkühlpizza … eben die Dinge, die ich kochte, wenn James nicht zu Hause oder krank war. Es waren die Mahlzeiten an James' »Ruhetagen«. Das häusliche Pendant zu einem Drive Through, bloß ein bisschen gesünder. Sie waren vollkommen genießbar, aber an James' Kochkünste reichten sie nicht im Mindesten heran. Es waren die Art Mahlzeiten, nach denen nie jemand verlangte, es sei denn, man war völlig ausgehungert und es hatte gerade kein Drive-Through geöffnet.

Man hätte meinen können, bei einer Großmutter wie meiner hätte ich mir etwas abgeschaut oder wegen meiner katalanischen Wurzeln müsse mir das Kochen im Blut liegen, aber so war es nicht. In meiner Jugend hatten wir nicht allzu nah bei meinen Großeltern gewohnt. Sie lebten etwa eine Dreiviertelstunde entfernt auf dem Land in Kent, wo mein Großvater Sam aufgewachsen war. Er war Engländer, doch er war Gran während des Spanischen Bürgerkriegs begegnet und hatte sie so schnell wie möglich nach England gebracht. In meiner Jugend kamen sie oft übers Wochenende zu uns, und wir fuhren auch zu ihnen, doch Allan und ich waren immer viel zu sehr am Garten interessiert oder am Durchforsten ihrer alten Seekiste mit den alten Fotos und anderen Schätzen, um allzu viel Zeit in der Küche zu verbringen. Jetzt bereute ich das. Man weiß nie, dass es zu spät ist, bis es so weit ist. Vor Grans Tod holte ich sie immer zu kleinen Fahrten ab, Ausflügen ans Meer, in Museen und Teestuben. Vielleicht hätte ich mehr Zeit mit ihr zu Hause verbringen sollen; vielleicht hätten wir dann mehr Gelegenheit zum Reden gehabt. Oder vielleicht wäre ich eine bessere Köchin. Mein einziger echter Bezugspunkt in Sachen Kochen war meine englische Mutter, und ihre kulinarische Kompetenz war in etwa so breit gefächert wie meine. Was heißen soll: kaum existent. Hauptsächlich Toast mit Marmelade. Mit Käse, wenn ihr abenteuerlustig zumute war. Dad hatte Grans Leidenschaft fürs Kochen geerbt, doch nach seinem Tod waren wir Mums mangelnder Leidenschaft in der Küche ausgesetzt gewesen.

Ich fragte mich, ob ich Maria morgen um ein paar Tipps bitten könnte … es wäre ganz wunderbar, ein paar Familienrezepte von ihr zu lernen. Dinge, die vielleicht über die Generationen weitergegeben worden waren. Dinge, die ich mit meiner eigenen Tochter teilen könnte. Ich lächelte über mich selbst. Es war eine neue Erfahrung – Vorfreude auf etwas. So hatte ich mich schon lange nicht mehr gefühlt, aber ich freute mich darauf, Maria besser kennenzulernen. Mehr über die Vergangenheit meiner Familie herauszufinden, und in der Tat über ihre Gegenwart. Ich betrachtete James' Asche und schüttelte den Kopf. »Ich hoffe, du bist zufrieden.«

14

Formentera, Gegenwart

Abermals war Marias Haus angefüllt mit lautem Kinderlachen und Essensdüften. Frisch gepflückte Zitronen von den Bäumen in ihrem Garten lagen in einer Schüssel, Kräuter, die sie erst am Morgen geerntet hatte, warteten gehackt auf einem Holzbrett auf die große Dorade, die sie zum Mittagessen in Zitronenbutter braten würde.

An dem Nachmittag erfuhr ich, dass Kinder und Kochen zwei der größten Passionen ihres Lebens waren.

Maria hatte mich mit offenen Armen begrüßt und mir die üblichen Küsschen auf beide Wangen gegeben. Mir wurde klar, dass wir keine Fremden mehr waren, und ich war froh. Als Erstes gab sie mir etwas zu tun. Reichte mir meine eigene Schürze. Sie freute sich, als ich ihr sagte, ich würde gern versuchen, den Eintopf zu kochen, den sie tags zuvor zum Mittagessen zubereitet hatte.

Überrascht drehte sie sich zu mir. »Du hast es nie zu Hause gelernt?«, fragte sie, während sie eine Tomate für einen Salat mit Brot und Fisch würfelte, eines der klassischen Gerichte der Insel, wie sie mir erklärte.

Ich erzählte ihr von den Kochkünsten – beziehungsweise dem Mangel an Kochkünsten – meiner Mutter, und dass ich eigentlich nichts von meiner Gran gelernt hatte, woraufhin sie den Kopf schüttelte. »*Ai carai*, Alba«, beklagte sie sich bei ihrer Schwester, indem sie aufblickte und den Himmel anflehte. Dann legte sie die Stirn in Falten, schien nachzudenken und zuckte leicht mit den Achseln. »Na ja, eigentlich war sie selbst auch keine besonders gute Köchin. Vielleicht also keine große Überraschung.«

Ich widersprach. »Aber sie war eine *großartige* Köchin!«

Die alte Frau lachte. Ihre großen, dunklen Augen weiteten sich beträchtlich, während sie mich anstarrte und möglicherweise überlegte, ob Alba mit fortschreitendem Alter eventuell besser geworden war. Dann winkte sie ab. »Ach, aber du bist englisch.« Sie nickte, als würde das alles erklären.

»Was soll das heißen?«, fragte ich.

Sie hatte ein boshaftes Funkeln in den Augen. »Du kennst es nicht anders.«

Ich lachte. »Wir sind ein bisschen besser geworden, weißt du?«

Sie stieß ein Geräusch aus, ein leises Schnauben. »Wenn du es sagst.«

Ich führte die großartigen Köche an, die wir hatten, den fabelhaften Käse, den wir herstellten, unsere erstklassigen Würstchen … Das schien die Sache nur zu verschlimmern. Sie wirkte nicht überzeugt. Stattdessen hob sie eine Augenbraue. »Englisches Essen scheint immer in einem Zweigespann daherzukommen. Warum ist das so? Fish *and* Chips. Sausage *and* Mash. Bacon *and* Egg. Meiner Meinung nach sind die einzigen Dinge, die es in Paaren geben sollte, Strümpfe, nicht Essen.«

Ich zuckte mit den Schultern und verbarg ein Grinsen. Zwar schmeckte mir all das, aber ich konnte nachvollziehen, was sie meinte.

Sie holte eine Pfanne herunter und warf mir dann einen abschätzenden Blick zu. »Du bist noch jung, vielleicht ist noch Zeit.«

Das brachte mich unwillkürlich zum Lachen.

Während ich ihr zur Hand ging, erfuhr ich, dass sie sechzig Jahre verheiratet gewesen war, ihr Ehemann Pedro vor zwei Jahren verstorben war und ihre Söhne und die Tochter alle ein paar Häuser weiter wohnten. Sie hatte zwei Enkelkinder, und der kleine Benito war einer von vier Urenkeln. Außerdem erfuhr ich, dass sie sich große Mühe gab, niemanden zu bevorzugen, und dass ihre Enkelin Louisa, Benitos Mutter, sie deswegen immer wieder zur Rede stellte.

»Man sollte keine Lieblinge haben«, räumte sie ein. »Aber Benito macht es einem schwer«, fügte sie versonnen hinzu. Wie ich hörte, passte sie auf ihn auf, während seine Eltern auf der Arbeit waren.

Ich erzählte ihr von Sage, dass es einfach war, ein Lieblingskind zu haben, wenn man nur das eine hatte, und sie stimmte mir zu, dass das die Sache erleichterte. »Ihr wolltet nie mehr?«, erkundigte sie sich.

Ich schüttelte den Kopf. »Wir haben darüber nachgedacht – es wäre schön gewesen, aber irgendwie hat es einfach nicht geklappt.«

Ich erwähnte nicht, wie oft wir es versucht hatten. Die fehlgeschlagenen künstlichen Befruchtungen, und wie wir letztlich einfach beschlossen hatten, das eine Kind, das wir hatten, mit so viel Liebe wie möglich zu überhäufen. Es hatte eine Zeit gegeben, als ich dermaßen darauf konzentriert war, noch ein Kind zu bekommen, dass ich aus den Augen verloren hatte, wie glücklich ich mich schätzen konnte, Sage zu haben.

Maria wollte gern mehr über Sage erfahren – oder vielleicht war sie nur höflich und vielleicht holte ich auch ein bisschen zu weit aus, indem ich ihr von ihrem Medizinstudium erzählte, und dass sie sich immer um alle anderen kümmerte.

»Sie hört sich ein wenig nach Cesca, der Schwester der Mutter meiner Urgroßmutter, an.«

Ich sah sie nachdenklich an. »Vielleicht liegt es ihr im Blut, das Medizinstudium.«

Während ich Tomaten würfelte, die Maria in ihrem Garten gezüchtet hatte, und sie mit Brotkrumen, Käse und Fisch zu einem Salat vermischte, kehrte sie zu der Geschichte zurück, die sie tags zuvor begonnen hatte und in der ich den beiden Schwestern Cesca und Esperanza begegnet war.

Beim Kochen lauschte ich, und im Nu wurde ich mitgezogen wie ein Boot auf hoher See und in die Vergangenheit zurückgespült.

15

Formentera, 1718

Als Cesca nach ihrem Abschied von Antoni ins Haus zurückkehrte, warf die Sonne ein dunstiges Band über den Horizont und ihre Mutter hatte mit den Frühstücksvorbereitungen begonnen. Ängstliche Sorgenfalten umgaben ihre mandelförmigen Augen, doch sie lächelte, als Cesca das kühle Innere der dunklen Küche betrat, wo das kleine Fenster einen Ausblick auf das türkisfarbene Meer bot. In der Nähe stieß eine Seemöwe ihren seltsamen Schrei aus.

Es würde ein schöner Morgen werden. Der Sturm war vorüber, und sie konnte den herannahenden Sommer spüren.

Esperanza lag, wie üblich, immer noch im Bett. Ihre achtzehnjährige kleine Schwester war eine der Spätaufsteherinnen dieser Welt und ließ sich nur mit der Drohung, sie werde ihr Frühstück an die Ziege Grunon verlieren, aus dem Bett locken.

Ihre Mutter band sich ein Tuch um den Kopf und warf ihren langen rötlich-grauen Zopf über die Schulter, während sie im Topf umrührte. Sie schien Cescas Gedanken zu lesen.

»Ich gebe ihr noch fünf Minuten, bevor Grunon es kriegt.«

Cesca lachte glucksend und fing dann an, ein Heilmittel gegen Fieber zuzubereiten. Die Nacht zuvor hatte sie dem Mann, den ihr Bruder in ihre Obhut gebracht hatte, einen Kräutertee verabreicht, den sie aus Nelken und Zimt gemacht hatte; sie hatte ihm den Tee nach und nach mit dem Löffel eingeflößt. Heute hatte sie noch einen Tee gebraut, und hoffentlich würde er seine Genesung ein wenig unterstützen. Er hatte unruhig geschlafen und leise im Schlaf aufgeschrien, doch das hatte mittlerweile zum Glück aufgehört.

Er war jung, vielleicht Ende zwanzig, schwach und abgekämpft. Ein Auge war von den Faustschlägen seiner Häscher fast ganz zugeschwollen. Es fiel schwer, seine Haarfarbe zu erraten, dachte sie – aufgrund des verklebten Schmutzes und getrockneten Blutes, die sich darin gesammelt hatten. Seine Gesichtszüge waren, abgesehen von den Blutergüssen, ebenmäßig, schön, fand sie. Oder vielleicht wären sie das, wenn er nicht so verletzt wäre. Ihr fiel auf, dass sie ihn anstarrte, und zwar mehr, als es sich vielleicht gehörte. Fremde waren eine Seltenheit auf der Insel. Doch sie gestattete sich keine anderen Gedanken, abgesehen von dem Versuch, ihn zu heilen; sie war dem Arzt, Señor Garcia, versprochen worden, als sie noch ein junges Mädchen war. Verheiratungen kamen auf der Insel häufig vor, besonders in ihrer heimlichen jüdischen Gemeinde.

Ihre Mutter schüttelte den Kopf. Teilte ihre eigenen Gedanken und Sorgen nicht mit, die sich hauptsächlich um die Frage drehten, was sie tun würden, falls der Mann sterben sollte – was würden sie mit der Leiche machen?

Cescas Hauptsorge in dem Moment bestand allerdings darin, ihre faule Schwester aus dem Bett zu werfen, damit diese bei der morgendlichen Hausarbeit mit anpacken konnte. Dass sie nur zehn Monate auseinander waren, überraschte die meisten Leute, die Cesca mit ihrer stillen Autorität für viele Jahre älter als ihre Schwester hielten.

Sie ging in das Zimmer ihrer Schwester und zog die Decke zurück.

Esperanza stöhnte und sah sie dann aus erschöpften Schlitzen an. Ihr dunkles Haar bildete auf dem Kopfkissen einen unordentlichen Wasserfall. »Ich bin müde, lass mich in Ruhe.«

Seufzend schüttelte Cesca ihren Arm. »Komm.«

»Noch fünf Minuten, ich hatte gerade einen schönen Traum.«

Cesca seufzte. Schüttelte sie abermals. »Du bist dran, die Eier einzusammeln und den Ziegenstall zu entmisten. Warum muss ich immer deinen faulen Hintern aus dem Bett zerren?«

Mit einem Ächzen drehte Esperanza sich um. »Ach. Ich hasse diese Ziege.«

Cesca verbarg ein Grinsen.

Esperanza band sich die Haare mit einem Kopftuch hoch und stürmte dann ins Freie. Die Küche roch immer noch nach dem Mann, den ihr Bruder zu ihnen gebracht hatte, damit sie sich um ihn kümmerten. Es roch nach Tod, was ihr Unbehagen und ein wenig Angst bereitete trotz ihrer mutigen Worte vom Vortag. Sie wollte nicht eines Tages wie er gezwungen sein, aus ihrem Zuhause zu fliehen.

Der Wind heulte, der Boden war kalt, und sie begegnete dem Tag mit einem finsteren Blick. Sie hatte geträumt, dass ihr Bruder und ihre Schwester keinen gesuchten

Mann hergebracht hatten, der bei ihnen leben sollte – einer, bei dem sie jetzt so tun mussten, als wäre er Rafael, ihr *Cousin*. Jedenfalls wenn er überlebte. Allein dem Geruch nach zu schließen, war sie sich da nicht so sicher, und sie biss bei dem Gedanken, dass sie ihrer Mutter und ihrer Schwester beim Ausschaufeln eines Grabes würde helfen müssen, die Zähne zusammen.

Sie trug Antonis alte Stiefel – die mit dem Loch am großen Zeh, wo die Feuchtigkeit hereinkroch. Später würde sie noch mehr Papier hineinstopfen müssen. Erneut seufzte sie. Sie war es leid, dass alles immer auseinanderfiel, dass alles immer aus zweiter Hand und schon beschädigt war. Der Großteil ihrer Garderobe bestand aus abgelegten Kleidungsstücken ihrer Schwester.

Flea kam zu ihrer Begrüßung und wedelte wie wild mit dem Schwanz. Er war ein federnder Staubwedel von einem Hund mit schmutzig-braunem verfilztem Fell und nur einem Auge. Cesca hatte ihm den Namen gegeben, weil sie sagte, er sei bloß ein Sack Flöhe. Das war er auch. Außerdem war er Esperanzas große Liebe. Sie tätschelte ihn und küsste die Stelle, wo früher sein anderes Auge gewesen war, und er folgte ihr treu ergeben, als sie in den Hühnerstall stapfte.

Das Einsammeln der Eier war die einzige Arbeit, die ihr Spaß machte, also erledigte sie sie zuerst. Sie mochte die Hühner. Ihre weichen, warmen, kuscheligen Körper. Ihre Mutter ermahnte sie, sie solle sich ihnen nicht zu weit nähern, doch sie lernte es nie.

»Hallo, Mädels!« Sie begrüßte die Matriarchin Gertrudis und fuhr ihr mit einer Hand über die weichen flaumigen

Federn. Schon bald kam auch Dolores für eine Streicheleinheit heran.

Anschließend begab Esperanza sich mit hochgezogenen Schultern auf die Suche nach Grunon, der Ziege.

Cesca hatte die teuflische Ziege vor zwei Monaten vom Markt nach Hause gebracht und sich über das gute Geschäft gewundert, das sie gemacht hatte. Esperanza hatte sich nicht so sehr gewundert. Grunon gab dem Wort störrisch eine ganz neue Bedeutung.

Sie wollte nicht kommen, wenn Esperanza nach ihr rief, weigerte sich, sich vom Fleck zu rühren, und jedes Mal, wenn Esperanza versuchte, die Ziege zu melken, trat diese nach ihren Beinen, und der Milcheimer flog quer durch den Stall. An den meisten Tagen konnten sie schon von Glück sagen, wenn sie auch nur die Hälfte der Milch erhielten, die eigentlich zu erwarten war. Es schien kaum der Mühe wert. Esperanza hatte immer wieder angesprochen, dass sie die Ziege gegen etwas anderes eintauschen sollten. Doch Cesca war sicher, dass Grunon nur Zeit brauchte, um sich in ihrem neuen Zuhause einzuleben. Abgesehen davon wollten sie ihren eigenen Käse und ihre eigene Butter herstellen und sie nicht eintauschen müssen – jedenfalls lautete so der Plan. »Aber wenn du weiter so machst«, flüsterte sie der mürrischen Ziege in das weiße, struppig behaarte Ohr, »kommst du am nächsten Feiertag vielleicht einfach auf einen Spieß. Vielleicht *helfe* ich dabei ein bisschen *nach*.«

Grunon wusste, wann ihr gedroht wurde, und sie trat aus, stieß den Eimer um und sorgte dafür, dass die kostbare Milch über den ganzen Boden verschüttet wurde.

»Bäh! Du grässliche Kreatur!«, klagte Esperanza, hob den Eimer auf und versuchte, die Ziege zurück in den Stall zu zerren. Eine Dreiviertelstunde später betrat sie die Küche in ihrem milchdurchtränkten Kleid, das Haar ein zerzaustes dunkles Durcheinander und das Gesicht rot und glänzend vom Schweiß. Und der Mann, der in der Küche geschlafen hatte, schrie nach Wasser.

Esperanza stellte den Eimer mit einem dumpfen Aufschlag in der Ecke ab und trat trotz ihres Missmuts vor.

Der Mann war von Blutergüssen übersät, ein Auge violett und angeschwollen. Sein Haar dreckig und verfilzt. Er roch nach Krankheit und Schweiß, und er murmelte etwas in einem Mischmasch aus Spanisch und Französisch. Sie hörten wieder ein paarmal das Wort Wasser. Cesca stürzte mit einem Glas vor, während Esperanza stehen blieb.

Ihre Mutter sah sie an, dann Cesca, schüttelte den Kopf und wies auf den Fremden in der Ecke. »Was hat euer Bruder sich bloß dabei gedacht? Und wenn er nicht unseren Dialekt sprechen kann – wie werden wir ihn dann als euren Cousin ausgeben?«

»Ich bin mir sicher, dass er Ibizenkisch spricht«, sagte Cesca.

Sie versuchte, die Befürchtungen ihrer Mutter zu beschwichtigen, obwohl sie sich die gleichen Sorgen gemacht hatte. Wie sollte dieser Mann als einer von ihnen durchgehen? Besonders, wenn er sich nicht wie ein Einheimischer anhörte? Abgesehen davon sah er auch nicht aus wie Rafael, ihr echter Cousin. Rafael war blass und dünn gewesen, mit hellem Haar. Dieser Mann war dunkel und muskulös. Allerdings, überlegte sie, würden sich vielleicht nicht viele auf der Insel daran erinnern, wie der echte Rafael aussah. Es war Jahre her, seitdem sie ihren Cousin das letzte Mal gesehen hatte, und damals war er jung gewesen – Menschen veränderten sich.

Rafael war an einem Fieber gestorben. Es war unvermittelt passiert und ohne echte Warnung. Von seinem Tod zu erfahren, war ein Schock gewesen. Es schien merkwürdig, in gewisser Weise prophetisch, dass dieser Mann hier, der sich als Rafael ausgeben sollte, an einer ähnlichen Krankheit litt.

Cesca tröpfelte mit dem Löffel etwas Wasser zwischen seine trockenen, pergamentartigen Lippen, langsam, um sicherzugehen, dass er sich nicht verschluckte, und schon bald versank er wieder in tiefen, geräuschlosen Schlaf.

Doch da war etwas anderes, das sich nicht vermeiden ließ.

Sie erhitzte Wasser in einem Topf über dem Feuer. »Ich finde, es ist an der Zeit, dass er gewaschen wird.« Sie drückte die Schultern durch und achtete nicht auf den entsetzten Blick ihrer Mutter.

Esperanza nickte. »Ganz meine Meinung.« Dann holte sie etwas getrockneten Lavendel und das selbst gemachte, nach Rosmarin duftende Stück Seife und reichte beides Cesca. Anschließend verkündete sie, dass sie den restlichen Tag außer Haus sein werde.

Cesca seufzte. Sie ging davon aus, dass nicht viel mehr Hilfe von Esperanza zu erhoffen war.

Cesca ließ das Stück Kräuterseife aufschäumen und schrubbte dem Mann das Gesicht und den Hals, so sanft aber fest, wie sie sich traute. Dann zog sie sein verdrecktes Hemd hoch, das aussah, als sei es mit einer Mischung aus Schmutz und Blut getränkt, und bat ihre Mutter zu helfen, ihn zu stützen, während sie es ihm auszog. Um seine Rippen erblickte sie dunkle Blutergüsse, die sie nach Verletzungen abtastete. »Gebrochen«, sagte sie und zuckte zusammen.

Ihre Mutter half ihr und murmelte die ganze Zeit: »Es ist nicht richtig, es schickt sich nicht, dass du das hier machst …«

Cesca seufzte. »Was tut das zur Sache, *Mare*? Müssen wir ihn in diesem Dreck leiden lassen, weil ich unverheiratet, dem Arzt versprochen bin? Oder würdest du gern versuchen, ihn allein zu waschen?«

Ihre Mutter schoss ihr einen tadelnden Blick zu, und Cesca verspürte heftige Reue über ihren scharfen Tonfall. Sie wusste, dass ihre Mutter sich schlecht genug fühlte, weil ihre Tochter in dieser Situation steckte.

Sie sah ihre Mutter freundlich an und scherzte: »Ich werde die Augen schließen, bevor ich etwas sehe, das ich nicht sehen sollte.«

Die Lippen ihrer Mutter zuckten. »Um das zu tun, müsstest du aber erst einmal hinsehen.«

Mit einem Grinsen schrubbte sie weiter die Arme des Mannes. Sie wusch sein Haar mit einer Mischung aus Lavendel und Rosmarin, beides von Pflanzen gesammelt, die wild auf der Insel wuchsen. Sie würden gegen die Wunden an seinem Kopf helfen und die verfilzten Strähnen von sämtlichen Schmutzpartikeln befreien.

Sie wusste dank Señor Garcia über natürliche Heilmittel Bescheid. Er war der einzige Arzt, der auf der Insel lebte, und nach dem Tod seiner Ehefrau war Cesca seine Hilfskraft geworden. Wegen ihm hatten Esperanza und sie lesen gelernt – er las gern medizinische Schriften und fand, es wäre eine gute Idee, wenn sie sie ebenfalls lesen könnte, damit er seine Entdeckungen mit ihr teilen konnte und jemanden hatte, mit dem er sich darüber austauschen konnte. Er hatte ihr (und Esperanza, da sie sich weigerte, bei seinem Angebot übergangen zu werden) das Lesen beigebracht, und ihr Vater hatte keinen Widerspruch erhoben.

Ja, es war etwas, worauf ihr Vater stolz gewesen war, als Señor Garcia ihn um seine Erlaubnis gebeten hatte, die Mädchen zu unterrichten. »Man stelle sich vor, zwei Mädchen zu haben, die gescheiter als die meisten Männer auf der Insel sind«, prahlte er regelmäßig. Die meisten Menschen hier konnten über ihren Vornamen hinaus nichts lesen oder schreiben, manche noch nicht einmal das.

»*Pare*!«, hatte Cesca ihn getadelt, als sie noch ein Kind war. Die Männer hier würden sich mit dieser Vorstellung nicht anfreunden können, aber schließlich würde sie höchstwahrscheinlich irgendwann einen von ihnen heiraten müssen.

Er hatte einfach mit den Achseln gezuckt. »Schraube deine Ansprüche nicht für andere herunter, Kind, stelle immer sicher, dass die Menschen um dich herum ihre hochschrauben.«

Ihr Vater hatte solche Dinge oft gesagt. Vor seinem Tod hatte er mit dem Arzt darüber gesprochen, dass dieser

Cesca zur Frau nehmen sollte. Es war eine gute Partie, obwohl er viel älter war als sie. Viele Ehen auf der Insel wurden, lange bevor die Kinder herangewachsen waren, von den Eltern arrangiert. Esperanza war auch mit einem Cousin verlobt gewesen, seit sie sechs war. So wurden die Dinge eben gehandhabt. Cesca stimmte es stolz, dass ihr zukünftiger Ehemann anderen so viel beizubringen hatte. Señor Garcia war ein getreuer Freund, und sie freute sich darauf, mehr von ihm zu lernen. Esperanza hatte natürlich schon oft gedroht wegzulaufen, bevor sie verheiratet werden konnte, doch sie war die Ausnahme – die meisten jungen Frauen auf der Insel nahmen es als ihr Schicksal hin.

Esperanza war mit dem Brotbacken an der Reihe, und sie zog es vor, dies ohne die Seufzer ihrer Schwester zu tun. Cesca erzählte ihr ständig, wie man es richtig machte. Auf ihre Weise, meinte sie. Leider hatte Cesca häufig recht, was Esperanza betraf. Sie hatte den unglückseligen Hang, Dinge anbrennen zu lassen, weil sie gern zu viel mit ihrer Freundin Riba tratschte oder von ihrem Hund Flea abgelenkt wurde. Der trotz seiner kleinen Statur ein Meister im Spazierengehen und Höhlenerkunden und Schwimmen war, mit ihren langen Schritten mithielt und sie nie aus dem einen Auge ließ.

Zu Esperanzas tiefem, anhaltendem Bedauern war Flea der Zutritt zum Haus verwehrt. So lautete die verbindliche Regel von Cesca und ihrer Mutter. Weshalb Esperanza so viel Zeit wie möglich außer Haus verbrachte.

Beim gemeinschaftlichen Brotofen, den ein paar Nachbarn gemeinsam nutzten, störte sich niemand allzu sehr an dem Hund. Esperanza ging alle paar Tage dorthin, um mit den anderen Frauen Brot zu backen, aber vor allem tauschte sie gern sämtliche Neuigkeiten mit ihrer besten Freundin Riba aus und drückte sich für den Nachmittag vor den übrigen Hausarbeiten.

Riba hatte vor vielen Jahren auf der Hauptinsel, Ibiza, gelebt, und Esperanza lauschte gern ihren Geschichten von damals. Über die wohlhabenden Händler und Kaufleute, die Amtspersonen, ein paar der größeren Anwesen. Sie sehnte sich danach, eines Tages selbst dort zu leben, und hätte es auch getan, da der Cousin, mit dem sie verlobt gewesen war, sich dort niedergelassen hatte. Es war das Einzige an ihrer Heirat, worauf sie sich gefreut hatte – die Vorstellung, von dieser winzigen Insel wegzukommen und ein großes Haus und eine Bedienstete zu haben! Es wäre herrlich, wenn sich einmal jemand anders den Kopf über die Ziege zerbrechen würde. Als sie früher so mit ihrer Mutter oder ihrer Schwester gesprochen hatte, hatten sie immer nur den Kopf geschüttelt. »Du darfst deinen Kopf nicht mit Träumen anfüllen, Spranza. Das erschwert das Leben nur.«

Wahrscheinlich stimmte das, wie Esperanza wusste, doch das Problem bestand darin, dass die Träume sich so gut anfühlten. Mehr als das hiesige Leben zu wollen war für Cesca und ihre Mutter unverständlich. Manchmal verfluchte Esperanza ihre eigene überschäumende Fantasie und Ribas glamouröse Erzählungen von den Festen, den Kleidern, dem Schmuck und den gut betuchten Männern …

Es war eine andere Welt, das wusste sie, und jetzt war alles sowieso vorbei. Die Dinge hatten sich geändert, beinahe über Nacht. Der Mann, dem sie versprochen worden war, war tot, was bedeutete, dass es nun wahrscheinlich ohnehin nie dazu kommen würde, dass sie diese Insel verließ, und so hatte sie sich nur Hoffnungen auf ein Leben gemacht, das sie nie führen würde. Sie würde bis in alle Ewigkeit hier bei dieser Ziege festsitzen.

Allerdings hatte sie jetzt vielleicht mehr Mitspracherecht, was ihre Zukunft betraf. Da ihr Bruder fort und ihr Vater tot war, konnte sie sich womöglich selbst einen Ehemann aussuchen. Der Gedanke gefiel ihr, auch wenn sie keine Ahnung hatte, wo anzufangen. Die meisten Jungen, mit denen sie aufgewachsen war, kamen ihr eher wie Brüder als wie mögliche Verehrer vor, und wenn sie ihr Haus für eines der ihren eintauschte, würde es letztlich doch nur aufs Gleiche hinauslaufen. Vielleicht nur eine andere Ziege, dachte sie mit einem bitteren Lachen.

Während sie den Teig knetete und zu einem Laib formte und wartete, bis sie an der Reihe war, ihn in den großen feurigen Ofen zu schieben, hörte sie wieder eine der anderen Frauen den Fremden vom spanischen Festland erwähnen. Da waren sämtliche Gedanken an ihre Zukunft aus ihrem Kopf verschwunden. Dieser neue Fremde aus Barcelona, der kürzlich auf der Insel eingetroffen war, bereitete allen Bewohnern Sorge. Es ging das Gerücht um, er habe behauptet, er führe eine Studie über die heimische Flora und Fauna durch, aber nur wenige glaubten diese Geschichte. Die meisten gingen davon aus, dass er irgendeine Amtsperson war, dass er sie irgendwie überprüfte. Vielleicht hatte er sogar Verbindungen zum Heiligen Offizium oder war Inquisitor. Natürlich war das die große Angst. Dank ihrer heimlichen Gemeinde hatten sie gelernt, stets übervorsichtig zu sein; auf diese Weise blieben sie in Sicherheit und am Leben.

Die Angst, die dieser Mann, dieser Fremde aus Barcelona, durch seine Anwesenheit hervorrief, hatte dazu geführt, dass jetzt an jeder Tür Kruzifixe festgenagelt waren und keiner in die Nähe der heimlichen Synagoge ging, es sei denn im Schutz der Dunkelheit.

Es machte Esperanza sogar noch nervöser, wenn sie an ihren eigenen Fremden dachte, der sich in ihrer Küche versteckte. Was würde mit ihnen allen geschehen, wenn der Mann aus Barcelona Wind von ihm bekam?

»Ich habe ihn gesehen«, sagte Riba jetzt, und Esperanza zuckte zusammen. Es war, als hätte die Frau ihre Gedanken gelesen. Esperanza blickte auf, die dunklen Augen weit aufgerissen.

In dem kleinen Raum, den sie zum Brotbacken benutzten, befanden sich fünf Frauen, und sie drehten sich jetzt alle zu Riba, die mit ihrem dunklen Kopf nickte.

»Ach ja?« Esperanza schluckte nervös und schob die Haarsträhnen, die sich aus ihrem Zopf gelöst hatten, aus dem Gesicht.

Riba nickte. »Ja. Er wohnt in einem der Häuser des Gouverneurs.«

Esperanza stieß ein leises, erleichtertes Seufzen aus. Riba sprach von dem Fremden aus Barcelona. Der Gouverneur besaß ein paar Häuser auf der Insel, die hauptsächlich von Leuten im Salzhandel benutzt wurden, aber das waren Menschen wie sie, lange schon mit der Gegend verbunden.

Mehrere Frauen stammelten nervös vor sich hin.

»Was treibt er wirklich hier, weißt du das?«, erkundigte sich eine Frau mit hellem, rötlich-braunem Haar und länglichen kornblumenblauen Augen.

Riba schürte das Feuer im Ofen und drehte sich der Frau zu, die gefragt hatte. Angesichts der Angst in ihren Augen schüttelte sie den Kopf. »Ich weiß es nicht. Ich hoffe nur, dass es nicht ist, was wir befürchten – dass er für das Heilige Offizium arbeitet. Er hat viele Fragen über den Salzhandel gestellt, also hat er vielleicht damit zu tun. Aber gesagt hat er es nicht.«

Sie tauschten ängstliche Blicke aus. »Aber es ist ja nicht so, als würde er zugeben, dass er vom Heiligen Offizium ist – nicht wenn er versuchen sollte, heimliche Bräuche aufzustöbern«, gab eine der älteren Frauen zu bedenken.

Alle nickten.

Keine würde wagen, hier von jüdischen Bräuchen zu sprechen, nicht laut. Man tat es einfach nicht, nicht in der Öffentlichkeit und auch fast nie im Privaten. Man wusste nie, wer vielleicht zuhörte. Selbst in dieser Situation.

16

Formentera, Gegenwart

In der Luft regte sich das sanfte Rauschen des Ozeans, das verlockende Aroma von sonnengereiften Tomaten, Butter und Safran, und das Geräusch von Gelächter und Musik.

Meine erste spontane Dinnerparty fand an einem dieser trägen Abende statt, die der idealen Sommernacht vorangehen.

Ich hatte *paella de mariscos* zubereitet mithilfe eines Rezepts, das Maria mir am Nachmittag auf meine Bitte hin beigebracht hatte. Sie hatte mich zum örtlichen Markt mitgenommen, der nach Fisch und harter Arbeit roch. Es wimmelte dort von schreienden Männern und Frauen, alle erpicht darauf, das beste Geschäft des Tages zu machen, und mit Maria als meiner Führerin verließ ich einen ortsansässigen Fischer mit zwei günstig erstandenen, prall gefüllten Taschen voller frisch gefangener Hummer und Garnelen. Das Gericht, das ich von Maria erlernte, war die ibizenkische Version; die Paella hatte dank des Safrans eine goldene Farbe, der Boden war knusprig angebraten. Sie war üppig und köstlich gewürzt, mit gewürfeltem Tintenfisch, Miesmuscheln, Garnelen, Reis und Hummer.

Isla, die zu meiner freudigen Überraschung mit einer ihrer schönen Meereslandschaften als Einstandsgeschenk eingetroffen war, trug ein wallendes, violettes Kleid und Ledersandalen mit kleinen Anhängern, die klirrten, wenn sie ging. Nach dem Essen sagte sie, es sei eine der authentischsten Paellas gewesen, die sie je gekostet habe. »Vielleicht *liegt* es dir im Blut«, hatte sie gesagt, als sie einen Bissen aß und die Augen verzückt schloss.

Ich hatte mich entschieden, die Abendgesellschaft ins Freie zu verlegen. In einem Schrank hatte ich eine alte Decke gefunden und legte sie unter die Orangenbäume im Garten; ein paar geschickt platzierte Kerzen erzeugten eine gewisse Atmosphäre. Dass ich nur vier nicht zueinander passende Teller und mehr Gabeln als Messer besaß, schien meine Gäste nicht weiter zu stören.

»Shabby Chic«, sagte Sue und hob zum Toast ein Glas Sangria, von der sie einen Krug zubereitet hatte. Ihre runden Wangen waren rosig, und ihre kurzen blonden Locken glänzten im nachlassenden Licht.

Nach zwei Gläsern hatten wir den *costa*-Wein von Jims Freund aufgegeben. Es war die Art Fusel, mit der sich Farbe abbeizen ließ und Hirnblutungen verursacht werden konnten. Allerdings wollte ich mir darüber erst am Morgen Gedanken machen, wenn ich die Nachwirkungen zweifellos zu spüren bekommen würde.

Big Jim tunkte große Stücke Sauerteigbrot in die Reste des Eintopfs und erklärte ihn zum »Triumph«, und zum ersten Mal seit einer Ewigkeit spürte ich, wie sich etwas in mir rührte, leichter wurde.

Als die Sonne unterging, der Himmel ein Farbwirbel aus Magenta und Lachsrot neben dem türkisfarbenen Ozean in der Ferne, spielte Isla Gitarre und sang ein Lied über den langen Weg nach Hause. Mich überkam das Gefühl, das ich schon beim ersten Anblick der Villa verspürt hatte, als könnte mir dieser Ort vielleicht etwas bieten, das mir fehlte – ein leises Gefühl von Zuhause. Es war das Gefühl, das aus meinem Leben verschwunden war, seitdem James tot war und Sage an der Uni. Es war wie ein winziger grüner Trieb von Freude, ein Pflänzchen, das ich nicht zu nahe ans Licht halten wollte, damit es ja nicht verdorrte – aber in den letzten Tagen hatte ich etwas von diesem Gefühl gefunden, durch meine Bekanntschaft mit Maria und indem ich jetzt bei Sonnenuntergang unter dem Himmel saß, in Gesellschaft meiner neuen Freunde. Während ich dasaß, Islas Gesang lauschte und von Big Jim zu Sue blickte, wurde mir bewusst, dass es Menschen waren, die ein Haus zu einem Zuhause machten.

Das andere, das aus einem Haus ein Zuhause machte, kam in Gestalt eines melancholischen, dunkeläugigen Mannes namens Emmanuel Sloviz, der eines Morgens kurz nach Tagesanbruch, als die Luft nach Oliven und Meersalz roch, an meiner Tür auftauchte.

Meinen Namen hatte er von Big Jim erhalten, nachdem ich diesem gesagt hatte, dass ich Hilfe mit dem Haus brauchte. Er war dünn, mit kurzem Lockenhaar und dem gebrochenen Aussehen eines Menschen, der in letzter Zeit eine Pechsträhne erlebt hatte.

»Big Jim hat erwähnt, dass Sie vielleicht Arbeit am Haus für mich hätten«, sagte er und beäugte Marisals Außenmauern. Mauern, die dringend eine frische Schicht Tünche gebrauchen konnten.

Seine Jeans war voller Farbe, und er sah aus, als könnte er ein gutes Essen im Bauch vertragen.

»Allerdings«, sagte ich in der Hoffnung, ich würde die Entscheidung nicht bereuen. Big Jim war eine gütige Seele, die Fremden jederzeit ihr Geld anvertrauen würde. Gleichzeitig war er jedoch riesengroß und hatte starke Arme, und jeder, der ihn übervorteilte, würde es zweifellos schon bald bereuen. Das konnte ich nicht von mir behaupten.

Trotzdem. Manchmal musste man einfach Vertrauen haben.

Eine Woche später, als Emmanuel das Streichen der Außenmauern fertigstellte, die er zuvor präpariert und gegen Feuchtigkeit geschützt hatte, musste ich zugeben, dass er ein ausgezeichneter Arbeiter war. Und nach noch ein paar nährstoffreichen Mahlzeiten würde er vielleicht auch nicht mehr so verloren und getrieben aussehen.

Wir unterhielten uns immer nachmittags, wenn ich von meinen Besuchen bei Maria heimkehrte. Anfangs verlief es stockend, hauptsächlich einsilbig, aber später öffnete er sich mehr.

»Sie sind also Schriftstellerin?«, fragte er eines Nachmittags, als er mich im Garten mit einem Notizbuch in der Hand erblickte. Er hatte mir geholfen, einen alten, abgenutzten Tisch aus dem Gästezimmer in den Garten zu schaffen, und ich hatte ihn unter die Orangenbäume gestellt.

»Ja, auch wenn es heutzutage eher in der Theorie zutrifft. Ich habe vor zehn Jahren ein paar Bücher geschrieben – dann ist mir wohl einfach das Leben in die Quere gekommen.«

»Ja, ich weiß, wie das gehen kann«, antwortete er. Auch wenn er sich nicht weiter dazu ausließ und mir nicht die richtigen Worte einfallen wollten, um nachzuhaken. Wir hatten einen freundlichen Umgang miteinander gefunden, während er am Haus arbeitete und ich draußen im Garten war, und ich wollte ihn nicht in Verlegenheit bringen, indem ich zu persönlich wurde.

»Etwas, das ich vielleicht gelesen haben könnte?«

Ich lachte. »Das ist fraglich. Hauptsächlich Krimis, vor allem die Art Bücher, die man sich am Flughafen kauft.«

»Kein Flughafen weit und breit.« Seine Lippen kräuselten sich fast zu einem Lächeln, bevor sie ins Stocken gerieten.

»Ja.« Ich schnaubte. »Vielleicht bin ich deshalb hier.«

»Deshalb bist du also immer noch dort?«, kam Allans ungläubige Stimme am Abend durch die Leitung. Ich stand am Fuß des Gartens, neben einem alten Autoreifen, der früher einmal Teil einer Schaukel gewesen war. Es schien die einzige Stelle zu sein, an der ich Handyempfang hatte.

Ich hatte meinem Bruder von meiner Bekanntschaft mit Maria und manchen Dingen berichtet, die sie mir in der vergangenen Woche erzählt hatte. Außerdem hatte ich ihm erklärt, dass ich mit dem Gedanken spielte, eine Weile zu bleiben.

»Damit du dir das ganze Zeug über Grans Vergangenheit anhören kannst?«

»Na ja, nicht nur ihre Vergangenheit – sondern *unsere* Vergangenheit, wie das Leben früher war.«

Allan war genauso verblüfft wie ich, von unseren geheimen jüdischen Wurzeln zu erfahren. »Ich fasse es noch immer nicht, dass sie das all die Jahre vor uns geheim gehalten hat. Meinst du, Dad wusste Bescheid?«

»Ich weiß es nicht. Vielleicht. Ich möchte Mum fragen, aber du kennst sie ja …«

Er stöhnte mitfühlend auf und ahmte sie nach: »Was meinst du damit, James hat dir ein Haus auf einer Insel in Spanien gekauft? Du kannst doch nicht auf eine Insel ziehen! Warum kommst du nicht nach Hause, Liebes, und ich vereinbare einen Termin für dich bei meinem reizenden Naturheilkundler, heutzutage gibt es fantastische Kräuterheilmittel gegen Irrsinn. Er kann dir bestimmt eines zusammenmischen.«

Ich lachte, auch wenn es ein wenig zu sehr ins Schwarze traf. Meine Mutter und ich hatten uns wegen ihres Glaubens an natürliche Heilverfahren gestritten, als James seine Diagnose erhielt, und es war immer noch ein wunder Punkt. Dennoch wusste ich tief im Innern, dass sie es gut gemeint hatte, und ich liebte sie. Mir war klar, dass ich sie einfach anrufen und die Dinge richtig erklären sollte. Bisher hatte ich ihr nur gesagt, ich hätte meinen Urlaub verlängert, um mich ganz dem Schreiben zu widmen. Angeblich sprudelten die Wörter nur so aus mir heraus, und ich konnte ihnen keinen Einhalt gebieten. Schön wär's!

Mein schlechtes Gewissen hatte sich leise geregt, weil sie sich so sehr darüber freute: »Liebling, du schreibst wieder? Wie wunderbar! Braves Mädchen, lass dich niemals von den Kritikern unterkriegen. Ich bin so stolz!«

Was natürlich dazu geführt hatte, dass ich mir noch schlechter vorkam.

Wie konnte ich ihr verraten, dass ich die Nächte damit verbrachte, mich mit James' Asche zu unterhalten, und die Tage mit Grübeleien über die Geister meiner Familie väterlicherseits? Gesund wirkte das nicht gerade.

Obwohl es auch positive Entwicklungen gab, und zwar solche, die sie gutheißen würde. Wie etwa der Umstand, dass ich jetzt tatsächlich außer Haus ging und nicht einfach wie früher deswegen log – selbst wenn »außer Haus« hauptsächlich darin bestand, dass ich Maria besuchte und gelegentlich in die Blues Bar ging, um mir Islas Band anzuhören –, aber es war ein Anfang. Es machte mir Spaß, jeden Tag zu Maria fahren, die lange Fahrradtour auf dem Land und an dem schönen Streifen türkisfarbenen Meeres vorbei, der Duft nach wildem Rosmarin und Salz in der Luft und mit dem Gefühl von Sommer auf der Haut.

Im Moment war es wie eine heimliche Begnadigung, ein Ort, wo ich kurzzeitig bei meinem alten Leben auf Pause drücken konnte, und das genoss ich, zusammen mit den neuen Menschen, denen ich begegnet war. Menschen, die, abgesehen von Big Jim, eigentlich nicht wussten, was ich im vergangenen Jahr durchgemacht hatte. Nicht da gewesen waren und es mit angesehen hatten, wie meine anderen Freunde und meine Familie. Zum ersten Mal seit einer Ewigkeit gab es am Tag Zeiten, zu denen ich nicht an alles denken musste, was ich verloren hatte, und das half mir unglaublich.

Zum Teil lag es daran, dass ich ständig beschäftigt war.

Das war ein Klischee, sicher, aber es war eines, das zutraf. Im Moment war es eines der besten Dinge, die ich für mich tun konnte, und die Villa hatte genügend Beschäftigungsmöglichkeiten zu bieten, wenn ich nicht zu Besuch bei Maria war oder zu schreiben versuchte. Betonung auf *versuchte*.

Doch trotz der Handlung, die ich neulich abends auf die Rückseite einer Serviette geschrieben hatte, kam ich nicht über die ersten beiden Zeilen hinaus. Zwar hatte ich mir bei Francisco im Laden an der Ecke ein billiges Notizbuch mit blauen Linien und einem verstaubten Umschlag gekauft, zusammen mit einem Kugelschreiber von Bic aus demselben Regal. Viel mehr brauchte man nicht, hatte ich mir zu dem Zeitpunkt ein wenig selbstzufrieden gedacht. Aber man brauchte doch eine Geschichte – und die wollte sich bisher nicht greifen lassen.

»Setz dich einfach hin, mehr brauchst du nicht zu machen«, lautete einst mein Motto, wenn ich bei einer Szene feststeckte, bei der es keine Hoffnung gab, dass ich sie beenden würde. Genügend Zeit im Stuhl plus ein Abgabetermin waren die Kur gegen jegliche Blockade – jedenfalls glaubte ich das früher einmal. Bevor ich an einer Schreibblockade litt, dachte ich immer, das sei nichts weiter als ein Mythos kombiniert mit einem Mangel an Disziplin. Bis es mich selbst ereilte und ich feststellte, dass ich nichts schreiben konnte. *Zehn verfluchte Jahre lang.* Das hatte mich definitiv eines Besseren belehrt.

»Die gute Nachricht ist, dass niemand etwas erwartet, also gibt es keinen Druck. Warum also nicht bloß zum

Üben etwas ausprobieren? Versuch vielleicht, zur Abwechslung mal was anderes zu schreiben«, erklang James' Stimme in meinem Kopf, während ich dasaß und zu schreiben versuchte.

Manchmal hörte ich seine Stimme, kurz bevor ich einschlief oder kurz bevor ich aufwachte, als wäre er ganz nah und würde mit mir reden. Als wäre er vielleicht nur in einem anderen Zimmer.

An manchen Tagen suchte ich nach ihm, ohne dass es mir bewusst war.

Ich stand unwillkürlich auf und wollte ihn finden, nur um auf halbem Weg innezuhalten, wenn ich erkannte, dass das alles nur in meinem Kopf gewesen war.

Wenn Emmanuel da war, brachte ich es nicht über mich, James' Asche mit mir herumzutragen. Es sei denn, ich würde die Urne in einer Strandtasche verbergen – aber selbst mir war klar, dass ich nicht so weit gehen durfte. Statt ihn in Gestalt der Urne bei mir zu haben, beschwor ich jetzt vielleicht seine Stimme in meinem Kopf herauf.

War es verrückt, auf Stimmen im eigenen Kopf zu hören? Vielleicht nicht. Es schien eine gute Idee zu sein, etwas anderes auszuprobieren. Vielleicht bloß, um die Wörter in Fluss zu bringen. Also schlug ich die nächste Seite auf und schrieb über die Blätter des Orangenbaumes und die Art, wie die Sonne hindurchschien, und dass jenseits des Baumes ein türkisfarbener Ozean lag, und ehe ich mich versah, hatte ich einen Sonnenbrand und den Anfang des ersten Kapitels geschrieben. Es war nicht die Geschichte, die ich eigentlich hatte schreiben wollen, diejenige, die ich neulich abends auf einer Serviette zu planen begonnen hatte; es war etwas Neues und anderes, der Handlungsort eine Insel am Ende der Welt, eine Geschichte über eine Familie, die das ganze Leben lang im Geheimen hatte existieren müssen.

Und obwohl es eine Weile dauerte, bewahrheitete sich schließlich, was ich meiner Mutter gesagt hatte – die Wörter fingen tatsächlich endlich an, aus mir herauszusprudeln.

17

Formentera, 1718

Cesca war allein, als der Mann im Keller endlich aufwachte. Sie hatten ihn dorthin gebracht, weil er sich unruhig herumgewälzt und in einem Mischmasch aus Spanisch und Französisch gebrabbelt hatte und sie sich sorgten, jemand könnte es beim Vorübergehen vor dem Haus hören.

Jetzt versuchte sie, sein Gebrabbel zu beschwichtigen, indem sie ihm Wasser in den ausgetrockneten Mund tröpfelte. Er schluckte langsam, unter Schmerzen. Dann öffneten sich seine Augen, fieberhaft und glasig von der Krankheit, aber hellblau wie der Himmel, und blinzelten in offensichtlicher Verwirrung zu ihr hoch.

»Paulo?«, fragte er.

»Schhh, alles gut«, sagte sie, die Hand auf seinem Arm, und er entspannte sich. Bevor sie noch etwas sagen konnte, war er wieder eingeschlafen.

Antoni hatte erwähnt, dass der Mann mit einem Bruder unterwegs gewesen war. Hatte er nach ihm gefragt? War das Paulo?

Sie ließ ihn schlafen und machte sich an eine beruhigende Kräutermischung, die sich zu einem Tee verkochen ließ und einem jungen Mädchen, dessen Menstruation gerade eingesetzt hatte und das an Krämpfen litt, gegen die Schmerzen helfen sollte. Solche Fälle waren es, die den ortsansässigen Arzt überhaupt erst dazu bewogen hatten, Cesca auszubilden, als sie Interesse an Medizin gezeigt hatte. Er wusste, dass sich die meisten Frauen und jungen Mädchen wohler fühlten, wenn sie bei solchen Angelegenheiten von einer Krankenschwester untersucht wurden. Cesca war eine Musterschülerin gewesen und hatte sich auf alles gestürzt, was er ihr beibringen konnte, sodass sie jetzt, mit nur neunzehn Jahren, beinahe selbst als Arzt hätte durchgehen können.

Als sie später in den Keller zurückkehrte, um nach dem Mann zu sehen, war sie verblüfft. Er saß aufrecht da, hellwach. Ebenso überrascht starrte er sie an.

Sie blinzelte. Er war dünn und halb nackt, doch da sein Haar jetzt sauber war und die Blutergüsse in seinem Gesicht verblassten, erkannte sie, dass er hohe Wangenknochen und volle Lippen hatte. Er war schöner, als sie gedacht hatte, und sie errötete, als ihr klar wurde, dass er sie ebenfalls betrachtete.

Er sagte etwas, das ein wenig wie das französische Wort für Engel klang, und sie lachte auf und antwortete auf Spanisch, da ihr Französisch nicht sonderlich gut war. »Ich fürchte, Sie haben sich eben möglicherweise den Kopf angestoßen, Señor, Sie sind nicht bei den Engeln – sondern Sie sind bei uns. Meiner Mutter, meiner Schwester und mir.«

Er versuchte, sich weiter aufzusetzen, zuckte dann zusammen und betastete seine Rippen.

Sie zuckte mit ihm zusammen. »Sie haben zwei gebrochene Rippen. Es tut mir leid.«

Er runzelte die Stirn. Dann nickte er und sah sie wieder an. »Wo bin ich?«

»Formentera.«

Er betrachtete sie verständnislos. »Die kleine Insel vor Ibiza? Aber wie? Warum?«

»Mein Bruder Antoni hat Sie hierhergebracht, wissen Sie das nicht mehr?« Sie hatte im Dialekt der Insel geantwortet und es dann auf Spanisch wiederholt, als sie merkte, was sie getan hatte.

Er schüttelte den Kopf, und die Bewegung führte dazu, dass er ein Ächzen ausstieß und sich die Hand an den Kopf hielt, als habe er Schmerzen. Beinahe natürlich verfiel er ins Katalanische, vielleicht ihr zuliebe, und sie spürte, wie ein Teil von ihr vor Erleichterung ganz schwach wurde. Es würde die Sache viel einfacher machen, wenn er wie ein Einheimischer sprechen konnte.

»Nein, ich erinnere mich noch daran, dass wir auf der Flucht waren ... dann war da ein Schiff, ein Piratenschiff«, sagte er mit gerunzelter Stirn. »Dann ...« Auf einmal riss er die Augen auf und sah sich um. »Paulo, ist er auch hier? Was haben sie ihm angetan?«

Er machte Anstalten aufzustehen, doch sie stürzte zu ihm hin. »Nein, Sie müssen sich ausruhen!«

Er nickte, während Übelkeit ihn überkam und er zusammensackte, sich hustend und wimmernd die Seite hielt. Cesca war ratlos. Es musste so schmerzhaft sein, mit seinen gebrochenen Rippen.

»Wo ist Paulo?«, wiederholte er schließlich.

Sie starrte ihn an und biss sich auf die Lippe. Ihre grünen Augen voll Reue. »Es ... es tut mir so leid.«

Er schloss die Augen, sein Gesicht eine Maske des Schmerzes, und lehnte den Kopf nach hinten an die Wand. »Es ist meine Schuld.«

»Nein, das dürfen Sie nicht sagen. Er war krank, er hatte sich ein Fieber zugezogen – das hatten Sie beide, es gab nichts, was Sie hätten tun können.« Sie eilte an seine Seite.

Antoni hatte ihr erzählt, wie sein Bruder gestorben war, während sie auf See waren, wie die Krankheit ihn erfasst und seinen unterernährten Leib in Besitz genommen und nie wieder losgelassen hatte. Es war ein Wunder, dass den Mann hier vor ihr in ihrem Keller nicht das gleiche Schicksal ereilt hatte.

Er öffnete die Augen und starrte in ihre, wollte unbedingt, dass jemand verstand. »Wir hätten nicht fliehen müssen, wenn ich nicht gewesen wäre.«

Sie schüttelte den Kopf. »Sagen Sie nicht so etwas, das wird Ihnen jetzt nicht helfen.«

Er spannte die Kieferpartie an und nickte.

Dann sah er sich in dem dunklen Keller mit dem kleinen einzelnen Fenster hoch über ihren Köpfen um.

»Wie bin ich hierhergekommen?«

»Mein Bruder Antoni. Er hat Sie vom Schiff hergebracht, damit Sie sich hier bei uns verstecken können.«

Er legte die Stirn in Falten, während er versuchte, ihr zu folgen.

»Warum?«

»Wir sind wie ihr.«

Er blinzelte, dann weiteten sich seine Augen verstehend. »Ihr seid *marranos? Juden?*«, flüsterte er.

Das Wort ließ sie zusammenzucken, doch sie nickte. Niemand sprach es jemals laut aus. Oder flüsterte es auch nur.

»Aber wie?«

Sie erzählte von der Insel, von den Menschen wie ihr, den Familien, die vor all den Jahren von Mallorca hergekommen waren, um hier und auf Ibiza zu leben, und von der geheimen Gemeinde, die seither auf der Insel existiert hatte.

»Ich fasse es nicht. Die meisten Leute hier, sie sind Juden?«

Sie nickte. »Auf dieser Insel, ja. Da die Küste so häufig von Piraten unsicher gemacht wird, denkt nicht jeder daran, hier nachzusehen, oder will herkommen und nachforschen. Die meisten Menschen glauben immer noch, die Insel wäre menschenleer.«

»Es sind also nur Gerüchte, über die Piraten? In Umlauf gesetzt, um Fremde abzuschrecken?«, riet er.

Sie zuckte mit den Schultern. »Jetzt ja. Obwohl hier schon Piraten gewesen sind.«

Sie ließ ihn im Keller liegen und ging, um ihm etwas zu essen zuzubereiten, etwas, das nicht zu üppig war für seinen leeren, ausgehungerten Magen. Kurze Zeit später kehrte sie mit einem dünnen Haferbrei aus einem Topf zurück, den sie über dem Feuer erwärmt hatte. Sie reichte ihm eine Holzschüssel mit einem Löffel und riet ihm, langsam zu essen. Es war vergeblicher Rat; der ausgezehrte Mann fiel in Windeseile über den Brei her und schaufelte ihn sich in den Mund. Sie riss ihm die Schüssel aus den Händen. »Nein, Ihnen wird noch schlecht!«

Leider wussten sie hier auf der Insel nur allzu gut über das Hungern Bescheid, und Cesca hatte schon in jungen Jahren gelernt, dass ein ausgehungerter Mensch nur die kleinste Portion eines ganz einfachen Essens zu sich nehmen konnte oder aber Gefahr lief, sich zu erbrechen. Sie musste ihm die Schüssel wegnehmen, obwohl er protestierte. »Ich werde Ihnen bald mehr geben. Geben Sie Ihrem Magen Gelegenheit, erst einmal das aufzunehmen.«

Sie hatte recht. Innerhalb von Sekunden verfärbte sein Gesicht sich grün, und er fing zu würgen an. Er brach in kalten Schweiß aus und würgte das kleine bisschen Brei, das er gegessen hatte, auf den kalten, harten Kellerboden.

»Es tut mir leid«, keuchte er, wobei er sich die gebrochenen Rippen unter Schmerzen hielt.

»Entschuldigen Sie sich nicht.« Sie holte ein Tuch und wischte sein Gesicht ab, ohne in seine strahlend blauen Augen zu sehen, die sich so heftig in ihre eigenen zu bohren schienen. Sie stand auf, weg von seinem Blick, und wischte die Schweinerei auf.

»Sie müssen langsam machen, vertrauen Sie mir.«

Als sich seine Gesichtsfarbe wieder normalisiert und er mehr von dem Brei probiert hatte, diesmal langsam genug für seinen Körper, stellte er sich vor.

»Ich heiße Benito Nuñez.«

Der Name machte auf der Insel bereits die Runde. Die Brüder Nuñez und ihre Flucht mithilfe von Piraten.

»Es freut mich, Ihre Bekanntschaft zu machen. Aber wir müssen Sie anders nennen. Man wird von Ihrer Flucht gehört haben.«

Er blinzelte. »Dann sollte ich gehen. Ich werde euch alle in Gefahr bringen.« Er setzte sich auf, versuchte aufzustehen. »Es ist nur eine Frage der Zeit, bis sie hierher kommen.«

Sie schüttelte den Kopf und half ihm, sich wieder hinzusetzen. »Es würde ihnen nicht einfallen herzukommen, jedenfalls nicht gleich. Mein Bruder brachte Sie nachts in einem Ruderboot von seinem Schiff, der *Invictus*, die in Ibiza vor Anker lag. Es wird eine Weile dauern – sie werden auf der Hauptinsel suchen, bevor ihnen in den Sinn kommt, hier nachzusehen, wenn überhaupt.«

Trotz ihrer Worte, die ihn beruhigen sollten, war sie sich nicht sicher, wie sehr sie selbst daran glaubte. Den Mann auf der größeren Insel zu verbergen, wäre einfacher gewesen. Es war leichter, sich in einer Menschenmenge zu verstecken.

»Aber wir haben einen Plan«, versicherte sie ihm und versuchte, zuversichtlich zu klingen, um seine Ängste zu beschwichtigen. Sie wusste nur zu gut, dass Sorge der Feind jeglicher Genesung war.

»Euer Leben für mich – einen Fremden – aufs Spiel zu setzen?«

Sie zuckte mit den Schultern. »Würden Sie es vorziehen, wenn wir Sie ausliefern? Das ist nicht unsere Art.«

Er sah wieder aus, als wollte er gleich Einspruch erheben, doch da Cesca merkte, dass er müde war, schüttelte sie den Kopf. »Schlafen Sie. Wenn Sie aufwachen, können Sie meine Schwester und meine Mutter kennenlernen. Und von unserem Plan hören.«

»Und Ihr Vater? Was hat er dazu zu sagen?«

Ein Schatten huschte über Cescas Augen. »Er ist tot.«

»Das tut mir leid.«

»Schon gut. Er hätte es gebilligt«, versicherte sie ihm.

Ihr Vater war immer der große Kämpfer in der Familie

gewesen. Der daran glaubte, dass es wichtig war, das Richtige zu tun, koste es, was es wolle.

Doch Benito lächelte sie nicht an oder wirkte erleichtert. Er sah aus, als sei ihm ein beunruhigender Gedanke in den Sinn gekommen. »Hier sind also nur Frauen? Ihr habt eine Schwester erwähnt, eine Mutter? Gibt es sonst niemanden, keinen Ehemann oder Bruder?«

»Nein, es tut mir leid. Mein Vater ist vor einiger Zeit gestorben, und mein Bruder Antoni musste auf das Schiff zurückkehren, also müssen Sie mit uns vorliebnehmen, fürchte ich.«

Er blinzelte. Es war offensichtlich schlimmer, als er es sich vorgestellt hatte. »Das kann ich nicht tun – ich kann kein Haus voller Frauen in solche Gefahr bringen.«

Cesca schüttelte den Kopf. »Doch, das können Sie, und das werden Sie.«

»Ihr wollt, dass ich mich als euer Cousin ausgebe?«, fragte Benito am nächsten Morgen verblüfft, als Cesca ihm noch eine Schüssel des dünnen Breis brachte, den er am Tag zuvor erbrochen hatte.

Er hatte seine Lektion gelernt. Er setzte sich auf und aß einen kleinen Löffel Brei, obwohl sein aufgewühlter Magen nach mehr schrie. Alles tat ihm weh – der Kopf, die Rippen, sogar seine Haut und das Herz. Er fand es unglaublich, welche Mühen sie für ihn – einen Fremden – auf sich nahmen, und wollte es nicht, hatte auch nicht das Gefühl, es verdient zu haben. Nicht nach dem, was er getan hatte. Immerhin hatte seine Handlungsweise den Tod seines älteren Bruders verursacht. Wie viel mehr war er zu riskieren gewillt, um sein eigenes Leben zu retten? Es schien alles andere als gerechtfertigt.

Jetzt waren da noch zwei andere Frauen im Zimmer zusammen mit derjenigen, die sich um ihn gekümmert hatte, derjenigen, die er mit einem Engel verwechselt hatte, mit ihrem feinen roten Haar und den meeresgrünen Augen und den sanften Händen, Cesca. Die ältere Frau sah wie eine gealterte Version von ihr aus. Sie war groß, wahrscheinlich Ende vierzig. Ihr Haar ein verblasstes Rostrot. Die dritte Frau war dunkel, mit Haut wie honigfarbener Seide und einem dunklen Wasserfall aus Haaren. Sie hatte tiefliegende, dunkle Augen mit dichten Wimpern. Schön. Sie war die kleine Schwester namens Esperanza, hatte er erfahren.

Sie starrte ihn mit gerunzelter Stirn an. Ihre Arme waren verschränkt, und sie wirkte gar nicht erfreut über die Situation.

Benito sah weg. »Ich möchte euch keine Umstände bereiten, aber ich sehe, dass ich es getan habe. Sobald ich kann, werde ich von hier abreisen.«

Esperanza sah erleichtert aus, doch Cesca schüttelte den Kopf. »Du bereitest keine Umstände.«

Esperanza schnaubte verächtlich und Cesca zischte: »Spranza, hör auf!«

»Was uns betrifft, bist du unser Cousin Rafael. Deine Mutter hat dich hergeschickt, damit Señor Garcia und ich uns um dich kümmern können. Niemand hier wird das anzweifeln.«

»Ich kann nicht von euch verlangen, dass ihr für mich lügt.«

Cesca schüttelte den Kopf. »Es ist keine Lüge, jedenfalls nicht ganz. Unser Cousin Rafael ist letzte Woche gestorben – hier weiß das keiner, es hat sich von Ibiza aus nicht bis hierher herumgesprochen. Antoni hat bereits mit meinem Onkel geredet. Du wirst die Stelle unseres Cousins einnehmen.«

»Bei allem?«, fragte Esperanza und sah ihre Schwester mit großen, entsetzten Augen an.

Einen Moment lang starrten sie sich schweigend an, und ihre Blicke sagten mehr als Worte. »Vielleicht nicht bei *allem*«, sagte die Mutter der beiden mit einem Naserümpfen.

18

Formentera, Gegenwart

Pünktlich auf die Minute traf Emmanuel Sloviz jeden Tag bei Sonnenaufgang ein. Er nahm den von mir gekochten Kaffee mit nach draußen, in einem der vier Becher, zu denen immer noch keine weiteren Tassen hinzugekommen waren, und machte sich daran, den Rest des Hauses zu streichen.

Er war ein stiller Mann mit systematischer Vorgehensweise. Häufig ließ er die Brote, die ich ihm belegt, oder das Müsli, das ich ihm hingestellt hatte, stehen, wenn er in irgendeine Aufgabe vertieft war. Möglicherweise erklärte das seine dürre Gestalt. Er musste ans Essen erinnert werden, das sah man ihm an. Vielleicht vergaß er oft zu essen, so versunken war er in die Arbeit, die er gerade verrichtete. Es hatte etwas Bewundernswertes.

Beim Arbeiten summte er leise vor sich hin, und ich fand das Geräusch besänftigend, während ich im Haus herumwerkelte und versuchte, mit dem Gästezimmer voranzukommen, damit Sage oder Allan bald zu Besuch kommen könnten. Emmanuels Gegenwart vertrieb die Schatten, stellte ich fest, und brachte so etwas wie Routine in meinen Tagesablauf. Das Wissen, dass er da war, ließ die Vormittage ein bisschen weniger einsam erscheinen, selbst wenn wir kaum ein Wort wechselten.

Ich hatte es mir zur Angewohnheit gemacht zu arbeiten,

wenn er es tat. Angefangen bei den Gästezimmern hatte ich entschieden, welche Möbelstücke bleiben würden und was wegmusste. Leider war vieles völlig unbrauchbar, lauter dünne Holzfaserplatten, die schon bessere Tage gesehen hatten, aber es gab ein paar Stücke, die sich verwenden ließen. Wie ein Bettrahmen für eines der Gästezimmer und ein alter Kleiderschrank, den ich mit Emmanuels Hilfe ins Schlafzimmer schaffte, wo er den wackeligen Schrank ersetzte, den man dort hineingestellt hatte. Es war einer dieser altmodischen mit Klauen als Füßen, und sobald er von Staub und Krimskrams – hauptsächlich alte Zeitungen und Decken – befreit war, verlieh er dem Zimmer einen gewissen Charme. Emmanuel erbot sich, mir dabei zu helfen, ihn zu streichen, doch es schien schade zu sein, das alte Kirschholz mit irgendetwas anderem als Politur zu behandeln.

Erst nachdem Emmanuel über eine Woche an Marisal gearbeitet hatte, begann er, sich mir gegenüber, ganz langsam, zu öffnen. Dass er das für ihn zubereitete Essen tatsächlich zu sich nahm, ließ sich, wie ich herausgefunden hatte, nur garantieren, indem ich herumstand und sicherstellte, dass er es aß. Es war auch eine gute Methode, dafür zu sorgen, dass er eine Pause einlegte. Er arbeitete wie ein Besessener, ein Mann, der mithilfe der Arbeit die Dämonen in seinem Kopf verjagte. Ich fragte mich unwillkürlich, was ihn dazu veranlasste, auf diese Weise zu arbeiten. Anfangs hatte ich es bewundert, seine Hartnäckigkeit, seine Zuverlässigkeit, doch nach einer Weile sah ich allmählich etwas anderes in seinen Augen, wenn er arbeitete, etwas, das ich von meinen eigenen her kannte – das Bedürfnis, immer weiterzumachen, die Angst davor, was passieren würde, wenn man aufhörte.

Trotz meines Zögerns, weil ich ihm nicht zu nahe treten wollte, lautete die Wahrheit, dass mein Interesse an ihm geweckt war.

An diesem Fremden, der in mein Haus gekommen war, mit seinem düsteren guten Aussehen und dem halb verhungerten Körper. Ich verspürte Neugier, mehr herauszufinden, doch ich wusste, dass es eine Geschichte war, die herauszubekommen wahrscheinlich Monate in Anspruch nehmen würde. Etwas an seinem Verhalten erinnerte mich ein wenig an meine Gran, die Art, wie seine Augen sich verdunkelten – und auch meine Gran war immer ganz schweigsam geworden, sobald Fragen gestellt wurden.

Selbst den einfachsten, die ich Emmanuel stellte, wich er aus. »Woher kommst du?«, fragte ich, als ich ihm eines Nachmittags ein Baguette mit Thunfischsalat reichte. Die Sonne hatte von mandarinenfarben zu Blutorange gewechselt, und das Geräusch des Ozeans war ein träges Seufzen im Wind.

»Ach, nicht weit von hier«, erwiderte er.

Gesundes Protein, eine Quelle für gesunde Fette. Es war vielleicht keine große Überraschung, dass ich als Mutter, deren einziges Kind fort war, nicht gegen das Bedürfnis ankam, mich um meine Mitmenschen zu kümmern. Zumindest um diejenigen, bei denen ich das Gefühl hatte, sie stünden in meiner Obhut, ob sie nun wollten oder nicht.

»Aber wo?«, bohrte ich nach und hielt ihm den Teller hin. Er sah mich an, in seinen dunklen Augen blitzte so etwas wie Belustigung auf, dann steckte er seinen Pinsel in einen Wassereimer, damit er nicht austrocknete, und wusch sich die Hände. Er kam zu mir, um das Sandwich entgegenzunehmen, und schüttelte leicht den Kopf, als ich ihm ermutigend zunickte, er solle weitermachen, er solle essen.

Er schnaubte. »Bisher habe ich sie nicht gesehen«, sagte er mit einem amüsierten Glitzern in den Augen.

»Was denn?«, fragte ich verwirrt.

»Deine katalanische Seite, du hörst dich ein wenig wie meine Mutter an. Iss … iss«, scherzte er.

Ich grinste.

Bei unserer ersten Begegnung hatte ich ihm erzählt, meine Großmutter stamme von der Insel, war jedoch nicht im Einzelnen darauf eingegangen und hatte auch die Sache mit dem Haus nicht genauer erklärt. Oder die Umstände, wie ich in seinen Besitz gelangt war.

»Ich glaube, das liegt einfach daran, dass du nicht genug isst.«

Er seufzte. »Ich weiß – ich vergesse es. Es ist schwer, daran zu denken, wenn ich zu tun habe. Aber du darfst dir keine Sorgen machen, Charlotte. Ich bin stärker, als ich aussehe.«

Etwas an der Art, wie er meinen Namen sagte, ließ mich wegschauen. Es war so intim. Unwillkürlich wich ich einen Schritt zurück.

Ich zuckte mit den Schultern. »Es tut mir leid, es steht mir nicht zu, mich einzumischen. Aber es ist nur so, dass ich sehe, wie hart du arbeitest, oft auf leeren Magen, und da komme ich mir einfach schlecht vor.« Das konnte nicht gesund sein, dachte ich, verkniff mir die Bemerkung allerdings.

Er starrte mich an und schenkte mir ein seltenes Lächeln.

»Das ist das Zeichen einer guten Mutter. Danke«, sagte er und biss dann mir zuliebe noch einmal von seinem Sandwich ab.

Danach unterhielten wir uns ein bisschen regelmäßiger.

Ich setzte eines Morgens gerade den Kaffee auf, da kam er ins Haus und beantwortete ohne Umschweife die Frage, die ich ihm ein paar Tage zuvor gestellt hatte.

»Barcelona«, sagte er, während er seinen Teller abspülte.

Ich wandte mich mit verwirrt gerunzelter Stirn zu ihm um. »Wie bitte?«

»Da bin ich aufgewachsen. Du hast mich neulich danach gefragt, und ich bin mir nicht sicher, ob ich dir geantwortet habe.«

Ich nickte langsam.

»Kaffee?«, bot ich an.

Er nickte. »Danke.«

»Wo in England bist du aufgewachsen, London?«, erkundigte er sich.

Ich holte die Becher von der Anrichte und drehte mich zu ihm um, wobei ich versuchte, mir die Überraschung über seine unvermittelte Redseligkeit nicht anmerken zu lassen.

»Nein. Ich bin in Surrey auf dem Land aufgewachsen. Dort habe ich eigentlich mein ganzes Leben verbracht.«

Das ließ er sich durch den Kopf gehen, während er seine Tasse Kaffee entgegennahm. Die dunklen Augen nachdenklich. »Vorher bist du noch nie umgezogen?«

Ich schüttelte den Kopf. »Nein, jedenfalls nicht sehr weit. Als ich James kennenlernte, sprachen wir davon, in die Stadt zu ziehen – London ist ungefähr eine Stunde entfernt, eigentlich nicht allzu weit –, aber letztlich wollte ich nicht von meiner Familie weg.«

Er starrte mich an, und ich berührte James' Ring, drehte das Metall zwischen den Fingern, ertastete das Zickzackmuster, den kleinen Edelstein. Ich war jetzt weiter von meinen Lieben weg, als ich es mir je hätte ausmalen können. Er sah die Bewegung, sagte jedoch nichts.

»James ist dein Ehemann?«, fragte er nach einer Weile.

Ich nickte. »Das war er. Er ist gestorben.«

Zu meinem Entsetzen musste ich feststellen, dass sich meine Augen mit Tränen füllten, die ich wegwischte.

»Es tut mir leid«, sagte er, und seine Hand berührte kurz meine, dann ließ er wieder los. Seine Augen verrieten mir, dass er es so meinte. Ich holte tief Luft und erzählte ihm ein wenig.

»Es ist vor drei Monaten passiert. Eigentlich bin ich deshalb hier.«

Er nickte, und seine dunklen Augen gruben sich in meine. »Ich habe mir schon gedacht, dass es vielleicht etwas in der Richtung ist.« Sein Blick fiel auf James' Ring. »Tja …« Mit traurigem Blick hielt er inne. »Ich dachte, es wäre eine Scheidung …« Er verstummte.

Ich stieß ein leises, kurzes Lachen aus. »Schön wär's!«

Er nickte und starrte dann aus dem Fenster. Seine Kieferpartie verspannte sich ein wenig. »Natürlich ist es nicht das Gleiche. Es tut mir leid. Aber es ist eine Art von Tod … tja, jedenfalls fühlt es sich für mich so an.«

Überrascht sah ich ihn an. »Du bist geschieden?«

Irgendwie war mir nicht in den Sinn gekommen, dass er verheiratet sein oder es jemals gewesen sein könnte. Er hatte etwas so Verlorenes an sich. Vielleicht war das der Grund.

Er nickte. »Es ist jetzt ein Jahr her. Auch wenn es sich an manchen Tagen anfühlt, als wäre es gerade erst passiert.«

Jetzt war ich mit dem Starren an der Reihe, und er sah weg. Vielleicht bereute er es, mir einen Teil seiner Geschichte offenbart zu haben. Sich geöffnet zu haben.

Er stellte den Becher ab und schenkte mir ein kleines Lächeln. »Ich muss wieder an die Arbeit.«

Als er ging, dachte ich an das bekannte Sprichwort, geteiltes Leid sei halbes Leid. Die Sache war nur die, dass das oft nicht stimmte.

19

Formentera, 1718

Der Mann, der jetzt unter dem Namen Rafael Alvarez bekannt war, schlüpfte aus dem Haus, sobald er sicher war, dass alle zu Bett gegangen waren. Seine Rippen taten weh, selbst beim bloßen Atmen, und es fiel ihm schwer, aus dem linken Auge zu sehen, doch das alles war nichts im Vergleich zu dem Schmerz in seinem Herzen, wenn er daran dachte, dass sein Bruder Paulo im Meer begraben lag.

Er hatte ihn im Stich gelassen. Alles aufs Spiel gesetzt. Dabei war es keinesfalls so, als hätte seine Familie ihn nicht gewarnt. Auf Mallorca tolerierten sie »neue Christen«, wie man Menschen wie sie nannte. Menschen, deren Familien unter Zwang konvertiert waren. Es war leicht, bei diesen neuen Christen ein Auge zuzudrücken, solange sie als nützlich galten, doch wenn jemand mit diesem Hintergrund zu hoch aufstieg, konnte es auch Verdacht erregen, schneller, als man bis drei zählen konnte. Paulo hatte ihn ermahnt, vorsichtig zu sein. Die Beförderung in Palma nicht anzunehmen. Doch Benito hatte geglaubt, dass die Dinge sich änderten. Allerdings war ihm nicht klar gewesen, dass sie sich zum Schlechteren hin änderten. Es hatte ein Wiederaufflammen gegeben, eine frische, neue Welle, um diese *conversos* ein für alle Mal loszuwerden, diejenigen, die man verdächtigte, dass sie nur so taten, als hätten sie den Glauben gewechselt. Und diesmal waren sie blutrünstiger denn je. Man musste vorsichtig sein, und er war nicht vorsichtig genug gewesen.

Man hatte sie alle geholt. Seine Brüder, seine Cousins. Noch schlimmer war, dass der Kollege, der ihn angeschwärzt hatte, kurz davor zu ihm nach Hause gekommen war, um ihn zu warnen, von Schuldgefühlen geplagt darüber, was er aus purem Neid getan hatte. Dieser Neid versiegte jedoch schnell wieder, als er merkte, dass er die jaulenden Hunde, die er auf sie gehetzt hatte, nicht zurückrufen konnte. Benito und seinen Cousins blieb keine andere Wahl, als die Flucht zu ergreifen, von zu Hause wegzulaufen. Es war der einzige Weg. Nur ganz wenige *conversos* überlebten, und manche sagten, unter der Folter gestanden selbst Katholiken, Juden zu sein, bloß damit sie aufhörte. Jetzt war Paulo tot, seine Cousins waren von ihm getrennt worden, und er befand sich in einem Haus voller fremder Frauen, die alle bereit schienen, ihr Leben für ihn aufs Spiel zu setzen.

Er konnte es nicht zulassen. Dieses Risiko war er nicht wert. Er hatte nur Leid hervorgerufen und weigerte sich, es auch noch hierher zu bringen.

Also wartete er ab, bis sie schliefen, damit er in die sternenklare Nacht treten konnte, das Geräusch der Brandung laut in seinen Ohren. Er würde sich wegschleichen, ungehört und ungesehen.

Jeder Schritt fühlte sich bleiern an, doch er war fest entschlossen, selbst wenn es den Tod bedeutete – zumindest wären sie dann in Sicherheit; niemand brauchte je zu erfahren, dass er hier gewesen war.

»Für einen Narren habe ich dich eigentlich nicht gehalten«, sagte eine Stimme aus der Dunkelheit, der Tonfall beiläufig, wenn auch überrascht.

Er drehte sich jäh um und zuckte zusammen, hielt sich die schmerzenden Rippen.

Es war die andere Schwester. Die mit dem dunklen Wasserfall aus Haaren, Esperanza. Sie saß auf einem Baumstumpf und neben ihr war ein kleiner Hund, von der Größe eines Brotlaibes, dessen Fell drahtig und hellbraun war. Er hatte nur ein Auge, das er auf ihn gerichtet hielt, den Kopf schräg zur Seite gelegt, als wartete auch er auf eine Antwort.

Seufzend fuhr er sich mit der Hand durch das dunkle Haar und entschied, ehrlich zu sein. »Du willst mich nicht hier, was geht es also dich an, wenn ich einfach verschwinde? Würde das die Dinge nicht bloß vereinfachen?«

Sie hatte es mehr als deutlich gemacht, dass sie ihn nicht hierhaben wollte. Nicht dass er es ihr verübelte. Ehrlich gesagt war ihre Reaktion die einzige, die er verstand.

Ihr Gesicht war in Mondschein getaucht, und sie hatte bis zu seiner Ankunft den Kopf auf die Knie gestützt gehabt, während sie aufs Meer hinausgestarrt hatte, tief in Gedanken versunken.

Sie stritt es nicht ab. Es wäre ihr gar nicht in den Sinn gekommen, es zu versuchen. »Das ändert nichts. Du kannst nicht *verschwinden.*«

»Warum?«, fragte er und setzte sich neben sie auf den Baumstumpf. Sie rutschte, um ihm Platz zu machen. Der

Hund stieß ein leises Knurren aus, wie eine Warnung. »Warum nicht?«

»Weil du das meiner Tante und meinem Onkel nicht antun kannst – um dich zu retten, tun sie so, als wäre ihr Sohn, mein Cousin Rafael, immer noch am Leben. Du kannst sie das alles – dass sie nicht richtig um ihn trauern können – nicht *umsonst* durchmachen lassen.«

Seine Augen weiteten sich. »Das wollen sie für mich tun?«

Sie hob eine Schulter und sah ihn dann an. »Ja.«

Er starrte sie an. Wusste nicht, was er darauf erwidern sollte.

Sie zuckte mit den Achseln und wandte sich abermals dem Ozean zu. »Es ist eine Täuschung, eine, die du brauchst, und sie wissen, dass sie dich schützen wird. Die Leute tragen gern ihren Teil bei, wo sie können.«

»Aber sie *kennen* mich noch nicht einmal. Ich könnte sonst wer sein. Vielleicht bin ich es gar nicht wert.«

Sie seufzte. »Vielleicht nicht. Aber ich schlage vor, dass du wieder reingehst, dich von meiner Schwester versorgen lässt und aufhörst, dich zur Wehr zu setzen. Cesca hat sich entschieden. Du hättest mehr Chancen, Grunon umzustimmen als sie«, sagte sie und wies auf den Ziegenstall.

»Grunon?«, fragte er und schnaubte bei dem Namen, der Griesgram bedeutete.

Ihr Mund verzog sich zu einem Grinsen, als sie ihm von der teuflischen Ziege erzählte, und er musste unwillkürlich lachen. Es war das erste Mal seit Wochen, dass er über etwas lachte. Er genoss es, zur Abwechslung einmal über etwas anderes als seine unmittelbar bevorstehende Entdeckung, das Kranksein oder die Menschen, die er verloren hatte, zu sprechen.

»Ich würde diese Grunon gern kennenlernen.«

»Nein, würdest du nicht, sie ist der Fluch meines Lebens.«

Seine Lippen zuckten. Sie sah nicht wie die Art Mädchen aus, auf deren Leben ein Fluch lastete. Sie wirkte ein wenig verwöhnt und eigensinnig – aber wenn keiner in der Familie wagte, Cescas Unwillen auf sich zu ziehen, dann trog der Schein möglicherweise. Cesca, die große, fleißige Frau, bei der er in seinem Fieberdelirium halb überzeugt davon gewesen war, sie sei ein Engel.

»Vielleicht kann ich bei der Ziege helfen.«

Das Mädchen drehte sich zu ihm. »Was, hast du dir auf dem Weg hierher nicht genug Verletzungen zugezogen, möchtest du noch ein paar?«

20

Formentera, Gegenwart

»Ich habe nachgedacht«, sagte Emmanuel nach ein paar Tagen, als ich uns beiden ein Sandwich gemacht hatte, während er die Küche für eine frische Schicht Farbe vorbereitete.

»Dieser Tisch …«

»Ja?«

Er aß sein Sandwich über der Spüle, um nichts schmutzig zu machen. Ich hatte eine Pause beim Schreiben beziehungsweise bei meinen Schreibversuchen eingelegt. Im Gegensatz zu Emmanuel ließ ich mich von jeder vor mir liegenden Aufgabe leicht ablenken.

Ich betrachtete den fraglichen Tisch und seufzte. Er war furchtbar hässlich.

»Was ist damit?« Ich fragte mich, ob er glaubte, dass ein wenig Farbe ernsthaft etwas bewirken würde, auch wenn ich mir nicht vorstellen konnte, warum man sich die Mühe machen sollte, Resopal zu streichen.

»Ich finde, er würde woanders besser aussehen.«

»Wo denn zum Beispiel?«, fragte ich verwirrt.

»Auf einer Müllhalde zum Beispiel?«, antwortete er und lachte dann. Sein düsteres Gesicht war durch das Lachen wie verwandelt, und ich stimmte unwillkürlich mit ein. Hauptsächlich aus Schock.

»Jedes Mal, wenn ich reinkomme, sehe ich ihn und

denke mir, es gibt nicht genug Antidepressiva auf der Welt, um das Ding erträglich zu machen.«

Da lachte ich richtig los. »Du hast recht, er ist schrecklich, aber was soll ich machen?«

Er biss von seinem Sandwich ab, und sein Blick fiel auf die übrige Zimmereinrichtung. »Du magst alten Kram … alte Möbel. Wie den Schrank in deinem Zimmer?«

Ich nickte. »Ich schätze mal – ich mag Möbel, die eine Geschichte zu erzählen haben.«

Mir war es schon immer lieber, wenn ein Zimmer aussah, als sei es mit der Zeit eingerichtet worden, und nicht, als käme alles als Teil einer Katalog-Garnitur. Ich nannte es eklektisch. James nannte es Flohmarkt. Es war ein bisschen von beidem.

»Tja, ich kenne einen Ort, wo gute Gebrauchtmöbel verkauft werden. Er ist nicht allzu weit von hier. Ich könnte dich morgen hinfahren, wenn du willst?«

Überrascht nickte ich. »Das wäre toll.«

Es war ein paar Tage her, seit er mir erzählt hatte, dass er geschieden war, und ich hatte schon befürchtet, er bereute es, sich mir gegenüber geöffnet zu haben. Doch vielleicht stimmte das nicht. Vielleicht war er der Schlag Mensch, der einfach ein bisschen Zeit brauchte, um sich an Veränderungen zu gewöhnen. Dafür hatte ich Verständnis. Und Zeit hatte ich jetzt wirklich zur Genüge.

Am nächsten Morgen brachen wir früh auf und fuhren an den niedrigen Mauern vorüber, die die Landschaft durchkreuzten. Emmanuels alter Range Rover hatte schon bessere Tage gesehen, offensichtlich hatte er in der heißen

Sonne vor sich hin gerostet. Doch die Ansprüche eines Handwerkers erfüllte er offenbar. Emmanuel erklärte mir auf der Fahrt, er werde sich bald ein Schild darauf malen lassen, da er noch ein paar andere Kunden auf der Insel habe und sein kleines Geschäft allmählich floriere.

»Wie lange machst du das hier schon?«, fragte ich im Hinblick auf sein Geschäft, und er zuckte mit den Schultern.

»Ein gutes Jahr.«

»Was hast du davor gemacht?«, erkundigte ich mich neugierig. Er war in etwa so alt wie ich, also fragte ich mich, was er früher gemacht hatte – besonders hier draußen. Es gab schließlich nicht allzu viele Möglichkeiten, es sei denn, man arbeitete im Gastgewerbe.

Er zuckte mit den Schultern. »Ach, weißt du, dies und das.«

Zwar legte ich die Stirn in Falten, ließ es aber auf sich beruhen. Augenscheinlich öffnete er sich nur, wenn es ihm in den Kram passte.

Während der Fahrt schaltete ich das Radio ein. »Stört es dich?«, fragte ich, als Folkmusik den Wagen erfüllte. Es war ein Lokalsender, den ich vor ein paar Tagen entdeckt hatte, als ich im Gästezimmer auf ein altes Transistorradio gestoßen war.

Er zuckte mit den Schultern. »Von mir aus.«

Während die Sonne durchs Fenster schien und der Ozean an uns vorüberglitt, fuhren wir in geselligem Schweigen weiter.

Auf dem Markt, in einem angesagten Teil der Insel, wurden jede Menge alte Möbelstücke angeboten, und viele leicht bekleidete, sonnengebräunte Menschen spazierten plaudernd und lachend herum. Emmanuel und ich durchforsteten reihenweise *brocantes*, bis ich an einem der Stände den perfekten Tisch fand. Er musste gestrichen werden und es gab keine Stühle, aber als ich vier nicht zueinander passende Stühle ähnlicher Größe entdeckte, überlegte ich mir, dass sie sich damit kombinieren ließen. »Eklektisch«, sagte Emmanuel mit einem Grinsen und nickte beifällig. »Das könnte sehr hübsch aussehen. Du könntest sie vielleicht in ähnlichen Farben streichen?«

Ich nickte. »Das ist eine gute Idee.«

Nachdem ich bezahlt hatte, verlud er den Tisch in seinen Range Rover, und ich ging zurück, um die Stühle zu holen. Dort wartete eine fremde Frau mit sorgenvoller Miene auf mich. Sie hatte langes aschbraunes Haar und honigfarbene Haut, ihre schlanken, athletischen Beine steckten in einer unglaublich kurzen Jeans.

Sobald sie mich erblickte, redete sie in schnellem Spanisch auf mich ein. Mit gerunzelter Stirn erklärte ich entschuldigend, dass ich die Sprache nicht gut beherrschte.

»Englisch?«, riet sie. Ich nickte.

»Sind Sie mit Emmanuel zusammen?«

»Wir sind zusammen hergekommen, wenn Sie das meinen?«

Sie sah weg, mit nervösen Augen, und hielt Ausschau nach ihm, wie mir klar wurde. »Passen Sie bloß auf, okay?« Sie berührte meine Schulter.

Ich blinzelte. »Was?«

Sie nagte an ihrer Unterlippe, als überlegte sie, ob sie noch etwas sagen sollte, wich dann aber erschrocken einen Schritt zurück, als sie Emmanuel auf uns zukommen sah.

»Was ist los?«, fragte ich und streckte die Hand nach ihr aus, um sie am Gehen zu hindern.

Sie sah mich an und blinzelte dann.

»Er ist kein Mann, mit dem Sie sich einlassen sollten, mehr muss ich nicht sagen … ich will nur …« Sie brach ab, schüttelte den Kopf und eilte davon, sodass ich ihr nur noch nachstarren und mich fragen konnte, was sie wohl gemeint hatte.

Auf der Rückfahrt herrschte nicht das angenehme Schweigen, das wir auf dem Weg zum Markt geteilt hatten. Auch wenn diesmal ich die Zurückhaltende war. Ich bekam die Worte der Frau nicht aus dem Kopf. Die Warnung, die sie mir gegenüber ausgesprochen hatte.

Natürlich war ich so kurz nach dem Tod meines Mannes überhaupt nicht bereit oder gewillt, irgendeine Art von Beziehung anzufangen, aber es machte mir dennoch Sorge. Wer war dieser Mann, den ich in mein Haus gelassen hatte? Mit dem ich gemeinsam aß? War es falsch gewesen, ihm zu vertrauen? Bedurfte ich so sehr eines Freundes, dass ich am falschen Ort danach gesucht hatte? War Emmanuel mit seiner stillen, ernsten Art und seinem speziellen Humor jemand, wegen dem ich mir Sorgen machen musste?

Denn in gewisser Weise war es das, was ich mir erhofft hatte – dass wir Freunde werden würden. So hatte sich der heutige Tag angefühlt. Abgesehen davon war er der erste Mensch, den ich hier kennengelernt hatte, der den Schmerz, den ich litt, wirklich zu verstehen schien.

Er drehte sich während des Fahrens zu mir. »Ist alles in Ordnung, Charlotte?«

Es war immer eine Überraschung, wenn er mich beim Namen nannte, und ich zuckte zusammen. Schüttelte den Kopf. Die Warnung der Frau durchzuckte meine Gedanken. *Er ist kein Mann, mit dem Sie sich einlassen sollten.*

Was hatte sie damit gemeint? Hatte sie gemeint, dass er so etwas wie ein Ehebrecher war? Oder ging es um etwas anderes? In den Augen der Frau war etwas gewesen, das ahnen ließ, dass die Warnung tiefer ging.

Ich räusperte mich. Zwang mich zu einem Lächeln. »Ach, nichts. Ich überlege nur, was ich mit der Küche anstellen soll«, log ich.

Er nickte. »Sie wird toll aussehen.«

»Ja, klar.« Ich drehte James' Ring an meinem Daumen und fragte mich, ob ich ihn einfach nach der Frau, der ich begegnet war, fragen sollte, mich bei ihm erkundigen, wer sie war. In letzter Minute entschied ich aber, dass es jemand anderen gab, an den ich mich wegen Antworten wenden konnte. Der Mensch, der Emmanuel überhaupt erst in mein Haus gebracht hatte.

21

Formentera, 1718

Benitos liebste Tageszeit war gleich nach dem Aufwachen, wenn die Sonne durch das kleine Fenster in der Küche und auf sein Strohlager drang. An den ersten Tagen war Cesca jedes Mal da, wenn er aufwachte. Beugte sich über ihn und kümmerte sich um ihn. Ihre grünen Augen blickten gütig, nachdenklich. Sie war eine aufmerksame Krankenschwester und schien genau zu wissen, was er brauchte, ohne dass er darum bat.

Die Krankheit, die seinen Bruder das Leben gekostet hatte, ließ sich Zeit, aus seinem Körper zu weichen. Es half nicht eben, dass er so ausgehungert und ohne Kraft war. »Immer mit der Ruhe, es braucht Zeit«, sagte sie, wenn er ungeduldig wurde und schneller genesen wollte.

Er fühlte sich nutzlos, als Bürde. Es gab so viel auf ihrem kleinen Bauernhof, bei dem er mithelfen könnte, doch alles, was er tat, war schlafen, und es trieb ihn in den Wahnsinn.

Cesca schüttelte den Kopf, wenn er beteuerte, er sei nicht mehr bettlägerig. »Das Beste, was du heute für mich tun kannst, ist, dich auszuruhen, okay?«

Er nickte. Es war schwer, nicht zu tun, was sie wollte, wenn sie ihn so mit diesen klaren grünen Augen ansah, die in seine Seele zu blicken schienen.

Cesca stand immer als Erste auf. Sie war es, die Wasser

vom Brunnen hereinholte, die Küche fegte und das Feuer fürs Frühstück entfachte. Sie hatte schmale blasse Hände, die immer beschäftigt waren, selbst während einer Unterhaltung.

Das Einzige, was er daran genoss, ans Bett gefesselt zu sein, waren diese frühen Stunden gleich nach dem Morgengrauen, die Zeit, die er mit ihr verbrachte. Diese Stunden fühlten sich gedämpft an und irgendwie besonders, denn da redeten nur sie beide leise miteinander, und es kam ihm vor, als hätten sie das Haus ganz für sich. Und er hatte Cesca ganz für sich. Bevor sie zu ihrer Arbeit beim Arzt weggerufen wurde oder mit ihrer Schwester auf dem Hof zu tun hatte.

Cesca hörte gern von seinem Leben auf Mallorca, wie es gewesen war. Sie saß auf der Kante seiner Pritsche und lauschte, die Augen weit aufgerissen bei allem, was er ihr erzählte, von seinem Zuhause und der gewaltigen Insel, die so anders als ihre eigene war. Manchmal wurde Benito bewusst, dass er sie anstarrte, und zwang sich, den Blick von diesen strahlenden Augen abzuwenden, die so eindringlich in seine eigenen starrten.

Während Benito sich langsam erholte, gewöhnten die Alvarez-Frauen sich daran, ihn im Haus zu haben. Schon bald hatte sich herumgesprochen, dass ihr Cousin Rafael von der Hauptinsel zu ihnen gezogen war, damit Cesca sich während seiner Genesung um ihn kümmern konnte.

Er lernte den Arzt Señor Garcia kennen, einen hageren kleinen Mann mit einem beeindruckenden Schnurrbart und dunklen, nachdenklichen Augen. Er stellte nur sehr wenige Fragen und schien Benitos Krankheit hinzunehmen, ohne sich nach den Verletzungen zu erkundigen. Benito fragte sich, wie viel Cesca ihm erzählt hatte, oder ob er die Wahrheit erriet. Allerdings handelte es sich nicht nur um den Arzt: Die meisten Inselbewohner, die in den nächsten Tagen vorbeikamen, waren seltsam gleichgültig. Die meisten schienen die Geschichte einfach hinzunehmen; er wäre der Cousin der Mädchen, und dass er dort wäre, um sich von einer Krankheit zu erholen. Im Lauf der Woche kamen ein paar Frauen vorbei und brachten ihnen zusätzliches Fleisch und Käse, weil sie jetzt einen weiteren Menschen durchzufüttern hatten – so war es üblich auf der Insel, wie er mit der Zeit herausfand, man teilte, was man hatte. Unter diesen Frauen gab es allerdings ein oder zwei, die ihn ein wenig seltsam ansahen, wenn er sprach.

»Es ist dein Akzent«, erklärte Esperanza, nachdem ihre Freundin und Nachbarin Riba gegangen war und sie die Eier aus dem Hühnerstall geholt hatte. Flea schlief halb im Türrahmen und forderte Esperanza mit seinem einen Auge auf, wieder nach draußen zu kommen, doch sie tat ihr Bestes, nicht auf ihn zu achten. »Deine Sprechweise.«

Er drehte sich überrascht zu ihr. »Meine Sprechweise?«

»Du hörst dich nicht wie ein Seemannssohn an«, erläuterte sie.

»Was soll das heißen?«

»Es heißt …« Seufzend sammelte sie das Frühstücksgeschirr ein. »Ich weiß auch nicht, vielleicht musst du aufhören, dich anzuhören, als hättest du früher in einem Büro gearbeitet?«

Verwirrt starrte er sie an. »Aber das habe ich.«

»Nein, hast *du* nicht, schon vergessen, *Rafael*?«

Er seufzte. Schloss die Augen. Er verhielt sich töricht. »Ja.«

Sie nickte und machte sich daran, kalte, verklebte Getreideflocken aus einer Holzschüssel zu kratzen. Anschließend fegte sie alles aus der Tür, während sie über das Gesagte nachdachte.

»Du könntest es mit Schimpfwörtern versuchen.«

Er sah entsetzt aus. »Was?«

Angesichts seiner Miene verkniff sie sich ein Kichern. »Rafael war Seemann – fluchen die nicht alle?«

Er schüttelte den Kopf. »Ich glaube, das ist nur in Büchern so. Und selbst da bestimmt nicht in Damengesellschaft.«

Sie zuckte mit einem Grinsen die Schultern. »Na ja, vielleicht, aber versuch doch, ein bisschen weniger … ähm … gewählt zu klingen – und noch was, du solltest aufhören, in diesem Buch zu lesen, wenn Leute vorbeischauen. Die meisten Männer hier können ihren Namen nicht schreiben geschweige denn lesen.«

Er blickte auf den Roman hinunter, den er immer noch in den Händen hielt.

»Aber du kannst es!«, widersprach er. Schließlich war es ihr Buch. Sie hatte es ihm kurz nach seinem Eintreffen geliehen, als er sich darüber beklagt hatte, ans Bett gefesselt und nutzlos zu sein. Bei dem Roman handelte es sich um »Don Quijote«, und er war so zerlesen, dass er schon fast auseinanderfiel. Esperanza konnte ganze Passagen daraus zitieren, auch wenn niemand sich ihr Geplauder anhören wollte, nicht, wenn es Arbeit zu erledigen gab. Viel Zeit für Lektüre war nicht auf der Insel, wo Fertigkeiten wie Cescas viel höher im Kurs standen. Doch Esperanza gefiel, dass Benito las; mit den Männern auf der Insel, die sich immer nur über Salz oder die Fischerei oder die Landwirtschaft unterhielten, hatte sie nicht viel gemeinsam. Allerdings musste sie feststellen, dass ihn dieser Umstand nur noch fremder wirken ließ. Folglich musste es ihm bewusst gemacht werden, um seiner eigenen Sicherheit willen.

»Ja, na ja, versuch, es nicht an die große Glocke zu hängen«, sagte sie und ging dann, dicht gefolgt von Flea, bevor ihre Mutter sie zu weiteren Hausarbeiten zurückrufen konnte.

Für eine kleine Insel war hier viel los, musste Benito feststellen.

Die meisten Inselbewohner schienen stärker mit dem anderen Fremden, der auf Formentera eingetroffen war, beschäftigt zu sein als mit ihm. Der Mann aus Barcelona. Alle schienen wegen ihm nervös zu sein und konnten nicht anders, als darüber Spekulationen anzustellen, was er hier trieb – jedenfalls alle außer Cesca, die einfach zu viel zu tun zu haben schien, um innehalten und sich Gedanken über die Anwesenheit eines weiteren Fremden machen zu können.

Als einzige Krankenschwester der Insel schien sie ständig gebraucht zu werden. Der Arzt, Señor Garcia, ließ sie an den meisten Tagen kurz nach dem Frühstück rufen, und oft kehrte sie erst spätabends zurück, wenn alle längst schliefen. Benito ertappte sich dabei, wie er auf sie wartete und auf ihre Schritte horchte. Ihre ungezwungenen Gespräche vermisste.

»Schnell, schnell!«, rief jetzt ein kleiner Junge, der ins Haus gelaufen kam, ohne erst höflichkeitshalber an die Tür zu klopfen. Er stürzte auf Cesca zu und zerrte an ihren Röcken. Es war kurz nach dem Morgengrauen, am Anfang von Benitos zweiter Woche in ihrem Haus. »Es ist *Tia* Marianna, der Señor Doktor fragt nach dir.«

Cesca nickte und nahm einen kleinen Lederranzen von einem Haken an der Küchenwand. Als sie sah, dass Benito sie beobachtete, hielt sie inne und erklärte. »Es ist das zweite Kind meiner Freundin Marianna. Sie hat das letzte verloren. Ich muss los, es wird sie umbringen, falls sie dieses auch verlieren sollte.«

»Viel Glück!«, rief er, während sie dem Jungen hinterherrannte. Es wunderte Benito, wie sehr ihr Aufbruch seine Laune trübte.

Später am Vormittag hörte er Esperanzas Fluchen von seinem Pritschenbett aus. Wie üblich war sie mit ihrer Hausarbeit spät dran und war von ihrer Mutter aus dem Bett geworfen worden. Er trat langsam ins Freie, immer noch seine gebrochenen Rippen schonend. Zwar fiel ihm das Gehen nicht leicht, aber er wollte das Ungeheuer endlich mit eigenen Augen sehen.

Unter Fleas wildem Gebell näherte Benito sich. Er unterdrückte ein Lachen, als er das Geschöpf erblickte. Grunon, die Ziege, hatte borstiges Fell und trug beinahe so etwas wie ein glückseliges Lächeln zur Schau, das von dem überaus grimmigen Ausdruck in ihren Augen Lügen gestraft wurde. Es war fast so, als würde die Ziege Esperanza verhöhnen, während das Tier seine Stellung behauptete, sich partout nicht vom Fleck rührte und sie auch nicht an sich heranließ. Jedes Mal, wenn Esperanza es versuchte, stieß die Ziege sehr laute Trompetengeräusche aus.

»Es ist ja nicht so, als wäre ich beglückt darüber«, erklärte Esperanza der Ziege. Sie versuchte erneut, näher zu treten, doch die Ziege senkte den Kopf. Vor Wut schlug Esperanza sich auf die Beine.

»Lass mich etwas probieren«, sagte er. Er hatte von einem Trick bei Schlangen gelesen und wollte ihn an der Ziege ausprobieren … es war einen Versuch wert. Er starrte die Ziege an, die zurückstarrte und weitere Trompetengeräusche ausstieß. Benito machte weiter, ohne den Blickkontakt abzubrechen, ohne zu blinzeln. Esperanza sagte etwas, doch er brachte sie mit einer Handbewegung zum Schweigen. Nach vollen fünf Minuten hörte das Trompeten auf. Benito trat einen Schritt vor, und die Ziege wich unwillkürlich einen Schritt zurück, näher zu Esperanza hin, die vor Schreck die Augen aufriss. Benito starrte weiter, bis die Ziege den Kopf senkte, ohne ihn aus den Augen zu lassen. Vorsichtig näherte Esperanza sich der Ziege und stieß dann einen leisen Freudenschrei aus, als das Tier sich melken ließ. Als Esperanza fertig war, hob die Ziege ein Bein und machte Anstalten, in den Eimer zu steigen, hielt allerdings inne, als Benito abermals vortrat, und schien es sich anders zu überlegen.

Ehrfürchtig sah Esperanza ihn an. »Wie hast du das gemacht?«

Er zuckte mit den Schultern. »Der Trick besteht darin, den Blickkontakt nicht zu unterbrechen. Ich habe in einem der Bücher, die ich eigentlich nicht lesen soll, davon gelesen.«

Sie grinste. Es war schwierig, ihn danach *nicht* zu mögen.

Als sie in die Küche zurückgekehrt waren und sie die Ziegenmilch in einen Krug geschüttet hatte, den sie mit einem Musselintuch bedeckte für den Käse, den sie herstellen würde, fragte er sie, wie Cesca die Assistentin des Arztes geworden war.

»Señor Garcia war ein Freund meines Vaters. Vor ein paar Jahren verstarb seine Frau. Er und die Señora hatten keine Kinder, und da er unser nächster Nachbar war, wurde unsere Beziehung zu ihm über die Jahre eng. Er brachte uns das Lesen bei, und als Cesca ein Interesse an Medizin entwickelte, unterwies er sie. Ich glaube, er genießt es, jemanden zu haben, mit dem er seine Fälle besprechen kann. Sobald sie volljährig wird, werden sie heiraten«, erklärte sie.

Benito starrte Esperanza entsetzt an, da die Vorstellung ihm ein Grauen war. Sie hatte es so nüchtern gesagt. Zwar fand er den Arzt nicht unsympathisch, allerdings war er bestimmt fünfzig Jahre alt.

»Aber ist er für sie nicht wie ein Onkel?«

Sie zuckte mit den Schultern. »Ja. Aber das bedeutet nur, dass er gütig sein wird. Vielleicht ist es auf Mallorca anders, aber hier ist er einer der wohlhabenderen Männer auf der Insel. Er wird einen guten Ehemann abgeben. Cesca ist zufrieden mit der Vereinbarung.«

Benito blinzelte sie an. Wie konnte jemand damit zufrieden sein?

Insgeheim empfand Esperanza das gleiche Entsetzen wie er bei dem Gedanken, dass ihre Schwester Señor Garcia heiraten würde, aber mit ihren Ansichten war sie in der Minderheit. Nicht dass er für einen älteren Mann besonders unattraktiv wäre, aber er war in ihrem Leben immer eine Vaterfigur gewesen. Für sie selbst wäre es unvorstellbar, sich ein Ehebett mit ihm zu teilen. Doch Cesca hatte sich mit ihrem Schicksal abgefunden; sie hatte ein paarmal von den Vorzügen gesprochen, mehr von ihm zu lernen, wenn sie erst einmal verheiratet waren, und größere Verantwortung zu übernehmen. Darüber hinaus ließ sich bei einer arrangierten Heirat eigentlich nichts erhoffen, und wenigstens freute Cesca sich auf ihre eigene Weise darauf. Damit stand sie besser da als viele Frauen, die Esperanza kannte und die sich höchstens darauf freuten, eigene Kinder zu haben – das war ein Trost.

»Señor Garcia möchte ihre Verlobung bald bekannt geben, da sie nun in ein paar Monaten volljährig wird«, erklärte sie ihm. Wie auf dem spanischen Festland heirateten die Frauen auf der Insel ein wenig später als viele Mädchen in Europa und wurden im Allgemeinen erst verheiratet, wenn sie das Alter von zwanzig Jahren erreicht hatten. Bis zu Cescas Volljährigkeit blieb nur noch ein halbes Jahr.

Benito sagte nichts weiter. Es stand ihm nicht zu, die Art, wie sie hier lebten, infrage zu stellen. Cousins zweiten oder sogar ersten Grades zu heiraten war nichts Ungewöhnliches, besonders bei geheimen Juden, die häufig

Angst vor den möglichen Konsequenzen hatten, die eine Heirat mit jemandem außerhalb ihrer Gemeinde mit sich bringen konnte. Sie ehelichten fast nie jemanden, der nicht aus ihrer Gemeinde stammte; es war ein zu großes Risiko. Warum war der Gedanke, Cesca werde den Arzt heiraten, also derart seltsam? Ging es um den Altersunterschied? Aber das war auch nicht allzu ungewöhnlich. Warum stimmte es ihn also traurig? Warum sollte er so empfinden, wenn Cesca es nicht tat?

»Bist du verlobt?«, fragte er. Er war einfach neugierig, nichts weiter. Esperanza sah ihn mit einem seltsamen Gesichtsausdruck an, der so schnell wieder verschwunden war, dass er ihn schon für bloße Einbildung hielt. »Nein – jedenfalls nicht mehr.«

»Warum nicht mehr? Ist sie gelöst worden?«

»Nein. Verlobungen werden hier im Allgemeinen nicht gelöst, es sei denn, einem von beiden stößt etwas zu. Ich wurde im Alter von sechs Jahren meinem Cousin versprochen. Eigentlich sollte es kurz nach Cescas Hochzeit so weit sein. Wir sind zehn Monate auseinander, weißt du, also war es wichtig, dass sie zuerst heiratet.«

»Was hat sich denn geändert?«

Sie sah ihn an und zog eine Augenbraue in die Höhe. »Ich dachte, du weißt Bescheid. Er ist gestorben. Ich sollte meinen Cousin *Rafael* heiraten. Du weißt schon, den Mann, für den du dich ausgibst.«

Er starrte sie an und trank einen Schluck Wasser. Bei dem Gedanken war sein Mund auf einmal trocken geworden.

»Du solltest Rafael heiraten?«

Sie nickte. Dann betrachtete sie ihn. »Sobald du also wieder auf dem Damm bist, können wir die Hochzeit besprechen.«

Seine Augen weiteten sich, und er verschluckte sich.

Sie verdrehte die Augen und kam ihm dann zu Hilfe, indem sie ihm auf den Rücken klopfte. »Keine Sorge, du hast immer noch um die sechs bis acht Monate, um dich an die Vorstellung zu gewöhnen.« Ihre dunklen Augen blickten tief in seine.

Er blinzelte, und Esperanza brach in Gelächter aus. »Ich mache natürlich *Spaß*. Rafael und ich waren verlobt, ja, aber meine Familie erwartet nicht von dir, dass du jeden Aspekt seiner Identität übernimmst. Guck nicht so besorgt.«

Auch wenn sie nicht recht wusste, wie sie das den Nachbarn erklären würden. Den meisten Leuten war bekannt, dass sie ihren Cousin Rafael heiraten sollte. Darüber würde sie sich später den Kopf zerbrechen.

Als er einen hörbaren Seufzer der Erleichterung ausstieß, verengte sie die Augen, warf sich dann das Haar über die Schulter und pfiff nach ihrem Hund. »Als würde ich *dich* heiraten wollen!«, sagte sie mit hochgezogener Augenbraue. Er hatte immerhin den Anstand, ein wenig peinlich berührt zu wirken, und setzte zu einer Entschuldigung an, doch Esperanza blieb nicht, um sie sich anzuhören. Sie war sich ihrer eigenen Schönheit bewusst – es war eine einfache Gegebenheit der Natur, und größtenteils dachte sie nicht viel darüber nach (laut Cesca eine ihrer rettenden Eigenschaften) – trotzdem, fand sie, brauchte er nicht *derart* erleichtert auszusehen. Es gab doch gewiss

Schlimmeres auf der Welt als die Vorstellung, sie zu heiraten? Ja, es gab etliche Männer im Dorf, die sich nichts Besseres vorstellen konnten und die im Handumdrehen den Platz tauschen würden, wenn sie nur die geringste Chance hätten … aber irgendwie gelang es ihr, ihm *das* nicht auch noch auf die Nase zu binden.

22

Formentera, Gegenwart

Am Abend fand ich Big Jim in der Blues Bar. Im Haus hatte ich mich dabei ertappt, wie ich auf und ab ging, über die Dinge nachdachte, die die Frau auf dem Markt gesagt hatte, und mich fragte, ob ich mir Sorgen darüber machen sollte, Emmanuel im Haus zu haben. Er wirkte nicht gefährlich. Doch der Schein konnte trügen, überlegte ich. Ich seufzte. Es könnte auch um etwas anderes gehen … vielleicht hatte sie mich einfach vor einem notorisch untreuen Ehemann gewarnt. Das stellte für mich natürlich keine Gefahr dar. Ich war noch so weit von dem Gedanken entfernt, je wieder eine Beziehung einzugehen.

Doch ich wollte eine Antwort oder wenigstens eine Beruhigung im Hinblick auf den Mann, der so viel Zeit bei mir zu Hause verbrachte. Besonders für den Fall, dass wir uns anfreunden sollten. Ich hatte im letzten Jahr genug Aufwühlendes erlebt und brauchte niemanden in meinem Leben, der mir Schaden zufügen würde.

Big Jim saß an der Bar, seine Hände griffen immer wieder in eine Schüssel mit gesalzenen Nüssen und sein Kiefer arbeitete, während sein grauer Kopf zum Sound von Bob Marley wippte. Bei meinem Anblick hielt er mit dem Kauen inne, schenkte mir sein wunderbares texanisches Grinsen und breitete einladend die Arme aus.

Ich ließ mich von ihm umarmen. Das brauchte ich.

»Na, hallo Kleine, was bringt dich an diesem schönen Abend hierher? Kann ich dir einen Drink besorgen?«

»Das wäre toll.« Ich nahm auf einem Barhocker Platz. »Für mich bitte einen Wodka Tonic.«

»Geht klar.«

»Sue nicht hier heute Abend?«, erkundigte ich mich.

Er schüttelte den Kopf. »Bin im Alleinflug. Kunstgruppe«, erklärte er.

Ich nickte, schenkte ihm ein angedeutetes Grinsen und trank dann einen Schluck von dem Drink, den der Barkeeper mir serviert hatte.

»Beschäftigt dich was?«, fragte Big Jim und beobachtete mich, die blauen Augen unverwandt auf meine gerichtet und den langen grauen Pferdeschwanz über die Schulter geworfen.

»Eigentlich schon. Ich hatte gehofft, dir heute Abend zu begegnen. Es gibt da etwas, das ich dich zu dem Handwerker fragen wollte, den du zu mir geschickt hast, Emmanuel.«

»O ja!« Sein Gesicht hellte sich auf. »Famoser Kerl, nicht wahr? Dein Haus macht Fortschritte, wie ich hoffe?«

Ich biss mir auf die Lippe. »Ja, er ist ein toller Arbeiter, und ich bin froh, dass du das sagst – dass er ein famoser Kerl ist, aber …«

Er sah mich stirnrunzelnd an, und ich erzählte, was mir passiert war, von der Frau, die an mich herangetreten war, um mich zu warnen.

Zu meiner Überraschung winkte Big Jim ab. »Ach, bin im Bilde. Großes Mädel, langes braunes Haar, ziemlich sportlich?«

Wenn das der Code für einen umwerfenden Körper war, dann ja. Sportlich. »Allerdings.«

Er schüttelte den Kopf, tauchte die Hand nach mehr Nüssen in die Schüssel und grinste mich an. »Ach, mach dir deswegen keine Sorgen.«

»Warum nicht?«, fragte ich verblüfft.

»Hm«, seufzte er und hielt mit dem Kauen inne, während er sich die Worte zurechtlegte. »Ehrlich gesagt, Kleine, ist es nur so, dass manche Leute einem Mann nicht zugestehen, ein besserer Mann zu *sein*, weißt du? Wollen es nicht sehen, wenn sich jemand Mühe gibt … und na ja, Em gibt sich Mühe. Keiner, der ihn kennt und ihn in den letzten Jahren gesehen hat, kann das bestreiten.«

»Was meinst du?«, fragte ich.

Er seufzte. »Hör mal, die Geschichte muss er selbst erzählen. Alles, was dir hier zu Ohren kommen wird, sind Gerüchte, und nicht viel davon ist wahr. Was ich sagen kann, ist, dass ich von Anfang an da war und er für das, was er getan hat, bezahlt hat. Mehrfach. Tatsache ist, dass der einzige Mensch, dem er je wehgetan hat, er selbst ist. Mehr sage ich dazu nicht.«

Mein Mund stand offen. »Jim, dabei kannst du es nicht bewenden lassen! Was meinst du damit, er ist der Einzige gewesen, dem wehgetan worden ist? Wer war sonst noch beteiligt? *Sollte* ich mir Sorgen machen?«

Mit einem Seufzen zwickte er sich in den Nasenrücken, als hätte er zu viel gesagt. »Nein, du musst dir keine Sorgen machen. Okay, na schön. Was ich meine, ist, dass es einen Unfall gab, sein Kind war im Wagen und seine Frau, und na ja, er hatte getrunken …«

Ich stieß ein Keuchen aus. »Nein!«

Er schüttelte den Kopf. »Es geht ihnen gut. Sie haben überlebt. Em war derjenige, den es am schlimmsten erwischt hat, all diese Narben, seine ganze Brust hinunter, ziemlich schlimm. Wie dem auch sei, dieser Unfall hat ihn wachgerüttelt. Aber seine Ehe war hinüber. Ich meine, in Anbetracht all dessen glaube ich nicht, dass er es seiner Frau verübelt, er hat verstanden, warum sie ihn verlassen hat – auch wenn es grausam war, ihn das Kind nie mehr sehen zu lassen. Dabei hat er so hart daran gearbeitet, sich wieder in den Griff zu kriegen. Er ist jetzt trocken, schon seit Jahren. Aber ich weiß nicht, es ist, als würden manche Menschen – wie zum Beispiel die Schwester seiner Frau, Claudia, der du übrigens über den Weg gelaufen bist – es einfach nicht akzeptieren, dass er nicht mehr derselbe Mann ist. Ich glaube, das ist es im Grunde, was ihn so zerfrisst.«

Auf dem Heimweg an dem Abend dachte ich darüber nach, was Big Jim mir erzählt hatte. Jetzt ergab alles einen Sinn, wenn ich überlegte, wie sehr Emmanuel sich in die Arbeit stürzte. Wie düster er war. Es war, als würde er sich immer noch bestrafen, und unwillkürlich empfand ich deshalb ein bisschen Mitleid mit ihm. Außerdem Erleichterung, dass ich keinen gefährlichen Menschen in mein Haus gelassen hatte … aber da waren immer noch so viele Fragen.

Ich saß in der Küche an meinem neuen Tisch. Der Tisch, den ich mit Emmanuels Hilfe gefunden hatte, als ich die sonst verborgene, beinahe lustige Seite dieses ernsten

Mannes kennengelernt hatte. Ich berührte die Urne mit James' Asche.

»Was würdest du tun?«, fragte ich. »Würdest du versuchen, ihn darauf anzusprechen? Sage ich ihm, dass ich Bescheid weiß? Wird das die Dinge zwischen uns heikel machen?«

Es überraschte mich nicht, dass ich kurz darauf hätte schwören können, James' Stimme zu hören: »Ich würde zu Bett gehen und mir nicht weiter den Kopf darüber zerbrechen.«

Also tat ich genau das.

Am Morgen schien die Sonne hell herein, und als ich mich umdrehte, sah ich zu meiner Überraschung, dass ich James' Asche nicht mit ins Bett genommen hatte. Es war das erste Mal seit der Beerdigung.

Ich drehte den Ring an meinem Daumen und dachte darüber nach, was Maria gesagt hatte, als ich ihr von James erzählt hatte, davon, was passiert war.

Mit fünfundneunzig Jahren wusste sie viel über den Tod, nachdem sie den Großteil ihrer eigenen Familie überlebt hatte.

»Aber man behält sie hier«, hatte sie gesagt und sich eine Faust an den Brustkorb gedrückt, als würde diese bis in ihr Herz dringen. »Sie gehen nie weit von dort weg. Manchmal kommt der kleine Ben in die Küche, hört mich reden und will wissen, mit wem ich gerade spreche, und es ist einer von ihnen. Ich rede mit meiner Familie. Sie verlassen einen nie wirklich.«

Ich konnte nicht anders als hoffen, dass das stimmte.

23

Formentera, 1718

Cesca konnte die Schreie der Frau hören, bevor sie die *finca* betrat. Eine alte Frau mit buckligem Rücken, in Schwarz gekleidet, eilte aus dem Haus, sobald sie Cesca sah, erleichtert über ihr Eintreffen. »O Señorita, bitte, sie kann nicht noch eines verlieren, es wird sie umbringen!«

Cesca berührte das faltige Gesicht der alten Frau, nickte und lief ins Haus. Der Arzt, Señor Garcia, war bereits da. »Es ist eine Steißlage«, war alles, was er sagte. Sie konnte die Angst in seinen braunen Augen sehen. Sie war die Einzige, die es konnte. Es war jetzt wichtig, dass sie gelassen blieb. Chaos führte nur zu Angst und die führte zu Panik und zu Fehlern.

»Okay.« Sie stellte ihren Korb ab. »Señora«, wandte sie sich an die Alte, »wir brauchen noch ein paar Lumpen und warmes Wasser. Können Sie das für uns holen?«

Die Frau nickte und sah erleichtert aus, eine Aufgabe zu haben.

Als die alte Frau das Zimmer verlassen hatte, kniete Cesca zu Füßen der in den Wehen liegenden Frau nieder und wartete darauf, dass der Arzt ihr mehr sagte.

Er gab ihr zu verstehen, dass er versuchen werdc, das Baby mit den Fingern zu bewegen, es zu ermutigen, sich in die normale Geburtslage zu drehen.

»Marianna«, sagte sie und stand auf, um die Hand der

Schwangeren zu umklammern. »Wir werden versuchen, das Baby zu retten, okay? Aber der Arzt wird etwas tun müssen, das sich ein bisschen komisch, vielleicht schmerzhaft anfühlen wird.«

Cesca sah den Arzt an. Seine Augen besagten, dass schmerzhaft eine Untertreibung war. Sie atmete durch. »Du wirst tapfer sein müssen und härter rackern, als je zuvor in deinem Leben. Schaffst du das?«

Marianna nickte, während ihr Tränen die Wangen hinabliefen. Sie sah aus, als werde sie gleich in wildes Schluchzen ausbrechen.

»Spar dir deine Tränen, Señora«, sagte Cesca. »Du brauchst die Kraft für das Baby – setze sie ein, wenn du pressen musst, aber erst, wenn wir es dir sagen, okay? Das ist sehr wichtig.«

Die Frau nickte und Cesca kehrte an die Seite des Arztes zurück. »Haben Sie das schon mal gemacht?«, flüsterte sie.

»Nur einmal«, antwortete er.

»Hat das Baby überlebt?« Er schüttelte den Kopf, und Cesca spürte, wie sich ihr Herz zusammenzog. »Wir müssen es versuchen.«

Er nickte. Eine andere Wahl blieb ihnen nicht.

Die Hände des Arztes waren zu groß, und er kam nicht weiter. Seine Bemühungen führten nur dazu, dass die Mutter vor Schmerz aufschrie. Da fiel sein Blick auf Cesca. »Du kommst weiter rein, deine Hände sind kleiner.«

»Ich?« Sie war entsetzt. »Ich weiß nicht, was ich tun soll!«

»Ich werde dir helfen«, sagte er. »Jetzt schnell, bevor es zu spät ist und uns keine Wahl bleibt, als das Baby als Steißgeburt auf die Welt zu bringen.«

Unter Mariannas Schmerzensschreien ließ sie die Finger hineingleiten und drehte das Baby, so behutsam sie konnte, während der Arzt ihr die ganze Zeit beschrieb, wonach sie tasten sollte. Endlich spürte sie, dass das Baby sich bewegte. »Es dreht sich! Es bewegt sich.«

Sie atmeten erleichtert auf. Steißgeburten hatten sehr geringe Überlebenschancen, doch da sich dieses Baby gedreht hatte, würde Marianna die Chance haben, eine normale Geburt zu erleben, und das Risiko war viel geringer.

Und einige Zeit später halfen sie, einen gesunden Jungen auf die Welt zu bringen. Vor Erleichterung und reiner Erschöpfung fiel Marianna weinend und ächzend aufs Bett zurück.

Cesca und der Arzt kümmerten sich um die Nachgeburt, während Mariannas Mutter half, das Baby zu säubern, es in eine Decke einwickelte und neben sie legte. Voll Staunen betrachtete Marianna ihren Sohn.

Bis Cesca wieder nach Hause kam, war es früher Morgen. Sie war fast die ganze Nacht auf den Beinen gewesen, und das hatte seinen Tribut gefordert; sie wollte sich nur noch schnell waschen, zu Bett gehen und in tiefen Schlaf versinken.

Es war lange her, dass sie zuletzt von der Medizin derart in Angst und Freude versetzt worden war. Die Zusammenarbeit mit dem Arzt gab ihr immer das Gefühl, einen wertvollen Beitrag zu leisten. Über ihre Ehe hatte sie bisher nicht viel nachgedacht. Was es bedeuten würde, tatsächlich seine Frau zu sein.

Sie versuchte, es sich vorzustellen. Seine gütigen, sanften braunen Augen, die Art, wie sie Cesca immer so aufmunternd ansahen. Es würde nicht schlimm sein, seine Ehefrau zu sein, überlegte sie. Sie würde so viel lernen.

Mit gerunzelter Stirn drehte sie sich im Bett. Natürlich brachte eine Ehe mehr mit sich, das wusste sie. Sie war nicht naiv – sie hatte nicht eben die Nacht damit verbracht, einer Frau bei der Geburt zur Hand zu gehen, ohne ein wenig darüber zu wissen, wie es überhaupt erst so weit kam. Schließlich war sie auf einem Bauernhof herangewachsen. Doch vorstellen konnte sie sich den Teil der Ehe nicht. Sie versuchte sich vorzustellen, den Arzt zu küssen, doch es kam ihr seltsam vor, auf diese Art auch nur an ihn zu denken. Aber spielte es eine Rolle, dass sie ihn nicht auf diese Weise begehrte? Wenige Frauen empfanden so. Trotz der arrangierten Heirat hatten ihre Eltern einander lieben gelernt, und sie liebte Señor Garcia auf ihre eigene Weise. Im nächsten Moment schwebte ein hellblaues Augenpaar vor ihr, gefolgt von einem sanften Lächeln, und mit klopfendem Herzen schlug sie schnell im Dunkeln die Augen auf, und eine leichte Röte kroch ihren Hals empor, als ihr klar wurde, wer der Mann war, von dem sie sich gern küssen ließe. Sie malte sich Benitos Gesicht aus. Danach lag sie, trotz ihrer bleiernen Müdigkeit, eine gute Weile wach und versuchte, sich den Gedanken aus dem Kopf zu schlagen, und als sie schließlich doch einschlief, geschah es mit kraus gezogener Stirn.

Geweckt wurde sie vom Stöhnen ihrer Mutter. Sie ging nach ihr sehen und stellte besorgt fest, dass sie müde und kränklich aussah.

»Ist es wieder dein Magen, *Mare*?«

Ihre Mutter nickte. Ihr Haar war zerzaust, und auf der Stirn standen ihr Schweißperlen. Sie sah aschfahl aus. Unter Verdauungsproblemen litt sie zwar schon lange, doch im Laufe der Jahre war es schlimmer geworden. Cesca würde mit Señor Garcia besprechen müssen, ob sie ihrer Mutter etwas Stärkeres geben oder ob sie etwas an ihrer Ernährung ändern sollten. Sie hoffte, dass er einen Vorschlag hätte, etwas, woran sie noch nicht gedacht hatte.

Jetzt bereitete sie ihrer Mutter erst einmal einen Tee mit Pfefferminze und Ringelblume zu, etwas Beruhigendes, um den Schmerz zu lindern.

Als sie sah, dass Benito wach war, seine hellblauen Augen besorgt auf sie gerichtet, wandte sie den Blick ab und errötete aufgrund ihrer nächtlichen Gedanken.

»Geht es deiner Mutter gut?«, fragte er mit warmem, besorgtem Lächeln. Sie setzte sich neben ihn und reichte ihm eine Tasse von dem Tee, den sie gekocht hatte.

»Ich bin mir nicht sicher – sie hatte diese Magenbeschwerden früher schon, aber …« Sie sah weg, und er berührte ihre Hand. »Was?«

Sie zog den Arm zurück, da ihre Haut von seiner Berührung brannte, und schluckte. »Es ist bloß … es passiert immer wieder. Ich hoffe, dass der Arzt etwas für sie haben wird, etwas, das wirklich hilft. Ich hasse es, sie leiden zu sehen.«

Er nickte. »Er hat bestimmt etwas.«

Cesca starrte ihn an und versuchte, sich zu zwingen, ins Bett zurückzukehren. Sie war immer noch sehr müde. Doch die Gespräche mit Benito am frühen Morgen, wenn im Haus nur sie beide wach waren, waren zum schönsten Teil ihres Tages geworden, der Teil, auf den sie sich am meisten freute. Sie biss sich auf die Unterlippe, weil sie wusste, dass sie nicht so denken sollte. Sich nicht sehnlichst wünschen sollte, bei diesem fremden, gut aussehenden Mann zu sitzen und zu reden, kurz nach dem Morgengrauen, wenn die Sonne allmählich durch das kleine Fenster schien und seine schönen blauen Augen erstrahlen ließ, als wären sie von innen erleuchtet. Nicht, wenn sie einem anderen versprochen war.

24

Formentera, Gegenwart

Bei einem Hafenspaziergang an einem kühlen Abend erzählte ich Isla von James, während wir uns eine Flasche Wein teilten, die sie in der Bar gekauft hatte. Ich war hingegangen, um sie singen zu hören, und anschließend hatten wir bis tief in die Nacht weitergeredet.

Ihre Sandalen baumelten in ihrer Hand, und wir starrten zu den Booten und den gelben Lichtern, die auf dem Wasser glitzerten. Sie sah mich an und verzog dann das Gesicht.

»Ich wollte dich nicht danach fragen – nicht, bevor du bereit dazu bist –, aber ich bin hier, wenn du darüber reden möchtest.«

Ich trank einen Schluck aus der Flasche, die sie mir anbot, und nickte. »Danke.«

Ich fragte mich, ob Big Jim sie eingeweiht hatte. So musste es wohl sein. In gewisser Weise war ich erleichtert, nicht die ganze traurige Geschichte wiederholen zu müssen.

Während unseres Spaziergangs erklärte ich ihr, dass ich nur versuchte, das Ganze zu begreifen.

»Was ich am schwersten finde …«, seufzte ich, weil ich es nur ungern zugab, »ist das Alleinsein.«

Seit ich neunzehn war, war ich nicht mehr allein gewesen, und die Wahrheit lautete, dass es mir schwerfiel.

Etwas sagte mir, die Asche meines verstorbenen Mannes in jedes Zimmer mitzunehmen, das ich – abgesehen vom Bad – betrat, war nicht gerade die beste Art, mit seinem Tod umzugehen.

Sie nickte, nahm mir die Flasche ab und trank einen Schluck, während sie zu den Schiffen starrte. »Ja, das Alleinsein ist nicht einfach.«

Überrascht sah ich sie an. »Aber bei dir sieht es so *leicht* aus.«

So war es. Sie wohnte allein in einer Wohnung, die sie vom Besitzer der Blues Bar angemietet hatte, und führte, soweit ich sehen konnte, ein ziemlich tolles Leben nach ihrem eigenen Gutdünken: Sie verkaufte ihre schönen Meereslandschaften, spielte in einer Band und führte eine Art sorgloses Hippie-Dasein. Alles an ihr hatte eine unangestrengte, geradezu coole Anmut, von der ich nur träumen konnte.

Isla lachte, und ihr schulterlanges Haar fiel nach hinten, während sie mich ungläubig betrachtete. »Ich? Komme mit dem Alleinsein klar? Na ja, *inzwischen* vielleicht. Aber es hat ewig gedauert. Es hat mich schier umgebracht, als Sebastian und ich uns trennten. Wir waren seit unserer Kindheit zusammen, weißt du? Ich dachte, wir würden heiraten, Kinder kriegen, das ganze Drum und Dran … bis er mir eines Tages sagte, er sei nicht mehr in mich verliebt und dass er nicht sicher sei, ob er es je war. Es war mitten auf einer Tournee, und wir hatten überhaupt keine Lust mehr auf die ganze Showbusiness-Chose, und da hat er sich wohl entschlossen, auch gleich in dieser Hinsicht reinen Tisch zu machen.«

Ich starrte sie an. »Es tut mir so leid.«

»Hey, das kommt vor! Ich meine, es ist nicht so schlimm wie das, was du durchgemacht hast.«

»Wehgetan hat es trotzdem.«

Sie nickte. »Ja, klar. Wie dem auch sei, es hat mir eigentlich nie etwas ausgemacht, auch mal für mich zu sein, aber ans Singledasein musste ich mich erst gewöhnen, dieses Gefühl, die meiste Zeit allein zu sein. Da muss man sich einfach durchfressen.«

»Daran arbeite ich noch«, gab ich zu. »Es ist ein laufender Prozess.«

»Das schaffst du schon. Und überleg doch mal, wie weit du schon gekommen bist.«

Ich nickte. Das stimmte. Erst vor ein paar Wochen hatte es sich wie Folter angefühlt, auch nur irgendwen um mich zu haben. Ich hatte geglaubt, die einzige Möglichkeit zu überleben, sei, alles auf ein Minimum zu reduzieren – den Umgang mit Menschen, das Leben, die Zukunft. Vielleicht änderte sich das gerade allmählich.

»Kleine Siege.« Sie reichte mir die Flasche, während ich auf mein Fahrrad zuging. »Das musst du jetzt anstreben – die summieren sich.«

Ein paar Tage später erhielt ich einen Anruf von Allan, als ich gerade Emmanuel zusah, wie er die Abflussrohre reparierte.

»Bist du also bereit für ein wenig Gesellschaft?«, fragte mein Bruder.

Ich hörte auf, im Garten auf und ab zu gehen, und setzte mich. »Was meinst du?«

»Ja, also, ich vermisse dich, Twig, und Gott weiß, dass ich eine Pause vom Büro gebrauchen könnte …«

»Du meinst, du kommst zu Besuch?«

»Ja, wenn du willst?«

»Klar will ich! Das fände ich toll. Wann wolltest du denn kommen?«

»In etwa einer Woche, wenn das passt?«

»Das ist perfekt! Oh, Maria wird sich so freuen!«

»Gut, ich kann es nicht erwarten, sie kennenzulernen. Wie dem auch sei, ich wollte bloß nachfragen, bevor ich mein Ticket buche.«

»Als würde ich Nein sagen!«

»Ach, man weiß ja nie, ich meine, was man so hört, führst du ja ein ausgesprochen exotisches Leben …«

»Oh, und von wem hört man das so?«

»Mum«, gab er zu. »Sie fragt mich ständig, wie es kommt, dass du dauernd deinen Urlaub verlängerst. Hast du es ihr nicht erzählt, Twig? Das mit Marisal?«

Ich verzog das Gesicht. »Grrrrr, nein, noch nicht. Sollte ich wohl.«

»Ja. Wahrscheinlich. Es gibt da ein paar Fragen, die ich ihr gern stellen würde.«

»Ja, beispielsweise wieso sie uns nie erzählt hat, dass Gran eine Schwester hatte.«

»Ja, beispielsweise.«

25

Formentera, 1718

Don Santiago Martínez de Sánchez vermisste Barcelona. Er vermisste den Luxus seines Zuhauses. Die Dienstboten, sein Stadthaus, die breiten Straßen, das geschäftige Treiben der Menschen und die kultivierte Lebensart in einem Jahrhundert, das eine Ära der Aufklärung durchlebte. Eine Ära der Entdeckungen, der Wissenschaft und der Antworten. Und unglaublicher Fortschritte. Es war aufregend.

Aber zuallererst war er Geschäftsmann und weniger Forscher. Allzu glücklich war er nicht über seine derzeitige Rolle als Letzterer. Eine Rolle, in der er sich gegen seinen Willen wiedergefunden hatte. Es hatte Ärger mit der Tochter eines seiner Kollegen gegeben, und die Verwaltung hatte entschieden, dass es ratsam für ihn sei, herzukommen und die nächsten Monate einen Bericht über eines der unrentabelsten Projekte der Krone anzufertigen – die Salztonebenen auf den Pityusen. Offiziell sagte man ihm, bei dem Posten handle es sich um ein wichtiges Unterfangen, etwas, das ein gewisses Maß an Einfühlungsvermögen, Intelligenz und Wissen erforderte. Er würde hinfahren, um zu ermitteln, wie sich die Produktionsweisen der Salztonebenen verbessern ließen, um die Rentabilität des spanischen Salzhandels zu optimieren. Man sagte ihm, es sei eine überaus wichtige, ja, noble

Arbeit, da das Geschäft nun in den Händen der Krone lag, wo es hingehörte. Deshalb hätte man gern, dass die neuesten Verfahrenstechniken eingeführt wurden, und seine Anweisungen lauteten, die Umsetzung dieser Verfahren zu beaufsichtigen, um das Geschäft, das die Krone geerbt hatte, zu einem Erfolg zu machen.

Doch Don Santiago ließ sich nicht in die Irre führen. Er wusste, worum es bei der Versetzung wirklich ging – eine List, um ihn aus dem Weg zu räumen. Don Hernando de Allandez' Tochter hatte ihn zum Ehemann haben wollen, und er hatte kein Interesse gehabt. Folglich war das hier seine Strafe – die Verbannung auf die unwichtigste Insel der Krone.

Don Hernando de Allandez hatte mächtige Freunde und ein sehr gutes Gedächtnis.

Don Santiago hingegen war überaus professionell. Und als die Gouverneure ihm auftrugen, mit Formentera, einem winzigen Streifen von einer Insel mit den vielleicht ertragsärmsten Salztonebenen, anzufangen, willigte er sofort ein, um seinen Bericht schnell schreiben und es hinter sich bringen zu können.

Er hatte nicht herkommen müssen, um zu wissen, dass der Prozess der Salzgewinnung der Gleiche war wie in den letzten vierhundert Jahren. Sie verwendeten immer noch Bleipfannen und Holz und der Großteil der Produktion erfolgte per Hand, wie eh und je. Er musste nicht hier sein, um zu sehen, dass die Arbeit ein schweres Joch war – buchstäblich: Menschen trugen die Salzlasten wie Packtiere auf dem Rücken zu den Schiffen. Doch das System mit eigenen Augen zu sehen hatte einen Vorteil.

Es war zweifellos ein System, dem etwas Innovation, eine gewisse Planung und Führung nicht schaden konnte. Trotz seiner Vorbehalte, diese kleinen, rückständigen Inseln zu besuchen, freute sich ein Teil von ihm, dass er wenigstens am Ende seines – hoffentlich kurzen – Aufenthalts möglicherweise ein bleibendes Vermächtnis hinterlassen und als großer Modernisierer bekannt sein würde.

Natürlich konnte er den Inselbewohnern *das* nicht auf die Nase binden. Offiziell wurde er als Botaniker eingeführt. Er arbeitete an einer Studie über die Mineralien in den Salztonebenen, die Flora und Fauna und deren Bedeutung für die Geografie der Region.

Man hatte ihn gewarnt, dass die Inselbewohner, nun da die Salztonebenen der Krone unterstanden, möglicherweise mit den von ihm benötigten Informationen hinter dem Berg halten würden, wenn er von Anfang an verkündete, was er wirklich auf der Insel machte. Er würde Informationen sammeln müssen, bevor er mit der Modernisierung der Produktion beginnen konnte. Es war eine verschwiegene Gemeinde, hatte man ihm gesagt – eine, die sich dem neuen Regime widersetzt hatte. Doch das alles in der Praxis zu sehen war noch einmal etwas ganz anderes. Diese Inselbewohner waren in Gesprächen dermaßen zurückhaltend, dass es schon an Geheimniskrämerei grenzte.

Er wohnte jetzt bereits über eine Woche in einem der Regierungshäuser, in der Nähe der Salzpfannen, und er hatte kaum mehr als ein beiläufiges Gespräch mit irgendeinem Einheimischen zustande gebracht. Selbst die Dienstboten sagten nicht gern mehr als unbedingt nötig; sie waren höflich, aber misstrauisch. Die weiblichen Dienstboten waren attraktiv, wie so viele der Inselbewohnerinnen, aber keine sah ihm in die Augen, und ein paarmal ertappte er sie beim Tuscheln – doch es war nicht das mädchenhafte Geplapper, das er gewohnt war, gefolgt von einem Erröten; es war anders, beinahe, als hätten sie etwas zu verbergen.

Don Santiago ging nach einem arbeitsreichen Tag in der mörderischen Sonne zu Fuß zu seiner *pension*. Die einzige Methode, die Salzgewinnung wirklich zu verstehen, war, selbst Hand anzulegen, sich mit den Männern zu unterhalten, die die Sommermonate dort arbeiteten. Er war ein Kontormensch, bestens daran gewöhnt, den Vormittag über in einem kühlen, durchlüfteten Raum zu sitzen, gefolgt von einer langen Siesta am Nachmittag und trägen Mahlzeiten, die sich bis spätabends hinzogen, während er mit seinen Kollegen und Freunden Geschäfte und die schönen Dinge des Lebens besprach. Allein schon jeden Tag draußen in der heißen Sonne zu sein weckte in ihm die Sehnsucht, nach Hause in sein normales, behagliches Leben zurückzukehren, wo sich die Gespräche um andere Dinge drehten: Wissenschaft, Kunst, Literatur, Musik. Hier wurde ausschließlich über Salz, Ackerbau oder Fischfang geredet, und er war alle drei Themen gründlich leid.

Für eine arme Gemeinde gab es hier allerdings Interessantes zu beobachten, das musste er zugeben. Auf gewisse Weise waren ihm die Menschen ein Rätsel. Viele der Frauen trugen reichlich Goldschmuck, manchmal bis zu einem Dutzend Goldketten von einer Schulter zur anderen. Goldohrringe trugen sie ebenfalls. Sie waren attraktiv, aber ungewöhnlich, fiel ihm jeden Tag auf, wenn er an ihnen vorüberkam. Etliche von ihnen hatten rötliches Haar und grüne Augen. Ein Charakteristikum der Insel, wie er annahm.

Doch seine Aufmerksamkeit erregte ein Mädchen mit langem dunklem Haar, das ihm wie ein Wasserfall aus tiefster Mitternacht den Rücken hinabfiel.

Im Gegensatz zu den anderen Frauen, die immer zu zweit unterwegs zu sein schienen, beladen mit Obst oder Brotlaiben, ging sie mit leeren Händen und allein, abgesehen von dem kleinen drahtigen Hund, der ihr treu auf den staubigen Fersen war.

Er wusste nicht recht, was ihn ritt, doch das nächste Mal, als er sie erblickte, folgte er ihr. Vielleicht lag es an der Art, wie sie über die Schulter blickte, wenn sie spürte, dass er sie anstarrte. Die Art, wie sie nicht den dunklen Blick abwandte oder errötete, was wohl jede andere junge Frau getan hätte. Sie zupfte nicht an ihrem Haar herum und richtete auch nicht ständig ihr Kleid; sie erwiderte lediglich seinen Blick mit beinahe so etwas wie einer Herausforderung in den Augen und sah nicht weg, nicht bevor er es tat.

Als sie sich wegdrehte, um weiterzugehen, dachte er, dass es nicht schaden könnte, sie nach ihrem Namen zu fragen. Dann hätte er vielleicht wenigstens etwas, um sich von seiner derzeitigen Aufgabe und dem ewigen, geistlosen Gerede über das Salz abzulenken.

Faul. Gedankenverloren. Verwöhnt. So schalten die Frauen in ihrer Familie sie.

Vielleicht, dachte Esperanza. Doch an einem schönen Tag war die Küche der letzte Ort, an dem sie feststecken wollte, selbst wenn das Essen zubereitet werden musste. Woran lag es, dass ibizenkische Frauen ihr Leben mit Kochen, Kochen, Kochen verbrachten, fragte sie sich mit einem Seufzen.

Sie aß genauso gern wie jeder andere auch, aber sie sah nicht die Notwendigkeit, den ganzen Tag bei der Essenszubereitung im Haus eingesperrt zu verbringen.

Außerdem war das alles schön und gut für Cesca. Alles, was sie anpackte, schien ihr leichtzufallen. Das Brot, das sie machte, ging auf. Ihre Paellas waren immer üppig und lecker, genau, wie ihr Vater es gemocht hatte. Ihr Fisch war nie verkocht.

Selbst Grunon, die teuflische Ziege, wusste ès besser, als mit dem Huf in *Cescas* Eimer zu treten.

Abgesehen von Esperanzas Aquarellen, die ausgezeichnet waren – aber nutzlos für das Leben auf einer *finca* am Ende der Welt –, besaß sie keinerlei nennenswertes Talent. Jedenfalls nicht wie ihre Schwester. Als sie sich wie diese zur Krankenschwester hatte ausbilden lassen wollen, hatte ihr Vater ein Machtwort gesprochen. Er hatte keinen Sinn darin gesehen, wenn zwei seiner Töchter außer Haus auf der Insel herumliefen. Jemand musste bleiben und ihrer Mutter helfen und sich um den Haushalt kümmern, hatte er verlangt. Natürlich war das nicht der am besten durchdachte Plan der Welt gewesen – Esperanza war einfach nicht sonderlich talentiert für die Hausarbeit.

Dinge schienen ihr wie von selbst aus den Händen zu gleiten und auf ihren Füßen zu landen oder ihr die Handgelenke zu versengen. Das Brot, das sie zu backen versuchte, verbrannte höchstwahrscheinlich oder ging nicht auf, und alles, was sie kochte, schien immer ein wenig verbrannt zu schmecken, weil sie sich zu leicht ablenken ließ, häufig von dem kleinen Hund, den sie adoptiert hatte, der indessen nicht ins Haus durfte.

Cesca verlor immer wieder die Geduld mit ihr. »Pass einfach auf das Essen auf, Esperanza, wenn du kochst, mach nichts anderes. Kümmere dich um nichts sonst. Warum ist das so schwer?«

Sie konnte es nicht erklären. Es war einfach so. Was sie tief in ihrem Herzen wollte, war ein Leben fort von der Arbeit auf dem Bauernhof, ein Leben wie dasjenige, das ihre Freundin Riba beschrieb, mit gewaltigen, luftigen Häusern, Dienstboten und Zeit für Kunst, Lektüre, Tanz und Musik. War es so schlecht von ihr, das zu wollen? Mehr zu wollen?

Sie war töricht, das war ihr klar. Von den Dingen zu träumen, von denen ihre Freundin ihr erzählte, von einem Leben, das sie nie würde führen können, machte die Dinge nur schwerer. Doch da sich die Situation nun geändert hatte, da der Mann, den sie heiraten sollte – ihr Verlobter Rafael –, tot war, fühlte es sich auf einmal an, als sei die Zukunft weniger entschieden, als Esperanza ursprünglich gedacht hatte. Natürlich war sie traurig, dass ihr Cousin verstorben war, wenn es sich auch um einen Cousin handelte, dem sie erst ein paarmal begegnet war. Gleichzeitig spürte sie aber dank der veränderten Situation, wie sich etwas in ihrem Innern regte, als gäbe es vielleicht doch eine Chance für manchen ihrer Träume.

Doch jetzt, da sie die gesalzenen Fische draußen zum Trocknen an die Haken hängte, rann ein wenig Schweiß ihre Wirbelsäule hinab, und sie blies die roten Wangen auf. Bei dem Gedanken an das Leben, das sie erwartete, trübte sich ihre Stimmung. »Es wird sich bestimmt nichts ändern«, murmelte sie. Bestimmt würde sie mit einem der Jungen aus dem Dorf, mit denen sie aufgewachsen war, verheiratet werden, was nur noch mehr *hiervon* bedeutete.

Es war heiß, der Wind hatte sich gelegt, und ihr war elend zumute. Cesca hatte ihr die Verarbeitung der Fische übertragen, bevor sie mit Señor Garcia zu irgendeinem medizinischen Notfall davongelaufen war. Sie hatte sie strengstens angewiesen, alles am Nachmittag fertigzubekommen, doch Esperanza war sich sicher, dass der Fisch schon trocknen würde, ob sie ihn nun an die Holzlatten draußen hängte oder nicht.

Und kurz schwimmen zu gehen würde sie abkühlen, ihre Laune wiederherstellen und sie besser arbeiten lassen, sagte sie sich.

Sie schlüpfte davon, während ihre Mutter Siesta hielt, und pfiff nach Flea, damit er zusammen mit ihr ausbüchste.

Als sie zu der Bucht hinunterranten, spürte sie, dass jemand sie ansah. Als sie sich umdrehte, erblickte sie einen großen Mann, der sie anstarrte. Sie blinzelte. Er hatte hellbraunes Haar und war nicht wie die Männer gekleidet, die sie kannte. Er war wie ein Edelmann gekleidet, trug einen

Anzug. Es war dieser Fremde, über den alle redeten. Sie runzelte überrascht die Stirn. Der Mann aus Barcelona. Allerdings hatte niemand erwähnt, dass er gut aussah.

Da er sie weiter anstarrte, reckte sie das Kinn und bediente sich des Tricks, den Rafael ihr für Grunon beigebracht hatte. Zu ihrer Überraschung und Freude funktionierte er bei Männern ganz genauso wie bei teuflischen Ziegen. Dann ging sie mit Flea weiter, bis sie ihre versteckt gelegene Lieblingsbucht erreichten.

Sie schlüpfte aus dem Kleid und watete unter wohligem Seufzen in das kühle, unbewegte Wasser. Flea folgte ihr, indem er sich ins Wasser stürzte und eintauchte, und sie lachte über den kleinen braunen Hund. Im kühlen Meer auf dem Rücken liegend blickte sie zum klaren blauen Himmel empor, während ihre Finger über das Wasser glitten. Flea paddelte um sie herum.

»Hierher sind Sie also weggelaufen? Ich habe mich schon gewundert«, erklang eine kultivierte spanische Stimme, wie erlesener Brandy.

Esperanza schluckte Wasser und wirbelte herum, um nach dem Ursprung der Stimme zu suchen. Auf den Felsen in der Nähe war der Mann, den sie auf der alten Salzstraße gesehen hatte. Der Fremde.

Hustend und prustend setzte sie sich im Wasser auf. Als sie sich wieder erholte hatte, besann sie sich auf ihre Sittsamkeit, und sie legte rasch einen Arm quer über die Brust.

»Es ist ein schöner Tag zum Schwimmen«, sagte er nur mit milder Stimme. Sie starrte ihn an und wünschte, er möge gehen. Wünschte sich den Mut, es ihm zu sagen.

»Ich bin Don Santiago Martínez de Sánchez. Ich glaube nicht, dass wir uns bereits begegnet sind«, stellte er sich vor, als befänden sie sich nicht gerade in einer zutiefst kompromittierenden Situation. Ihr zuliebe sprach er Ibizenkisch.

Sie blinzelte ihn an, denn natürlich waren sie sich noch nicht begegnet. »*Bueno tarda*«, antwortete sie, um höflich zu sein. Ihren eigenen Namen wollte sie nicht verraten; schließlich sollte nicht die gesamte Insel erfahren, dass sie in ihrer Unterwäsche schwimmen ging, besonders in Gegenwart eines fremden spanischen Edelmannes. Einer, der sämtlichen Inselbewohnern Sorgen bereitete.

Er starrte sie noch einen Moment lang an, wartete vielleicht darauf, dass sie sagte, wer sie war.

Um ihn daran zu hindern nachzufragen, sagte sie alberner Weise: »Mir war heiß«, als wäre das nicht nur zu offensichtlich. »Aber jetzt muss ich aus dem Wasser, meine Schwester wartet bestimmt schon auf mich.«

Er lächelte und zeigte weiße, ebenmäßige Zähne. »An einem Tag wie diesem muss es reizend sein, schwimmen zu gehen. Bleiben Sie ein bisschen. Vielleicht könnte ich mich zu Ihnen gesellen?«

Sie riss die Augen auf, als er Anstalten machte, sein Hemd auszuziehen. Zu ihrem Entsetzen schlüpfte er tatsächlich aus dem Hemd und legte es auf die Felsen neben ihr eigenes abgeworfenes Kleid. Er stand halb nackt da, und stellte leicht gebräunte Haut und goldene Körperbehaarung zur Schau.

Sie errötete. Ihre Mutter wäre wutentbrannt, wenn sie von der Lage wüsste, in die sie sich gebracht hatte. Woher kam es, dass es ihr scheinbar immer gelang, sich in diese misslichen Situationen zu manövrieren?

»Señor – ich halte es für das Beste, wenn ich aus dem Wasser komme und Sie schwimmen lasse, falls es Ihnen nichts ausmacht, sich umzudrehen, damit ich herauskommen kann?«

»Oh? Ja.« Er klang enttäuscht, besann sich aber seiner Manieren. »Tja, wenn Ihnen das lieber ist.« Er drehte sich um und bückte sich dann, um ihr Kleid hochzuhalten – da tauchte Cesca in der Bucht auf, um ihre Schwester auszuschelten. Den Blick hatte sie unverwandt auf Esperanza und den Hund gerichtet, der in freudig erregtes Gebell ausbrach.

Tatsächlich sah Cesca den Mann nicht, der auf dem Felsen kauerte und das Kleid ihrer Schwester hochhielt, das er nun schnell wieder auf die Felsen fallen ließ.

»Hierher bist du also entlaufen? Hast du überhaupt eine Ahnung, was für ein Chaos du zurückgelassen hast – Hunderte Seemöwen tun sich an der Beute gütlich, die du für sie draußen gelassen hast! Sie sind sogar ins Haus geflogen. *Mare* musste sie mit einem Besen verscheuchen! Und du weißt doch, dass es ihr nicht gut geht. Du bist einfach unglaublich! Ich gebe dir eine einfache Anwei…« Sie brach jäh ab, als sie aus dem Augenwinkel Bewegung wahrnahm. Als sie sich umdrehte, erblickte sie endlich den halb nackten Mann auf den Felsen. Vor schierem Entsetzen stand ihr der Mund offen. Sie blinzelte ihn an, nun doch ganz sprachlos.

Am liebsten wäre Esperanza vor Scham im Wasser versunken.

Don Santiago besaß den Anstand, peinlich berührt dreinzublicken, und zog sich rasch das Hemd über. »*Bueno tarda.* Ich bin Don Santiago Martínez de Sánchez«, stellte er sich höflich vor und räusperte sich dann nervös. »Ich fürchte, ich bin zufällig auf Ihre Schwester gestoßen und entschloss mich, selbst schwimmen zu gehen. Sie wollte gerade aus dem Wasser kommen, wie ich Ihnen versichern kann. Ich hatte mich umgedreht, um ihre Sittsamkeit zu schützen.«

Cesca zog eine Augenbraue in die Höhe. »Da bin ich mir sicher. Danke, Señor, ich denke, es ist am *besten*, wenn meine Schwester jetzt aus dem Wasser kommt«, sagte sie, verschränkte die Arme und starrte ihre Schwester vielsagend an.

»Gut – ja«, räumte er verlegen ein. Cesca hatte diese Wirkung auf andere.

Esperanza watete aus dem Wasser, während Flea an den Strand tapste und ihr zubellte, sie solle folgen. Selbst er wusste, wer bei ihnen im Haus wirklich das Sagen hatte, dachte sie mit hängenden Schultern, während sie das Kleid vom Felsen aufhob und es sich über die nasse Haut zog. Dabei entging ihr der bewundernde Blick, den Don Santiago ihr zuwarf.

»Viel Glück mit Ihrem Fischproblem!«, rief er ihr hinterher. Er hörte sich amüsiert an.

Esperanza bedachte ihn mit einem gebieterischen Blick. Edelmann hin oder her, dank ihm waren die Fische nun ihr kleinstes Problem.

Während sie dem schnell verschwindenden, vor Zorn steifen Rücken ihrer Schwester folgte, stieß sie ein

Seufzen aus. Wenn sie sich früher einmal ausgemalt hatte, jemandem wie Don Santiago zu begegnen, war es nicht so gewesen: als ausgescholtenes Kind, das seiner älteren Schwester hinterherlief.

Cesca war wutentbrannt.

Warum konnte ihre Schwester sich nicht ein einziges Mal wie eine Schwester benehmen? Warum dachte sie nie an die Familie?

Bei ihrer Heimkehr hatte sie festgestellt, dass die meisten Fische weggeworfen werden mussten, da sich die Fliegen darüber hergemacht und schon ihre Eier gelegt hatten. Wie gewöhnlich hatte Esperanza die Fische nicht richtig gesalzen. Das tat sie nie. Und die Vögel hatten sich den Rest geholt. Cesca seufzte, brachte dann die übrigen Fische zu einem Eimer und begann, das Fleisch zu schrubben, um zu sehen, ob es sich noch verwerten ließ. Esperanza hielt sich fern, damit ihre Schwester sich ein paar Minuten lang abreagieren konnte, und kam ihr erst dann zu Hilfe. Flea schlief zu ihren Füßen.

»Der Hund muss weg.«

Es bereitete Cesca keine Freude, die Pein in den Augen ihrer Schwester zu sehen. Natürlich meinte sie es nicht so. Selbst wenn sie ihn nicht ebenso abgöttisch liebte, wie ihre Schwester es tat.

Das Problem bestand darin, dass es nicht nur um den vergeudeten Fisch ging; es ging um die Tatsache, dass sie die Aufmerksamkeit auf den Haushalt gezogen hatte, und das zu einem Zeitpunkt, zu dem sie es nicht gebrauchen konnten. Esperanza hatte Benito allein im Keller liegen lassen, und jeder hätte ihn dort finden können. Er war noch immer nicht ganz genesen und hatte weiter die Angewohnheit, im Schlaf zu murmeln und den Namen seines Bruders zu rufen. Wenn jemand vorübergekommen wäre und es gehört hätte, was wäre passiert? Und wenn dieser neue fremde Besucher, Don Santiago Martínez de Sánchez, Esperanza hierher gefolgt war? Und wenn er anfing, Fragen zu ihrem Cousin zu stellen? Die Nachricht von dem gekaperten maurischen Schiff und den jüdischen Gefangenen, die fortgebracht worden waren, hatte sich überall herumgesprochen, zusammen mit den Namen der Gefangenen, den Gebrüdern Nuñez. Der Anblick eines in einem Keller versteckten Mannes, der nach seinem Bruder Paulo rief, konnte sie alle in Gefahr bringen.

26

Formentera, Gegenwart

In Marias Haus roch es immer nach Essen und nach dem Meer. In den alten Mauern steckte Wärme, die von mehr als nur Sonnenschein herrührte.

Ich lernte nicht bloß etwas über die Vergangenheit. Es ging um das tägliche Leben, uralte Rituale, die sich in Hunderten von Jahren zum Großteil nicht geändert hatten.

Jede Woche entdeckte ich bei meinen Besuchen neue Dinge über meine Wurzeln. Ich lernte etwas über die Aromen und die Kunst der jüdischen Küche, auch wenn es sich um eine Art des Kochens handelte, die sich im Lauf der Jahre stark hatte anpassen müssen. Wie die Geschichte des jüdischen Volkes selbst, das über Jahrtausende hinweg kein Heimatland besessen hatte und ständig vor Not und Verfolgung hatte flüchten müssen, sodass ihre Reisen beeinflussten, was sie kochten, und die jüdische Küche auf diese Weise äußerst abwechslungsreich war.

Die ibizenkisch-jüdische Tafel wies eine besondere Note auf, wie ich von Maria erfuhr, da viele Praktiken, eine Küche koscher zu machen, nicht streng eingehalten werden konnten, zumal gewisse Dinge, wie der Verzicht auf Schweinefleisch, verräterisch gewesen wären. Außerdem waren die Zeiten hart; die Leute lebten auf einer

Insel ohne nennenswerte Wirtschaft abgesehen von Landwirtschaft und dem Salzhandel, sodass es einfach nicht praktikabel war einzuschränken, was sie aßen, auch wenn die Dinge hinter verschlossenen Türen manchmal ein wenig anders aussahen.

Ich erfuhr, was koscher war und was nicht. In gewisser Hinsicht war es ein Aha-Erlebnis. Es gab Bräuche, die mein Vater befolgt hatte – beispielsweise hatte er immer den Joghurt weggeräumt, wenn er auf dem Regal stand, wo der Aufschnitt gelagert wurde. Ich hatte das lediglich für eine persönliche Schrulle gehalten, doch jetzt wurde mir klar, dass es eine Angewohnheit war, die davon herrührte, dass man die Jahrhunderte über versucht hatte, koscher zu bleiben. Sie war weitergegeben worden, ohne dass es einem von uns klar gewesen wäre.

Maria erzählte mir, die Inselbewohner hätten kreative Wege gefunden, um am Sabbat nicht zu arbeiten. »Selbst heute noch werden dir die meisten Inselbewohner erklären, dass es Pech bringt, am Samstag zu arbeiten. Ja, viele Geschäfte wurden samstags von den Kindern geführt.«

Andere Dinge gab es auch, wie die Tatsache, dass wir in meiner Jugend nur Fisch mit Schuppen aßen, nie andere Meeresfrüchte – auch wenn ich selbst mittlerweile nicht mehr auf Meeresfrüchte verzichtete –, oder dass wir kaum, wenn überhaupt je, Schweinefleisch oder Wild aßen. Ich hatte diese Dinge nicht infrage gestellt. Oder den Umstand, dass mein Vater früher jeden Freitagabend, ausnahmslos, Kerzen anzündete, und dass es das eine Mal in der Woche war, wenn er immer dafür sorgte, dass wir uns als Familie um den Tisch setzten. Mich hatte das natürlich in den Wahnsinn getrieben, weil ich freitagabends mit Freunden ausgehen und nicht zu Hause herumsitzen wollte. Mir war nicht bewusst gewesen, dass wir die ganze Zeit eigentlich den *shabbat* einhielten.

Meine Beine wurden allmählich durch das tägliche Fahrradfahren kräftiger. Mein längster Ausflug führte mich zum Leuchtturm am Cap de Barbaria. Isla hatte recht; die Fahrt machte durstig und war anstrengend: ein Streifen borstiger brauner Erde, vorbei an schmalen Pfaden und einsamen goldenen Feldern, bis ich zum Schluss den Leuchtturm fand. Beim Fahren wanderten meine Gedanken in die Vergangenheit, und mir wurde bewusst, dass es zurzeit von Marias Geschichten keinen Leuchtturm gegeben hatte. Unwillkürlich fragte ich mich, was sich sonst noch verändert haben mochte, wie unsere Familie, wenn Menschen wie ich nicht einmal wussten, wer wir früher gewesen waren. Zumindest änderte sich das jetzt, überlegte ich, während ich nach Hause radelte, auf Marisal zu.

Ein paar Tage später betrat Emmanuel die Küche, das Gesicht düster, beinahe Furcht einflößend. »Hat jemand, eine Frau, mit dir über mich gesprochen?«, fragte er.

Ich schluckte. »Ja.«

Ein Muskel in seiner Kieferpartie zuckte. »Aha.«

Ich kaute auf meiner Unterlippe. »Hör mal, es geht mich offensichtlich nichts an …«

Er nickte. »Nein, tut es nicht.«

Ich sog die Luft ein.

Er seufzte. »Bloß dass sie dafür gesorgt hat, dass es dich

doch etwas angeht – warum hast du mich nicht darauf angesprochen?«

Ich klappte das Notizbuch zu, in dem ich zu schreiben versucht hatte. »Möchtest du einen Kaffee?«

Er runzelte die Stirn. Also erhob ich mich mit einem Schulterzucken. »Tja, ich werde mir einen kochen, also …«

»Okay.«

Ich ging an ihm vorbei und schaltete den Wasserkocher ein. »Ehrlich, ich wusste nicht, was ich davon halten sollte – also habe ich Big Jim danach gefragt. Tut mir leid.«

»Statt mich zu fragen?«

»Ähm, ja. Ich wusste nicht, ob es etwas war, worüber ich mir Sorgen machen musste – du bist in meinem Haus …«

Abermals spannte sich seine Kieferpartie an, doch er nickte.

»Und Big Jim, er …«

»Hat mir gesagt, dass ich mir keine Sorgen zu machen brauche.«

Er starrte mich an. »Ist das alles?«

»Ja – na ja, das war die … Quintessenz.«

Er nickte. »Okay.«

»Okay?«

»Klar.«

Dann machte er sich wieder an die Arbeit.

Doch von da an waren wir Freunde, richtige Freunde. Es fing langsam an – eine zusätzliche Tasse Kaffee, bevor er wegfuhr, dann ein Sandwich, aus dem ein Mittag- oder Abendessen wurde.

Als ich Isla davon erzählte, zog sie eine Braue in die Höhe. »Meinst du, es wird mehr daraus werden?«

Ich schüttelte den Kopf. »Nein – jedenfalls lange Zeit nicht, für keinen von uns beiden.«

Ich war gar nicht in der Lage, im Moment mit mehr umzugehen. Doch auch wenn ich nicht wusste, ob es richtig oder falsch war, gefiel es mir, dass da ein Mann im Haus war, jemand aus Fleisch und Blut, der gelegentlich etwas sagte.

Das reichte mir schon.

27

Formentera, 1718

Cesca unterwies Benito in Kräuterarzneien, einem lebenswichtigen Teil des Inseldaseins, wie er herausfand. Es gab Zeiten, erzählte sie, während schlechter Wetterperioden, in denen Formentera von der Hauptinsel abgeschnitten war, und diese Kräuter hatten sie am Leben erhalten. Die meisten Inselbewohner, sagte sie, hatten gelernt zu verwenden, was wild wuchs. Cesca hatte obendrein das Glück, dass ihr Bruder Antoni viele Arzneien, einschließlich exotischer Kräuter und Gewürze, die als Heilmittel eingesetzt werden konnten, von seinen Fahrten mitbrachte. Benito staunte darüber, was sie alles wusste, was sie als Gehilfin des Arztes alles gelernt hatte, und wie ihr Gesicht erstrahlte, wenn sie davon sprach.

Er fand heraus, dass man Anis benutzte, um hohes Fieber zu senken – sie hatte ihm welchen gegeben, als er fieberte. Ringelblume half gegen Schwellungen in Mund und Magen und ließ sich am Körper einsetzen, um die Wundheilung zu unterstützen. Er lauschte, während sie die Gläser durchging und jedes einzelne benannte.

Es war schade, fand er, dass sie sich nicht wie ein Mann ausbilden lassen konnte. Er hatte das Gefühl, dass sie sich an der Universität besser machen würde, als er es getan hatte. Bei dem Gedanken lächelte er. Sie erklärte gerade, dass gewöhnliches Gemüse ebenfalls Heileigenschaften besaß, beispielsweise Knoblauch, der dabei helfen konnte, sich schneller von einer Erkältung zu erholen.

»Was ist?«, fragte sie errötend, als ihr sein Lächeln auffiel.

»Ich dachte nur gerade, dass ich ein paar Männer kenne, die schon lange von den Gefahren sprechen, die das Unterrichten von Frauen mit sich bringen würde – vielleicht treibt diese Männer lediglich die Angst um, dass viele der Frauen aus ihrem Bekanntenkreis klüger als sie selbst werden würden.«

Ein wenig verlegen senkte Cesca den Blick. Sie wusste, dass es als Kompliment gemeint war, doch sie war tatsächlich viele Male von Leuten, die ihre Leidenschaft für Medizin als Kuriosität betrachteten, bezichtigt worden, »ein bisschen wie ein Mann« zu sein. Und zwar von Leuten, die dies nicht als Kompliment meinten.

Sie war ausdauernd und fleißig. Ihr Vater hatte das gefördert. Auf einer Insel wie dieser war kein Platz für Schwäche. Das Leben konnte hart sein, und sie hatten alle gelernt, noch härter zu sein. Und diejenigen, denen es schwerfiel, wie es etwa gelegentlich bei ihrer Schwester der Fall war, mussten zu ihrem eigenen Wohl gezwungen werden, stark zu sein.

»Wie kommt es, dass du und deine Schwester derart unterschiedlich seid?«, fragte er, als könne er ihre Gedanken lesen.

Cesca gab sich große Mühe, nicht verärgert zu sein. Esperanza war schön und durch und durch feminin. Sie war wild und temperamentvoll und sagte, was sie dachte, wohingegen Cesca vorsichtig und fleißig und bedacht war. Die Jungen, mit denen sie aufgewachsen waren, hatten sich schon immer reihenweise in ihre schöne, wilde Schwester verliebt.

»Ich weiß es nicht.«

»Sie ist so faul«, sagte er lachend. »Und sie hat immer eine Ausrede. Sie lässt alle anderen die Arbeit verrichten, wenn man ihr auch nur die geringste Chance dazu gibt.« Was ihm selbst in den letzten Wochen häufig passiert und keinesfalls entgangen war. Er war derjenige, der die Ziege molk und den Käse herstellte. »Ich bin noch nie jemandem begegnet, der wie sie Zeit vergeuden kann. Sie redet ständig und braucht Stunden, um mit etwas fertig zu werden.« Allerdings sagte er es gutmütig, und Cesca musste lachen.

»Mein Vater hat früher immer gesagt, wenn man will, dass die Zeit langsam vergeht, sollte man sich das Frühstück von Esperanza zubereiten lassen«, erwiderte sie.

Benito grinste. »Genau.«

Cesca sah weg, während ihr Herz hämmerte. Nicht viele Männer bemerkten Esperanzas Faulheit oder sahen über die dunklen Augen und das schöne Antlitz hinaus.

»Aber sie hat ein gutes Herz«, sagte er und dachte an Esperanzas Liebe zu dem kleinen Hund.

Wieder sah Cesca ihn an und hob eine Augenbraue.

Mit einem Grinsen fügte er hinzu: »Tief in ihrem Innern.«

Sie lachte.

Dann seufzte sie. Sie liebte Esperanza durchaus, obwohl sie ihr viel Verdruss bereitete. »Manchmal habe ich das Gefühl, ich bin eher ihre Mutter als ihre Schwester, und das macht mich wütend. Oft verstehe ich sie einfach nicht. Dann habe ich ein schlechtes Gewissen, weil ich sie anfahre. Es ist ein schrecklicher Kreislauf.«

Sie wusste, dass Esperanza versuchte, sich zu bessern, begriff aber nicht, warum sie sich das Leben selbst so sehr erschwerte – wenn sie sich einfach darauf konzentrieren würde, was sie gerade tat, müsste man sie nicht dauernd zurechtweisen. Dann könnte sie außer Haus gehen und ihre freie Zeit genießen, sobald sie es sich verdient hatte.

Nach einem Seufzen räumte sie ein: »Meine Schwester wäre wahrscheinlich besser dran in einem Haus, wo man sie für die Dinge preisen würde, die sie gut kann. Sie malt und liest gern und hat ein gutes Ohr für Musik. Sie ist wirklich begabt. Hier ist einfach keine Zeit für solche Dinge. Wir müssen alle hart arbeiten, bloß um zu überleben.«

»Ihr hätte Mallorca gefallen«, sagte Benito und dachte an manche der Frauen, die er dort gekannt hatte, die aus wohlhabenden Häusern stammten und ein komfortableres Leben führten. Frauen, die wegen ihrer Fertigkeiten in Konversation und Kunst und Musik als kultiviert bezeichnet wurden.

Cesca nickte. »Vielleicht. Aber ich weiß es nicht – denn sie ist auch wild. Manchmal denke ich, sie würde im Freien schlafen, wenn wir es zuließen, bloß um bei ihrem Hund zu sein.«

Er lachte, und sie stieß ein Seufzen aus. »Die Wahrheit lautet, meine Schwester muss einfach erwachsen werden – und zwar schleunigst.«

Benito schüttelte den Kopf. »Ich habe Leute getroffen, die zu schnell erwachsen wurden – Freunde, Cousins, Menschen, die dazu gezwungen wurden. Und Menschen, die aufgrund ihres Glaubens wie der letzte Dreck behandelt wurden. Wünsche das Esperanza lieber nicht.«

28

Formentera, Gegenwart

»Ich habe eine ernsthafte Frage an dich«, sagte Isla eines Nachmittags, während wir unter dem Orangenbaum in meinem Garten saßen und den sanften Wellengang des Meeres in der Ferne betrachteten. Die Füße hatte ich auf dem Tisch, an den Knöcheln überkreuzt, und ich hatte gerade müßig Notizen zu meinem Roman hingekritzelt, als sie das Wort an mich richtete. Ihr Skizzenblock lag herrenlos herum, und sie trank einen Schluck von Sues selbst gemachter Sangria.

Big Jim lehnte mit geschlossenen Augen an einem Baumstamm in der Nähe, während er träge eine Melodie auf der Gitarre klimperte.

Die Sonne war immer noch warm, begann gerade erst zu sinken, und ich konnte bereits die Zikaden hören, die sich allmählich im trockenen Gras regten. Es war ein fauler Sonntagnachmittag, an dem wir uns spontan zusammengefunden hatten. Ich drehte mich überrascht zu ihr.

»Okay?« Ich überlegte, ob sie mich etwas über James fragen würde.

»Na ja, du hast doch Rhythmusgefühl, stimmt's?«

Ich starrte sie an und brach dann in Gelächter aus. »Ähm, ich weiß nicht recht … warum?«

»Na, ich finde schon – ich meine, du trommelst immer mit den Fingern zur Musik.«

»Okay …« Mir war schleierhaft, worauf sie hinauswollte.

Sue kam aus der Küche, mit einem Grinsen und einem Tamburin.

»Tja, wir haben dir das hier mitgebracht«, sagte sie.

Mit gerunzelter Stirn griff ich danach. »Ein Tamburin?«

»Wir haben uns gedacht, du weißt schon, vielleicht könntest du das vierte Bandmitglied sein«, erklärte Big Jim und öffnete träge eins seiner blauen Augen.

Ich lachte. »Mit dem Tamburin?«

Isla grinste. »Leicht zu erlernen.«

Ich schüttelte es ein wenig. Mit ganz schlechtem britischem Akzent sagte Big Jim: »Du meine Güte, ich glaube, sie hat's drauf!« Dann lachte er schallend.

Ich blickte in die Runde und grinste dann. »Ihr seid plemplem.«

Da sie mich erwartungsvoll anstarrten, lächelte ich weiter. »Okay.« Ich lachte glucksend.

»Cool«, sagte Isla mit einem Zwinkern. »Wir üben dienstags. Und treten an zwei Abenden die Woche auf.«

Ich starrte sie an. Dann kam mir ein Gedanke in den Sinn. Ich setzte mich aufrecht hin. »Oh, vielleicht könnte ich auch back-up singen?« Ein breites Grinsen breitete sich auf meinem Gesicht aus.

Isla zog eine Augenbraue in die Höhe. »Ähm …«

»Grässliche Singstimme, Darling«, sagte Big Jim. »Aber das Mädel hat auf jeden Fall Rhythmusgefühl.«

Ich lachte. Trank einen Schluck Sangria. Ich würde es machen.

Und so wurde ich irgendwie im Alter von fünfundvierzig Jahren Mitglied in einer *Band*.

»Du bist was?«, fragte Sage, die kaum ein Kichern unterdrücken konnte, als ich ihr ein paar Tage später davon berichtete.

»Ein Bandmitglied.« Ich lachte selbst und erzählte es ihr dann, was sie so sehr zum Lachen brachte, dass ich ebenfalls einen hysterischen Anfall bekam.

»Das Tamburin!«, rief sie nach einer ganzen Minute wiehernden Gelächters. »O Gott, Mum, das habe ich gebraucht! Ich kann es nicht erwarten, dich zu besuchen.«

»Geht mir genauso, Schatz, du hast keine Ahnung, wie schrecklich ich dich vermisse.«

»So ungefähr fünf-SMS-am-Tag-schrecklich?«

»Wie kommst du darauf?«, fragte ich betont beiläufig und nonchalant.

»Weil ich durchschnittlich fünf SMS am Tag von dir bekomme«, antwortete sie ungerührt.

»Ach ja … *das*. Tut mir leid.«

»Neee, ich nehm dich nur auf den Arm. Sie haben geholfen, danke, Mum.«

Erleichtert atmete ich auf.

Dann sagte sie: »Ich kann es nicht erwarten, Onkel Allan zu erzählen, dass du dich einer Band angeschlossen hast.«

Ich kicherte. »O Gott, bloß nicht, er glaubt längst, dass ich ein bisschen durchgedreht bin.«

Was irgendwie stimmte.

Aber ausnahmsweise machte es mir nichts aus.

An dem Abend meines Bandbeitritts, nachdem die anderen gegangen waren, konnte ich nicht einschlafen. Ich saß im Bett, drehte immer wieder James' Ring an meinem Daumen und lauschte dem Geräusch der Wellen draußen.

Rastlos stand ich auf, zog meinen Bademantel an, tapste durch die Küche und schaltete den Wasserkocher ein, kehrte dann ins Zimmer zurück. Ich war zu müde, um zu arbeiten, und zu ruhelos, um wieder einzuschlafen. Müde, aber ruhelos. Das schien bei mir seit Neuestem der Normalzustand zu sein.

Ich pirschte im Zimmer auf und ab, öffnete beiläufig Schubladen und vermied es, James' Asche anzusehen – ich wusste, was er mir raten würde: wieder einzuschlafen. Doch stattdessen machte ich mich daran, müßig Schränke durchzusehen. Aus diesem Grund brauchte ich einen Fernseher, überlegte ich, während ich den alten Kleiderschrank in meinem Schlafzimmer aus purer Langeweile öffnete.

Ich zog gerade langsam die leeren Schubladen auf, da sah ich es, die Kante von etwas, das wie eine alte Fotografie aussah und weit hinten eingeklemmt war. Ich kniete mich hin und lockerte das Foto mit den Fingern. Nach einer ganzen Minute löste es sich, verbogen und ein wenig eingerissen, wo ich daran gezogen hatte. Es war eine verblasste Fotografie von zwei jungen Mädchen, die mit dem Rücken zum Haus dastanden. Vieles war verschwommen, aber ich erkannte doch ein vertrautes Lächeln wieder.

Es war Maria, und sie hatte den Arm quer über die Schultern eines anderen, jüngeren Mädchens gelegt, bei dem es sich um meine Großmutter Alba handeln musste, wie mir klar wurde. Sie hatte die Augen geschlossen und lachte schallend über etwas, das Maria ihr ins Ohr flüsterte.

Ich berührte das Foto und spürte ein Stechen in den

Augen. Früher hatten diese beiden Mädchen sich einmal nahegestanden. Während Maria mir Cescas und Esperanzas Geschichte erzählte, stellte sich mir unwillkürlich die Frage, was zwischen diesen beiden Schwestern vorgefallen war. Warum hatte meine Gran mir gegenüber Maria nie erwähnt? Wie konnte man vergessen, die eigene Schwester zu erwähnen? Warum war ihre Beziehung derart drastisch in die Brüche gegangen?

29

Formentera, 1718

»Du scheinst großen Eindruck gemacht zu haben«, sagte Riba ein paar Tage später zu Esperanza.

»Was meinst du?«, fragte Esperanza, die gerade das Brot in den Gemeinschaftsofen schob.

»Auf Don Santiago natürlich. Er hat neulich abends, als er zum Essen kam, von nichts anderem als dir gesprochen.«

Beschämt schloss Esperanza die Augen bei dem Gedanken an ihre Begegnung am Strand. Das hatte sie befürchtet. Ihre Schwester würde *wütend* sein.

»Anfangs schien er noch nicht einmal deinen Namen zu kennen … aber dann fing er an, dich zu beschreiben, und natürlich wussten alle, dass du das sein musstest.«

»Woher?«, fragte Esperanza. Sie war keineswegs die einzige dunkelhaarige Frau auf der Insel. Konnte ihr die Schmach nicht erspart bleiben, nur dieses eine Mal?

»Na ja, Flea war auch dabei – er ist ein ziemlich unverwechselbarer Hund.«

Esperanza verdrehte die Augen.

Riba stupste sie in die Rippen. »Also laut ihm bist du die schönste Frau auf der ganzen Insel. Ich habe schon fast geglaubt, er würde gleich zu dir gehen und dir einen Heiratsantrag machen, so wie er geredet hat.«

Esperanza seufzte. Gewöhnlich hätte sie das Kompliment

genossen. Sie war sich ihres Glücks, attraktiv zu sein, durchaus bewusst – entgehen hatte es ihr gar nicht können, wenn man bedachte, wie sehr manche Männer sie anstarrten, seitdem sie zur Frau herangewachsen war.

»Anscheinend bist du schwimmen gewesen, als er dir begegnet ist. Er hat dich mit einer Meerjungfrau verglichen.«

Esperanza errötete, schob sich die Haare aus den Augen und sah weg. »Wohl kaum. Mir war heiß, und ich war müde und schlecht gelaunt, weil Cesca mich den ganzen Fisch hat machen lassen, während sie mit Señor Garcia auf und davon ist, wie üblich. Also habe ich eine kurze Pause eingelegt und bin schwimmen gegangen. Ich hatte keine Ahnung, dass er da war.«

Riba zuckte mit den Schultern. »Na ja, wie dem auch sei. Ich glaube, er wollte mich überreden, dich das nächste Mal, wenn er kommt, zum Abendessen einzuladen.«

Entsetzt sah Esperanza ihre Freundin an. »Am besten sagst du ihm, dass ich verlobt bin.«

»Mache ich. Ich meine, deine Hochzeit sollte bald nach Cescas stattfinden, oder nicht? Aber wieso eigentlich warten, wenn Rafael doch längst bei euch zu Hause wohnt? Wir brauchen hier schließlich etwas zu feiern, und ein Hochzeitsbankett wäre perfekt.«

Esperanza starrte ihre Freundin an und schluckte dann. Riba wusste nicht, dass Rafael tot war und dass der Mann bei ihnen zu Hause eigentlich ein Fremder war. Esperanza hatte es ihrer Freundin nicht gesagt – man hatte sie zur Verschwiegenheit verpflichtet. Es war das Beste, sich zu gegebener Zeit irgendeinen Vorwand auszudenken, warum sie den Mann, dem sie im Alter von sechs Jahren versprochen worden war, nicht heiraten konnte. Ihr fiel nur noch kein Grund ein. »Ähm, nun ja, meine Mutter möchte, dass wir uns zuerst auf Cescas Hochzeit konzentrieren … und da es meinem Cousin nicht gut geht, ist es das Beste, ihn nicht zu überfordern, glaube ich.«

Riba nickte. »Natürlich, ja. Wie geht es ihm?«, erkundigte sie sich. In den Augen ihrer Freundin spiegelte sich echte Sorge wider, und Esperanza hatte ein schlechtes Gewissen, sie zu belügen, doch ihr blieb keine andere Wahl.

»Er erholt sich allmählich. Es geht allerdings langsam voran.« Sie hatten ihren Freunden und Nachbarn erzählt, Rafael wäre zu ihnen nach Hause gekommen, um sich von Señor Garcia und ihrer Schwester wegen einer Krankheit, die ihn ereilt hatte, behandeln zu lassen. Riba drückte ihre Schulter. »Das freut mich zu hören, meine Freundin.«

Auf dem Heimweg schwirrten Ribas Worte in Esperanzas Kopf herum. Natürlich würden die Leute anfangen, wegen »Rafael« und ihrer geplanten Hochzeit nachzufragen. Sie würden sich einen Grund einfallen lassen müssen, warum die Hochzeit nicht wie geplant stattfand. Wenn Benito wiederhergestellt und zu seiner eigenen Familie zurückgekehrt war, konnten sie den Inselbewohnern vielleicht sagen, dass Rafael gestorben war. Bis dahin saß sie in der Falle, wie ihr jetzt klar wurde, einem Geist versprochen. Noch schlimmer war, dass die Aufmerksamkeit der Leute wegen Don Santiago darauf gelenkt wurde. Sie konnte es nicht gebrauchen, dass er herumschnüffelte und Fragen über sie stellte. Ihre Familie wäre nicht erfreut darüber, dass sie es geschafft hatte, von sämtlichen Männern auf der Insel ausgerechnet *seine* Aufmerksamkeit zu erregen. Ein Fremder, der das Misstrauen der Leute erregte – dessen Geschichte, er sei Botaniker, nicht ganz geglaubt wurde, der, wie geargwöhnt wurde, vielleicht in Wahrheit vom Heiligen Offizium hergeschickt worden war, um ihr Geheimnis zu lüften und darüber zu berichten.

In den letzten Wochen hatte Benito sich gut erholt. Er war eine Hilfe im Haus und eine angenehme Gesellschaft. Er und Esperanza kamen oft ins Gespräch, wenn ihre Mutter Siesta hielt oder ihre Schwester mit Señor Garcia unterwegs war.

Benito war derjenige, der Esperanza beibrachte, wie man bröckeligen Ziegenkäse herstellte. Er hatte ihr erzählt: »Camila hat früher den Käse zu Hause gemacht, und sie hat mich mithelfen lassen, als ich noch ein Junge war. Meine Mutter fand es lustig.« Camila war eine Dienstbotin, wie Esperanza herausfand.

Sie hörte gern von seinem Leben auf Mallorca und davor in Bayonne, auch wenn sie wusste, dass es so nicht sein sollte. Cesca hatte sie ermahnt, dass sie vorsichtig sein mussten, dass es Verdacht erregen könnte, falls Esperanza das Falsche wiederholte, also war es am besten, sich auf die Tatsachen zu beschränken, besonders jetzt mit Don Santiago in ihrer Mitte, der das von ihm Gehörte an die Behörden weiterleiten konnte.

Nach dem Essen saßen sie eines Abends alle im Garten, wo die Luft nach Orangen und Zitronen duftete, und Benito spielte auf einer Laute, die früher ihrem Vater gehört hatte. Cesca und ihre Mutter sangen ein Lied zu der Melodie, ein altes Inselwiegenlied über den Wechsel der Gezeiten.

Esperanza ertappte sich dabei, wie sie Benito beim Spielen anstarrte, während Ribas Worte in ihrem Kopf herumschwirrten. Er sah gut aus, sogar noch besser als Don Santiago. Benitos blaue Augen und dunkle Locken waren wilder und irgendwie lebhafter als die saubere blonde Gestalt des Edelmannes. Sie biss sich auf die Unterlippe, als Benito sie ansah und lächelte. In Wahrheit würde es ihr gar nicht allzu viel ausmachen, mit ihm verheiratet zu sein.

Die Einladung zum Abendessen bei Riba zu Hause erfolgte eine Woche später. Anscheinend hatte sich Ribas Ehemann mit Don Santiago angefreundet, um mehr über die Gründe für dessen Aufenthalt auf der Insel herauszufinden.

»Allem Anschein nach erforscht er eigentlich die Salzpfannen. Francisco ist es gelungen, ihm Brandy einzuflößen, und da kam die Wahrheit heraus«, sagte Riba, die erleichtert aussah. Francisco war Ribas Ehemann und einer der wichtigsten Männer im Salzhandel.

»Er hat zugegeben, auf Befehl der Krone hier zu sein, um zu sehen, wie sich der Gewinnungsprozess verbessern lässt«, fuhr sie fort. »Er wollte Stillschweigen darüber bewahren, damit es keinen Aufstand gibt.« Die Inselbewohner waren hartgesotten und stolz, und es wäre nicht das erste Mal, dass sie revoltierten.

Diese Neuigkeiten würden von der kleinen heimlichen jüdischen Gemeinde begrüßt werden, aber nicht vom Rest der Insel. Die Inselbewohner schätzten ihre Freiheit über alles und würden über die Vorstellung, dass es mehr Einmischung in den Salzhandel geben würde, nicht sehr erfreut sein; lange war er ihr einziges Mittel zum Überleben gewesen. Durch den jüngsten Erbfolgekrieg war bereits eine ihrer schlimmsten Befürchtungen eingetreten – der Verlust der Salzpfannen an die Krone.

»Was bedeutet das für uns?«, fragte Esperanza.

»Nun«, erläuterte Riba, »im Moment bedeutet es anscheinend, dass die einzige echte Bedrohung, die Don Santiago darstellt, dem Handel gilt, nicht unserer Gemeinde – auch wenn wir natürlich wachsam bleiben und Sorge tragen müssen, dass er wieder abreist, ohne unser Geheimnis gelüftet zu haben. Aus dem Grund hat Francisco sich mit ihm angefreundet. Er hat herausgefunden, dass der Mann gegen seinen Willen hergeschickt worden ist, um diesen Bericht zu erarbeiten.«

Esperanza wusste, dass viele Inselbewohner hofften, Don Santiago werde bald abreisen, selbst wenn sie sich Sorgen machten, was er anschließend berichten würde. Allerdings waren sie vorsichtig gewesen. Das waren sie immer. Don Santiago war nicht der erste Fremde, der jemals mit Fragen angereist war.

Ein Abendessen bei Riba zu Hause war immer eine Wonne. Cesca hatte ihr aufgetragen, den Rest der Familie zu entschuldigen und zu sagen, dass es sowohl Rafael als auch ihrer Mutter nicht gut ginge und Cesca sich um die beiden kümmern würde. Für Esperanza bedeutete dies ein seltenes Vergnügen – bei ihrer Freundin zu Hause zu sein, in der Gegenwart eines Edelmannes, ohne die finsteren Blicke ihrer Schwester ertragen zu müssen. Bei der Vorstellung ließ sich eine leichte Vorfreude nicht unterdrücken.

Riba verwendete ihr bestes Silber, und die Tafel war schön hergerichtet. Sie war eine der wenigen auf der Insel, die gelegentlich die Hilfe eines Dienstmädchens in Anspruch nahm.

Beim Abendessen wandte Riba sich an Esperanza und erkundigte sich, wie es Rafael ging. Es dauerte einen Moment, bis Esperanza einfiel, dass *Benito* für die anderen Rafael war. »Er erholt sich gut, danke«, erwiderte sie knapp und hoffte, das Thema sogleich wechseln zu können.

»Es ist unglaublich, wie er sich verändert hat«, sagte Riba. »Ich habe kurz nach seiner Ankunft bei euch vorbeigeschaut, um Cesca etwas von unserem hausgemachten Wein zu bringen, und habe gesehen, wie sehr er gewachsen ist. Ich bin ihm begegnet, als er noch ein Junge war, weißt du? Aber ich kann mich nicht entsinnen, dass er so schöne Augen hatte, so blau – sie sind ziemlich ungewöhnlich. Ich weiß auch noch, dass er als Junge recht blass war, mit blondem Haar, aber jetzt ist er recht dunkel. Es ist merkwürdig.«

Esperanza zuckte mit den Schultern. »Mir war keine Veränderung aufgefallen – ich bin ihm wohl nur einmal in unserer Kindheit begegnet.«

Riba nickte. »Du warst noch sehr klein, das stimmt.«

Don Santiago drehte sich zu ihnen und lauschte ihrer

Unterhaltung. »Das kommt vor«, warf er ein. »Meine Schwester hatte blondes Haar, als sie zur Welt kam, aber jetzt ist ihr Haar viel dunkler, es ist beinahe braun.«

»Das muss die Erklärung sein«, sagte Esperanza erleichtert und schenkte ihm ein strahlendes Lächeln, das er zu ihrer Überraschung genauso strahlend erwiderte. Sie hätte in dem Moment alles getan, um das Gespräch von dem Mann in ihrer Küche und dem Umstand, dass er nicht aussah, wie er sollte, wegzulenken.

Im Laufe des Abends amüsierte Esperanza sich mehr als erwartet, trotz ihrer anfänglichen Vorbehalte gegenüber Don Santiago. Er war der perfekte Edelmann, und als er von ihrem Talent für das Zeichnen und die Malerei erfuhr und Riba auf eines der Aquarelle wies, das sie im Esszimmer aufgehängt hatte, stieß er angeregt hervor, er habe ebenfalls eine Leidenschaft für die Kunst. Schon bald waren sie in ein Gespräch über ihre Lieblingsmaler wie beispielsweise Velázquez vertieft. Ihr Bruder Antoni hatte ihr vor Jahren von seinen Reisen Bücher mitgebracht, aus denen sie etwas über den Maler erfahren hatte, und ein paar wenige Werke hatte sie gesehen, aber sie sehnte sich danach, weit mehr zu Gesicht zu bekommen. Wie sich herausstellte, hatte Don Santiago viele von ihnen mit eigenen Augen gesehen. »Sie sind ganz genauso erstaunlich, wie man sie sich vorstellt«, erklärte er.

Esperanza verschränkte die Hände und stellte es sich vor. Der letzte Mensch, mit dem sie sich über Kunst unterhalten hatte, war ihr Vater gewesen. Ihr war gar nicht bewusst gewesen, wie sehr sie es vermisst hatte, darüber zu reden. Cesca und ihre Mutter sprachen nur über Medizin, Essen und die Nachbarn.

Als Don Santiago herausfand, dass sie auch noch lesen konnte, war er unglaublich beeindruckt und erbot sich, ihr ein paar seiner Lieblingsromane vorbeizubringen, mit denen er, wie er sagte, immer reiste.

Esperanza hatte nur zwei heiß geliebte Bücher in ihrem Schlafzimmer zu Hause. Die Vorstellung, mit einer kleinen Bibliothek zu reisen, erfüllte sie mit Ehrfurcht, und das brachte sie auch zum Ausdruck.

Als sie an dem Abend ging, sah Riba belustigt aus. »Ich fürchte, du hast seine Erwartungen sogar noch übertroffen. Jetzt wirst du ihn möglicherweise schwerer denn je loswerden.«

Esperanza seufzte. Es stimmte; sie hätte sich einfach still verhalten sollen – doch es war wunderbar gewesen, sich wie etwas Besonderes zu fühlen, nur einen Abend lang. Für ihre künstlerische Ader Lob zu ernten, anstatt dass ihre Familie beklagte, wie unpraktisch sie veranlagt sei. Zu Hause hieß es, Antoni habe nur wenig Platz, um ihnen ein paar wenige Dinge von seinen Reisen mitzubringen, und dass ihnen Kräuter und Arzneien, Kleidung und andere wichtige Vorräte am meisten nutzen würden, nicht Bücher oder Papier und Malbedarf. Dass sie pragmatischer sein solle wie ihre Schwester.

Sie seufzte erneut und spürte, wie ihre Wangen schamvoll glühten. Sie konnte nicht anders; sie hatte die Aufmerksamkeit genossen, endlich einmal hatte sie im positiven Sinne im Mittelpunkt gestanden. Doch Riba hatte recht – sie hätte Don Santiago nicht ermuntern sollen. Sie hätte sich bei der Aussicht, sich seine Bücher auszuleihen, nicht freudig zeigen sollen! Sie sollte sich als verlobte Frau präsentieren, nicht als eine, der man den Hof machen konnte. Falls er zu ihr nach Hause käme, würde sie ihm einfach ins Gedächtnis rufen müssen, dass sie einem anderen versprochen war. Vielleicht würde er dann, wenn er hier nichts weiter für sich erblickte, die Insel schneller verlassen, und jeder konnte nachts wieder freier atmen.

30

Formentera, Gegenwart

Nachdem ich einen Monat auf der Insel gewohnt hatte, nahm ich endlich all meinen Mut zusammen, um meiner Mutter zu sagen, wo ich mich tatsächlich aufhielt. Emmanuel war mit dem Streichen im Hausinnern fertig und hatte geholfen, einen Teil der alten Möbelstücke aus den Schlafzimmern zu reparieren, jetzt hatte ich also zwei Gästezimmer und ein Wohnzimmer mit einem Sofa, das ich von Big Jim bekommen hatte. Meine Küche konnte sich ebenfalls sehen lassen, seitdem Maria mich unter ihre Fittiche genommen hatte; ich hatte jetzt eine vollständige Sammlung aus schönem, kunstvoll gefertigtem Besteck und Geschirr, Töpfen, Pfannen und meiner eigenen Garnitur Küchenkräuter in Töpfen auf dem Fensterbrett.

Es war höchste Zeit, dass ich meiner Mutter erzählte, was ich getan hatte. Also rief ich sie eines Nachmittags an, bevor sich all mein Mut wieder in Luft auflösen konnte. Erläuterte alles, wollte aber auch Antworten. Antworten, die nur sie geben konnte.

Ich lauschte einen Moment lang ihrem Schweigen und stellte sie mir in dem Queen-Anne-Sessel in der Diele vor, der mit dem waldgrünen Köperstoff, während sie versuchte, das Erzählte zu verarbeiten.

»Du bist auf Formentera?«, wiederholte sie. »In Albas altem Haus? Marisal?«

Selbst ihr war der Name ein Begriff.

»Ja.« Dann fragte ich: »Wusstest du Bescheid? Über Maria de Palma?« Ich saß am einzigen Ort mit Handyempfang, am Ende des Gartens, wo der alte Reifen lag. Geistesabwesend stieß ich mit der Schuhspitze gegen eine einzelne Orange auf dem Boden, während ich auf das Meer hinausstarrte.

»Albas Schwester?«

Das war also ein *Ja*. Ich fasste es nicht.

»Warum hast du mir nicht von ihr erzählt – warum hat sie es nicht getan?«

Ich hörte, wie Luft eingesogen wurde. »Ich weiß es nicht, Twig, es war bestimmt nicht mit Absicht … Ich glaube, es hat nur so viel Kummer für sie gegeben, Kummer, an dem sie nicht rühren wollte, das hat jedenfalls dein Vater gesagt.«

»Aber hast du die Sache mit uns gewusst, hast du davon gewusst?«

Ein ungeduldiges Seufzen erklang. »Was gewusst? Du sprichst in Rätseln.«

»Wusstest du, dass wir früher … dass wir Juden sind?«

»Juden?« Ihre Stimme knisterte in der Leitung, und ich konnte mir vorstellen, wie sie ihre schmale Goldarmbanduhr drehte, wie immer, wenn sie verwirrt war. Das schulterlange Haar glatt und glänzend und dunkel, der Blick durchs Fenster auf das ländliche Surrey gerichtet.

»Was meinst du damit, Juden?«

»Ich meine, dass Dad von einer Familie sephardischer Juden abstammte.«

»Was für Juden?«

»Sephardisch – das bedeutet spanisch. Gran war auch eine – ja, tatsächlich hat es anscheinend ein paar Familien gegeben, die auf Ibiza und Formentera lebten und während eines der Aufstände auf Mallorca zu Zeiten der Inquisition entkamen und sich hier niederließen – heimlich.«

Abermals wurde Luft scharf eingesogen. »Ich hatte keine Ahnung. Das hast du also getrieben – nach Gran und dem Zweig der Familie geforscht?«

»Ja. Hauptsächlich. Außerdem habe ich mich darum gekümmert, das Haus bewohnbar zu machen. Allan kommt bald, und Sage, du solltest auch herkommen, Mum«, und noch während ich es sagte, wurde mir klar, dass ich es *tatsächlich* wollte – es war nicht nur ein spontaner Impuls. Es ist schon komisch – man kann eine schwierige Beziehung zu seiner Mutter haben, aber sie trotzdem sehen wollen, ja, es trotzdem brauchen. Liebe war kaum je unkompliziert, und letzten Endes war das hier nichts anderes als Liebe.

Es trat eine Pause ein. »Das willst du?«

Es klang so freudig und verletzlich, dass mein Herz einen Sprung machte. »Natürlich, Mum. Ich hab dich lieb.«

»Ich hab dich auch lieb.«

Als Nächstes kam das aufgeregte Geplapper darüber, was sie sich vor der Reise besorgen musste. Sie würde eine Menge einkaufen müssen. Zum Beispiel Badeanzüge. »Ich gehe mal davon aus, dass sie da drüben alle Bikinis tragen oder oben ohne rumlaufen.« Ich spürte, wie sie bei der Vorstellung erschauderte.

»Nicht alle – Mum, zieh einfach an, was du willst. Mach dir nicht so viele Gedanken.«

»Okay. Aber …« Sie zögerte.

»Was?«, fragte ich.

»Na ja, ich bin einfach stolz auf dich, Schatz, weil du das hier machst, weil du dorthin gefahren bist und einen Neuanfang gewagt hast.«

»Tue ich das?«

»Hört sich so an, Liebes.«

Ich nickte, auch wenn sie das natürlich nicht sehen konnte. »Es ist nur so«, sagte ich, während mir Tränen in die Augen stiegen, »dass ich es nicht wollte, jedenfalls anfangs nicht.«

Zu meiner Überraschung sagte sie: »Natürlich nicht. Herrgott, als dein Vater gestorben ist, wollte ich mich nur noch mein restliches Leben lang im Bett verkriechen.«

Ich blinzelte. Wie hatte ich übersehen können, dass es eine Person gab, die genau wusste, was ich gerade durchmachte, die mich verstand, eine Person, die ihren eigenen Ehemann zu früh verloren hatte – meine eigene Mutter? Ich wischte eine Träne fort. »Ich auch.«

Sie atmete hörbar ein. »Ach, Liebes, es wird aber doch einfacher, das verspreche ich dir – und ich finde, was du da machst, ist, na ja, wunderbar.«

»Danke, Mum.«

31

Formentera, 1718

Eine Zeit lang versuchte Cesca, sich einzureden, sie würde sich irren. Ihre Mutter war nicht ernsthaft krank, es war nur ihr altes Leiden, etwas, das ab und an aufflackerte, besonders wenn sie sich Sorgen machte.

Bis sie das Blut sah.

Ihre Mutter griff nach ihrer Hand. »Es ist schlimmer, ich weiß«, sagte sie, als sie das angsterfüllte Gesicht ihrer Tochter sah. Sie hatte es selbst schon vermutet; vielleicht hatte sie tief im Innern gewusst, dass die Dinge diesmal schlechter standen.

Cesca schluckte, und dicke Tränen fielen aus ihren grünen Augen und landeten auf dem Bett.

Wie war das geschehen? Sie hätte mehr Zeit zu Hause verbringen sollen und weniger Zeit damit, herumzulaufen und sich um alle anderen zu kümmern! Ihre Mutter war krank, und sie war einfach nicht genug hier gewesen.

»Oh, *Mare*!«, rief sie und fiel in den Schoß ihrer Mutter, während starkes Schluchzen ihre schmalen Schultern erschütterte. Ihre Mutter strich über ihr Haar. »Schhh, Kind, hör auf. Jeder muss irgendwann abtreten. Ich habe mehr Glück als die meisten.«

Das ließ Cesca nur noch heftiger weinen.

»Jetzt komm schon, noch ist es nicht vorbei, warten wir

erst einmal ab, was der Arzt sagt. Wir werden bestimmt noch Zeit haben, da bin ich mir sicher.«

Die Worte ihrer Mutter ließen Cesca schier an ihrem Schluchzen ersticken. Es war, als wüsste sie, dass es keine Heilung geben würde.

»Aber es würde mich traurig machen, deine Hochzeit zu verpassen …«

»Oh, *Mare*«, schluchzte sie. »Dann wirst du immer noch hier sein, wir können sie vorziehen. Bitte mach dir deswegen jetzt keine Sorgen … und vielleicht« – sie wischte sich die Augen – »vielleicht ist es gar nicht so schlimm, wie wir befürchten.«

Sie befürchteten, dass sie an der gleichen Krankheit litt, die ihnen schon Cescas Großmutter genommen hatte: Magenkrebs. Als sie sich anfangs Sorgen gemacht hatten, es könnte sich um dasselbe handeln, schien der Arzt sicher zu sein, dass dem nicht so war.

Doch im Laufe des Tages bestätigte Señor Garcia Cescas schlimmste Befürchtungen. »Leider ist es Krebs.«

»Aber Sie waren sich zuvor so sicher, dass es das nicht ist. Könnte es sich nicht um irgendein Geschwür handeln?«

Kopfschüttelnd berührte er ihre Hand, die braunen Augen sanft. »Nein, leider nicht. Es tut mir so leid, Cesca. Die Symptome sind ganz eindeutig. Sie befindet sich im letzten Stadium. Ich wünschte, wir hätten daran gedacht, sie noch einmal zu untersuchen.«

Cesca blickte zur Decke empor. Es war ihre Schuld, denn sie hatte es für das gleiche Verdauungsproblem gehalten, an dem ihre Mutter seit Jahren litt. Doch es war die ganze Zeit über Krebs gewesen, nicht wahr? Sie hatte langsam ihre Mutter verloren – sie, eine Krankenschwester –, ohne es auch nur zu ahnen. Der Gedanke brachte ihr Herz fast zum Stillstand.

Tränen strömten widerstandslos ihre Wangen hinunter.

Señor Garcia sah verzweifelt aus, sein Blick voll schmerzlichen Mitgefühls.

Sie konnte ihn jetzt nicht ansehen. »Danke, dass Sie es mir gesagt haben. Ich muss mit der Hausarbeit weitermachen«, sagte sie und ging dann zum Brunnen, um einen Eimer mit Wasser zu füllen.

Hilflos sah Señor Garcia ihr nach. Dann kehrte er schweren Herzens nach Hause zurück, weil er den Eindruck hatte, sie wolle mit ihrem Kummer allein bleiben.

Benito hatte sich während des Arztbesuches vom Haus ferngehalten, doch als Cesca an ihm vorüberstürzte, nur um dann wie angewurzelt am Brunnen stehen zu bleiben, während sich ihre Schultern hoben und senkten, als würde sie sich gleich übergeben, eilte er auf sie zu.

»Alles in Ordnung?«

»Mir geht es gut.« Sie zuckte zusammen, als er näher kam, wischte die Tränen weg und machte Anstalten zu gehen.

»Tut es nicht.«

Sie sah ihn an und nickte. »Nein.« Und er sah den nackten Schmerz in ihren Augen. Es erschreckte ihn. Er zog die Luft ein und trat vor, um sie am Arm zu berühren.

»Es ist meine Mutter, sie ist krank … sie wird bald sterben«, hauchte sie, und ihr Gesicht verzog sich. Sie wollte an ihm vorübereilen, doch er streckte einen Arm aus, um sie aufzuhalten, und zog sie dann in eine enge Umarmung.

Als sich seine Arme um sie schlossen, verließ sie ihre letzte Kraft, und sie brach in Schluchzen aus, das ihren Körper erbeben und sie nach Luft ringen ließ.

Benito hielt sie fest an sich gedrückt, und seine starken Hände besänftigten sie, während sie all ihren Kummer hinausweinte, all ihre Schmach, weil ihr nicht aufgefallen war, wie krank ihre Mutter geworden war, und weil sie nicht mehr für sie tun konnte.

Als ihr Schluchzen endlich erstarb, sah er sie an, wischte die Tränen unter ihren Augen fort und fuhr mit den Fingern ihre Kieferpartie entlang.

»Benito«, sagte sie. Während ihr Blick über die restliche *finca* wanderte, fiel ihr auf, dass sie allein waren. Sie wusste, dass sie das Unvermeidliche unterbinden sollte, doch sie wich nicht zurück, als er sich nach vorn beugte und in ihre Augen sah, bevor er sie küsste. Seine Lippen waren warm, und sie versank darin wie eine Ertrinkende, und obwohl ein Teil von ihr wusste, dass es verkehrt war, dass er ihr nicht gehörte, dass dies niemals sein konnte – hatte es noch nie etwas gegeben, das sich richtiger angefühlt hatte als dieser Moment.

32

Formentera, Gegenwart

Allan kam mit einer frischen Woge Touristen von der Fähre, blass und dünn und nervös wie eh und je und im Anzug. So deplatziert inmitten der entspannten Urlauber, die die Fähre in einem Pulk aus Sonnencreme, bunten Shorts, Sandalen und Zahnpastagrinsen verließen.

»Twig«, sagte er und klang erleichtert, als er mich erblickte. Wir umarmten uns.

»Du trägst ja einen Anzug«, stellte ich fest.

Grinsend sah er an sich hinab. »Ich hatte eine Besprechung und dann …« Er verdrehte die Augen. »Herrgott, ich hab das hier echt nötig, was?«

Ich grinste ebenfalls. »Allerdings.« Ich warf einen Arm um seine Schultern und führte ihn von den Menschenmassen fort.

Lächelnd stellte er den Riemen seines Rucksacks neu ein und ging mit mir, während seine Augen alles aufsogen. »Es ist unglaublich.«

»Ja.« Ich betrachtete das weite türkisfarbene Wasser und, in der Ferne, die dunstige Spitze von Ibiza.

»Hunger?«, fragte ich.

»Ja … ich …«

»Du hast im Flugzeug nicht gegessen.«

Ich lachte, als er mir eine Art bejahendes Schulterzucken schenkte. Allan war sehr eigen, was das Essen betraf.

Er aß nicht an Orten, denen er nicht vertraute. Das schloss jeden Drive Through ein – und es gab negative Zusatzpunkte, wenn es »Thru« geschrieben wurde; Essen, das unter Hitzelampen stand, wie in Kantinen; und anscheinend auch Billigflieger. Es war nicht zu fassen, dass er in London arbeitete und jeden Tag seines Lebens mit der U-Bahn fuhr.

Einst hatte er nach ein paar Tequilas zu viel den schwindelerregenden Geldbetrag eingestanden, den er jeden Monat für Desinfektionsmittel ausgab. Damals hatte ich angeregt, dass es auf Dauer billiger sein könnte, eine Therapie zu machen.

»Okay, ich werde dich also in ein einheimisches Restaurant bringen. Sie haben unglaubliches Essen, und ich weiß aus sicherer Quelle, dass die Hygiene einwandfrei ist.«

Nur bei Allan wäre das mein Eröffnungssatz – jedem anderen würde ich den Laden schmackhaft machen mithilfe der frischen Meeresfrüchte, der unglaublichen Soßen …

»Ach, wirklich?« Seine Miene hellte sich deutlich auf. Ich verbarg ein Lächeln.

Wir aßen Nudeln mit frischen Meeresfrüchten, tranken Wein und betrachteten die Boote im Hafen. Ich spielte mit James' Ring an meinem Daumen, während ich Allan alles erzählte, was ich während meines Aufenthalts hier gesehen und getan hatte. Ein wenig ehrfürchtig starrte er mich an. Am meisten interessierte er sich natürlich für Maria und freute sich darauf, die lange verschollene Schwester unserer Großmutter kennenzulernen.

Während wir dasaßen und unser zweites Glas Rosé

bestellten, erblickte ich Isla, die von ihrem Stand her die Straße überquerte. Auf mein Winken kam sie herüber.

Mein Bruder sah mich überrascht an. »Du kennst das Mädchen?«

Ich nickte.

»Natürlich – das ist Isla.«

»Das ist Isla?« Etwas an seinem Tonfall ließ darauf schließen, dass ich meiner hübschen jungen Freundin in meinen Erzählungen womöglich nicht gerecht geworden war; oder vielleicht hatte er sich, wenn ich dieses Hippiemädchen beschrieb, das manchmal barfuß durch die Straßen lief, eine nicht ganz so hübsche Frau vorgestellt und vor allem vor Augen gehabt, wie viel Sand sie an ihren Füßen haben musste.

Isla kam zu unserem Tisch und umarmte mich, und ich stellte ihr Allan vor, der tatsächlich richtig schüchtern geworden war.

Ich musste mir ein Lachen verkneifen.

Sie legte beide Hände auf Allans. Die Art Geste, die Allan gewöhnlich ein bisschen zu versponnen gefunden hätte, die er jetzt allerdings ganz reizend zu finden schien.

Ich sah ihn mit hochgezogener Augenbraue an, und er besaß den Anstand zu erröten.

»Wie lang bleibst du?«, fragte sie ihn.

»Etwa eine Woche.«

Sie grinste mich an. »Das ist super – vielleicht kannst du deine Schwester an den Strand schleifen. Ist es zu fassen, dass sie noch nicht im Meer geschwommen ist?«

Obwohl Allan selbst einen Anzug trug, sah er mich überrascht an.

»Bist du nicht?«

Ich zuckte mit den Schultern. Ich hatte mir einen Badeanzug gekauft, aber weiter war ich nicht gekommen. Bisher war ich viel zu sehr mit dem Haus beschäftigt gewesen und damit, Maria kennenzulernen.

»Ist sie nicht«, sagte Isla und berührte liebevoll meine Schulter. »Auch wenn ich sie jetzt schon ein paarmal eingeladen habe.«

Ich rümpfte die Nase. Die Vorstellung, im Bikini mit Isla und ein paar von ihren jungen Freunden am Strand zu sein, fand ich bei Weitem nicht so verlockend, wie ihr beim Singen zuzuhören oder die Band zum Abendessen zu mir nach Hause einzuladen.

»Du solltest mitgehen, Twig.«

Ich zog eine Braue in die Höhe. »*Et tu, Brute?*«

Er grinste. »Das hier ist eine Insel – man kann den Leuten nicht erzählen, dass man hergekommen ist und nie im Meer schwimmen war!«

Ich nickte. Es klang tatsächlich verrückt, das musste ich zugeben.

»Genau, sag's ihr, Allan«, bestärkte Isla ihn und schenkte ihm ein strahlendes Lächeln, das ihn blinzeln ließ.

Ich grinste. Den sentimentalen Gesichtsausdruck kannte ich.

»Wie dem auch sei, ich gehe besser zurück«, sagte sie und deutete auf ihren Stand, an dem jemand stand, der sich umschaute und vielleicht hoffte, eine ihrer Meereslandschaften zu erwerben.

»Du kommst doch heute Abend, oder?«, fragte sie Allan. »In die Blues Bar. Um uns spielen zu hören?«

»Ja«, sagte er mit glänzenden Augen. »Würde es mir nicht entgehen lassen – habe so viel von der Band gehört.«

»Super«, sagte sie, und als er nicht hersah, sah sie mich an und formte lautlos mit den Lippen: »Wow, der ist scharf.«

Allan? Scharf? Ich musste ein Grinsen verbergen, noch während ich den Blick von ihr zu ihm schweifen ließ und dachte: O Himmel, das gibt Ärger!

Nachdem sie fort war, schaffte ich es, meinen Bruder nicht aufzuziehen, als er mich beiläufig fragte, ob sie Single war.

»Ja, ist sie.«

»Ach.«

Abermals verbarg ich ein Grinsen und trank einen Schluck Wein.

Er deutete auf die zweite Tasche, die er dabeihatte und die zu seinen Füßen stand. »Hab die Sachen besorgt, um die du mich gebeten hast, zusammen mit dem hier.« Er öffnete die Tasche und reichte mir meinen Laptop. Der Anblick entlockte mir einen Freudenschrei.

»Du bist ein Engel! Danke, dass du bei mir zu Hause warst und ihn geholt hast. Jetzt kann ich endlich anfangen, mein Buch abzutippen – ich kann nur eine gewisse Zeit lang in mein Notizbuch schreiben, bevor ich einen Krampf in den Fingern bekomme. Es ist im Zeitlupentempo vorangegangen.«

Allan hob eine Augenbraue. »Und inwiefern unterscheidet sich das von den letzten zehn Jahren?«

Ich bedachte ihn mit einem Blick. »Touché.«

Er trank einen Schluck Wein und lockerte seine Krawatte.

»Es *ist* also ein Buch?«

Ich nickte. »Ja, ich glaube schon.«

»Das ist großartig, Twig.«

»Danke.«

»Mum kümmert sich um die Pflanzen und so weiter, sie hat mir geholfen, noch ein paar andere Dinge zu packen – da sind Kleider und ein paar Sachen, von denen sie wollte, dass du sie hast.« Er wies auf die Tasche.

»Oh, toll, danke!«

»Ich war übrigens froh zu hören, dass du ihr endlich Bescheid gegeben hast – hiervon – von Marisal.«

Ich nickte. »Ja, ich auch. Weißt du, sie hat eigentlich prima reagiert.«

Abermals zog er eine Augenbraue in die Höhe, und ich zuckte mit den Schultern. Es stimmte. Es war beinahe wie vor James' Tod, als ich meiner Mutter alles sagen konnte. Ich wusste, dass wir noch nicht am Ziel waren, aber seitdem ich mich ihr gegenüber neulich geöffnet hatte, war es, als wäre ein Damm gebrochen, und es war mir leichter gefallen, mit ihr zu reden. Wir simsten einander viel, und ich hielt sie auf dem Laufenden und schickte ihr Bilder von der Insel, dem Haus und sogar der Blues Bar. Obwohl uns jetzt das Mittelmeer trennte, hatte ich mich ihr schon seit Jahren nicht mehr so nahe gefühlt.

»Tja, das freut mich.«

»Hast du also noch etwas anderes als einen Anzug in deinem Rucksack?«, erkundigte ich mich mit einem Grinsen.

Ihm standen die Schweißperlen auf der Stirn. Man sah ihm an, dass ihm unangenehm heiß war.

Er schnitt eine Grimasse und antwortete aufrichtig. »Ja, ich habe Chinos dabei und Polohemden.«

Ich lachte.

»Ich sag dir was, schauen wir auf dem Markt vorbei und besorgen dir Shorts.«

»Shorts?«, fragte er entgeistert. Ich sah ihm an, dass er sich seine eigenen lilienweißen Knie vorstellte, und grinste.

»Ja, es *ist* eine Insel, Al«, wiederholte ich, was er zuvor mir und Isla erklärt hatte. »Außerdem wird es hier verdammt heiß, und es ist ja nicht so, als gäbe es in der Villa eine Klimaanlage.«

»Oh, gutes Argument.«

Nach dem Mittagessen lenkte ich ihn zu einem kleinen Stand mit Männerkleidung, und gemeinsam suchten wir ein paar hippe T-Shirts und zwei Paar Shorts aus. Mir entging nicht, dass sein Blick immer wieder zu Isla und ihrem Kunststand hinüberwanderte.

Anschließend stiegen wir in ein Taxi, und er saß schweigend da, starrte aus dem Fenster und ließ alles auf sich wirken. Den überwältigenden Ausblick auf das türkisfarbene Mittelmeer, den Duft nach wildem Rosmarin und die Streifen weißer Sandstrände, die in der Sonne glitzerten.

Er sah mich an, als das Taxi in die Einfahrt bog und anhielt. Als ich auf die Villa und ihre rötliche Bougainvillea, die sich über die getünchten Mauern ergoss, und das wunderbar blaue Meer dahinter deutete, drückte er meine

Hand. »Marisal«, hauchte er. »Ich fasse es nicht, dass ich es endlich zu Gesicht bekomme.«

»Ich weiß, genau so habe ich mich gefühlt.«

Ich zeigte Allan das Haus und beobachtete, wie er kopfschüttelnd versuchte, alles aufzunehmen. »Die Villa hat sich wirklich gemacht. Ziemlich unglaublich, was du in ein paar Wochen geschafft hast.«

Ich nickte. »Das ist voll und ganz Emmanuel zu verdanken.«

Ich hatte ihm ein wenig von dem Handwerker erzählt, allerdings nicht alles.

Allan brachte sein Gepäck in sein Zimmer und entschied sich, die Shorts anzuziehen, von denen er zuvor behauptet hatte, er würde sie nicht brauchen. »Es ist sehr heiß …«

Ich nickte. »Wenn du möchtest, können wir zu einer kleinen Bucht in der Nähe spazieren.«

»In der Nähe gibt es eine Bucht? Das ist klasse.«

Wieder nickte ich. Jedenfalls hoffte ich, dass es sie noch gab – vor zweihundert Jahren hatte es sie gegeben … und nach Marias Geschichten wollte ich sie unbedingt mit eigenen Augen sehen.

Sosehr ich meinen Bruder auch neckte, wir waren uns doch sehr ähnlich, überlegte ich, als ich zurück ins Haus ging und in einen Badeanzug schlüpfte, den ich auf dem Markt gekauft hatte. Er war marineblau gestreift. Mehrere Wochen in Shorts hatten mir Allan gegenüber einen entscheidenden Vorteil verschafft – meine Knie waren beeindruckend gebräunt, was allerdings angesichts meiner blassen Oberschenkel so attraktiv nun auch wieder nicht war.

Wir gingen mit bunten Handtüchern um den Nacken los, und Allan erzählte mir die neuesten Geschichten aus seinem Büro. Wer mit wem schlief. Wer von sich aus gekündigt hatte und wer wegen Diebstahls gefeuert worden war. All das hörte ich mir gern an, auch wenn mir selbst Büroarbeit eigentlich fremd war. Früher hatte ich höchstens einmal zu Hause den Telefondienst für James' Designfirma übernommen.

Die Bucht befand sich eine schmale Straße hinunter, nicht allzu weit vom Haus entfernt. Wir kletterten über Felsen, die in einem klaren Streifen Lagune ausliefen, das Wasser unglaublich still und türkis. Jauchzend liefen wir beide los, um hineinzuspringen, und schleuderten Handtücher und Sandalen auf die umliegenden Felsen.

Das Wasser war warm, die Sonne stand hoch am grünlichblauen Himmel. Wir lagen auf dem Rücken und ließen uns träge treiben, die Haare hinter uns ausgebreitet.

Da griff Allan nach meiner Hand und fuhr mit einem Finger über James' Ring, sagte aber nichts. Zwinkerte mir nur zu, bevor er wieder losließ.

Doch ich beantwortete seine unausgesprochene Frage. »Ich weiß nicht recht, ob ich ihn weiterhin tragen sollte … Eigentlich weiß ich nicht mehr, was ›sollte‹ ist. Ich bin so weit darüber hinausgegangen, was ich meiner Meinung nach tun sollte, dass ich gar nicht mehr weiß, was normal ist.«

»Twig, ich finde, das Einzige, was du im Moment tun

solltest, ist das hier – versuchen, wieder auf die Beine zu kommen. Das wollte er so.«

Ich nickte. Er hatte wohl recht.

»Aber sieh mal, wenn du dich fragst, was du mit dem Ring machen sollst, also ich habe von einer Frau aus der Arbeit gehört, die den Ring ihres Ehemannes zum Juwelier gebracht hat, um ihn zu einem Armband umgestalten zu lassen, damit sie ihn tragen konnte – vielleicht ist das eine Idee?«

Ich biss mir auf die Unterlippe. Mir war noch nicht wohl bei dem Gedanken, auf den Ring zu verzichten, selbst wenn das nur bedeutete, ihn umgestalten zu lassen – aber es mochte eine Idee für die Zeit sein, wenn ich vielleicht einmal so weit war.

33

Genua, 1718

Antoni stand an Deck des Schiffes und betrachtete den Horizont durch das Messingfernrohr in seinen Händen. Er schob es ordentlich ineinander, während er die Schultern straffte. Es sah aus, als näherte sich ihnen ein Schiff der Krone.

Es würde einigen Erklärungsbedarf geben.

Er fuhr sich mit einer Hand durchs Haar und dachte an seine Mutter und Schwestern und an den Mann, den er ihrer Obhut übergeben hatte. Seine Kieferpartie verspannte sich.

Während die Besatzung herumeilte, um zu ankern, damit ihre Besucher an Bord kommen konnten, ließ er den Blick umherschweifen und sah die entschlossenen Mienen der Männer. Alle waren Ibizenker. Sie stammten aus Familien, die er fast das ganze Leben lang gekannt hatte, seit seiner Kindheit. Nicht jeder war wie sie. Nicht alle waren *marranos*, aber das war gleich; sie hätten es genauso gut sein können, denn sie waren schon seit Jahren Nachbarn und Freunde. Er gab das Zeichen, dass ihr Besuch an Bord gelassen werden sollte. Sie würden sein Geheimnis bewahren. Daran hegte er keinen Zweifel.

Zwei Männer kamen an Bord. Derjenige, der zweifellos das Sagen hatte, begrüßte sie mit einem höflichen Blick, ohne ihm allerdings richtig in die Augen zu sehen.

Den Blick kannte Antoni. Es war der Argwohn, den alle Leute vom Festland den Ibizenkern gegenüber hegten. Er beruhte auf Gerüchten, die seit Jahren sorgfältig in Umlauf gebracht wurden. Gerüchten, die die Inselbewohner noch befeuert hatten. Laut derer sie alle Diebe waren, die mit Barbaren und bluttrünstigen Piraten gemeinsame Sache machten.

Antoni fragte sich, ob diese beiden Männer zu ihnen an Bord kommen mussten, weil sie den Kürzeren gezogen hatten, und seine Lippen zuckten belustigt.

Der erste Mann stellte sich als Don Matías Fernandez und den anderen als Señor Alfonso Deltorres vor. »Ich bin hergekommen, um Sie zu fragen, ob sie etwas über die Kaperung des maurischen Schiffes in diesen Gewässern vor ein paar Wochen wissen«, sagte er. »Anscheinend sind zwei Brüder mit Namen Paulo und Benito Nuñez, die im Verdacht stehen, *chuetas* zu sein, von Bord des Schiffes gebracht worden. Wir haben eine der Leichen geborgen, aber es wird befürchtet, dass der andere immer noch am Leben und entkommen ist, und wir haben uns gefragt, ob Sie etwas darüber wissen.«

Antoni verzog keine Miene, obwohl sein Herz zu hämmern begann. »Uns sind natürlich Gerüchte zu Ohren gekommen, Señor, aber niemand hat uns gegenüber erwähnt, dass eine Leiche gefunden wurde.«

Der Mann antwortete ihm nicht gleich, sondern sah sich um und ging auf dem Schiff auf und ab. »Wissen Sie, Kapitän, dass die Mauren, die ihre Ladung *chuetas* verloren haben, ein Schiff genau wie das hier beschrieben haben?«

Antoni lachte. »Was wollen Sie damit andeuten, Señor? Dass sich die *Invictus*, eines der auffälligsten Handelsschiffe, als Piratenschiff ausgibt? Natürlich haben wir die Befugnis, als Korsaren zu handeln – gegen feindliche Schiffe –, aber das ist alles, wie Ihnen zweifellos bekannt sein wird.«

Es war eine ernsthafte Anschuldigung – die er, wie er wusste, nicht auf die leichte Schulter nehmen durfte.

Der andere Mann, Señor Deltorres, besaß den Anstand zu lachen, was Antonis Befürchtungen beschwichtigte.

»Ich würde es nicht wagen, solche Anschuldigungen vorzubringen, Señor Kapitän«, sagte Don Fernandez. »Aber nicht weit von dort, wo Sie als Letztes vor Anker lagen, ist eine Leiche angespült worden, die Leiche von Paulo Nuñez, also müssen natürlich Fragen gestellt werden, meinen Sie nicht auch?«

Er nickte. »Es müssen wohl Fragen gestellt werden, aber ich bin mir nicht sicher, Don Fernandez, wie gut Sie Ihre Aufgabe erledigen, wenn Sie ein Salzschiff aufhalten, um sich nach *chueta*-Gefangenen zu erkundigen – Sie wollen doch bestimmt nicht andeuten, dass wir es uns zur Angewohnheit gemacht haben, Gefangene an Bord zu nehmen, während wir für die Krone tätig sind?«

Der Mann wirkte verstimmt. »Selbstverständlich nicht. Aber Sie werden nichts dagegen haben, wenn wir uns umsehen.«

Antoni zog eine Augenbraue in die Höhe. »Selbstverständlich«, erwiderte er, als der Mann vortrat, vorbei an der Besatzung, die die Szene mit einem dunklen Glitzern in den Augen beobachtete. Dann fügte Antoni laut hinzu: »Sie dürfen auch gern das Salz durchsieben – vielleicht könnten Sie uns helfen, es bei unserer Ankunft im Hafen zu entladen – etwas Nützliches mit Ihrer Zeit anfangen?«

Die Besatzung brach in schallendes Gelächter aus.

Das Rückgrat des Mannes wurde gerade. Er rief nach Señor Deltorres, und nachdem die beiden sich flüchtig umgesehen hatten, verließen sie das Schiff und wünschten ihnen einen guten Tag.

Antoni atmete erst auf, als er sah, wie die beiden Männer auf ihr Schiff zurückkehrten, doch er stellte seine belustigte Nonchalance zur Schau, bis sie definitiv außer Sichtweite waren.

Als er sich umdrehte, spiegelte die Angst in seinen Augen die seiner Männer wider. »Es wird schon gut gehen«, sagte Hernandez, sein Erster Offizier. »Sie sind sich beim Wegfahren wie Narren vorgekommen.«

»Ja«, murmelten etliche Besatzungsmitglieder.

Antoni nickte. Sie waren sie losgeworden, ja, doch für wie lange? Er seufzte. Er würde nach Hause zurückkehren müssen, sie warnen – wie lange würde es dauern, bis sie anfingen, dort nachzusehen, bis ihnen in den Sinn kam, auf der kleinen Insel zu suchen, wo der Kapitän der *Invictus* lebte?

34

Formentera, Gegenwart

Als Allan und ich in der Blues Bar eintrafen, sang Isla gerade Bill Withers' »Lovely Day« mit ihrer schwermütigen Stimme. Die Strandbar war voller lachender Pärchen, die unter den Lichterketten saßen und an ihrem Bier nippten, viele mit geschlossenen Augen, um der Musik besser lauschen zu können.

Wir besorgten uns einen Drink. »Du kommst hier auch allein klar?«, fragte ich.

Er schenkte mir einen merkwürdigen Blick. »Ja, wieso?«

Ich trank einen Schluck von meinem Drink. »Tja, ich muss los – beim nächsten Song bin ich dran.«

»Was?« Der Mund blieb ihm offen stehen.

Lachend begab ich mich auf die Bühne, wo ich das Tamburin neben Big Jims Füßen aufhob. Ich kicherte über Allans schockiertes Gesicht, während ich mich setzte und das Tamburin schüttelte, wie ich es gezeigt bekommen hatte.

Nach dem Set setzten wir uns alle zu Allan, der jedes Mal, wenn er mich ansah, erneut in Gelächter ausbrach. »Ich habe Fotos für Sage und Mum gemacht.«

Grinsend trank ich einen Schluck von meinem Drink – Pineapple Lady – und zuckte mit den Schultern. »Okay. Das ist in Ordnung.«

Und so war es auch. Mit Big Jim, Isla und Sue auf der Bühne zu stehen machte einfach Spaß. Ich ging völlig in der Musik auf, und obwohl ein Teil von mir wusste, dass ich wahrscheinlich ein wenig albern aussah – eine fünfundvierzigjährige Frau, die ein Tamburin schüttelte –, machte mir das ehrlich nicht das Geringste aus.

»Du solltest es auch einmal probieren«, sagte Isla und sah Allan an, der sofort zu lachen aufhörte.

»Ähm … nein, danke.«

Big Jim betrachtete ihn. »Spielst du was?«

Allan schüttelte den Kopf.

Ich grinste. »Früher hat er im Schulchor gesungen – er ist auf eine dieser Jungenschulen gegangen, piekfein, wisst ihr? Er hat sogar einen Preis gewonnen – bevor … ähm … sich seine Familienjuwelen geregt haben. Weißt du noch, Al, Mum hat tatsächlich geweint. Was hat sie gleich wieder gesagt? ›Ich werde meine kleine Engelsstimme vermissen!‹«

Allan errötete und schloss peinlich berührt die Augen, während wir Übrigen in dröhnendes Gelächter ausbrachen. »Vielen Dank auch«, sagte er, als Big Jim sich beim Johlen an seinem Bier verschluckte und Isla ihm den Rücken klopfte.

Kopfschüttelnd sah Allan mich an. »Du konntest mich nicht einen Tag lang verschonen?«

Ich biss mir auf die Lippe, um nicht zu lachen. »Tut mir leid.«

Big Jim kicherte immer noch, während er »Familienjuwelen« murmelte.

»Geschwisterliebe, was?«, fragte Isla, die sich zu Allan drehte und anbot, ihm einen Drink zu spendieren.

»Genau.«

Sie grinste. »Na ja, ich finde das jedenfalls ziemlich cool – dass du früher gesungen hast. Vielleicht können wir dich eines Tages doch noch auf die Bühne locken.«

Er schnaubte. »Nein, ich glaube, das … ähm … ist gestorben, als sich meine … ähm … Juwelen entwickelt haben«, antwortete er, und sie kicherte. »Aber euch komme ich mir jederzeit gern wieder anhören – ihr seid der Wahnsinn, ehrlich.«

»Danke.« Sie lächelte. »Das wäre schön.«

Ich saß da und beobachtete die beiden bei ihrer Unterhaltung, wie sie näher zusammenrückten, die Köpfe über eine niedrige, flackernde Laterne gebeugt, während weiche Reggae-Klänge die Luft erfüllten.

Big Jim stieß mich mit dem Ellbogen in die Rippen und hob dann sein Bier in Richtung der beiden. »Sieht aus, als hätte seine Woche ziemlich gut angefangen.«

Ich nickte. »Jawohl.« Grinsend trank ich einen Schluck von meiner Pineapple Lady. An das letzte Mal, als mein Bruder sich in jemanden verguckt hatte, konnte ich mich nicht erinnern – er war nicht der Typ für gelegentliche Urlaubsabenteuer. Ich seufzte. Hoffentlich würde ich Isla nicht ermahnen müssen, ihm nicht wehzutun.

35

Formentera, 1718

Das Gerücht über den verschwundenen Bruder, der von einem Piratenschiff gekapert worden war, hatte Formentera erreicht. Beamte durchsuchten sämtliche umliegenden Inseln, und Ribas Ehemann brachte die unliebsame Botschaft, dass sie die Suche aller Wahrscheinlichkeit nach bald auf Formentera ausweiten würden.

Weitere Gerüchte über ein Phantombild und eine Notiz bezüglich seiner strahlend blauen Augen führten dazu, dass Cesca sich nachts im Bett hin und her wälzte.

Seitdem Señor Garcia das Leiden ihrer Mutter bestätigt hatte, schien sich ihr Zustand noch verschlechtert zu haben. Sie war schwach, ermüdete leicht, und das Gehen fiel ihr zunehmend schwer, doch sie war entschlossen, nicht im Bett zu liegen. So lange wie möglich saß sie am Küchentisch, um die Spitze für Cescas Aussteuer von Hand zu fertigen.

Señor Garcia hatte angeregt, es sei an der Zeit, die Hochzeitsvorbereitungen zu treffen, und Cesca hatte zugestimmt, mit Gewissensbissen, weil sie sich wegen ihres Kusses mit Benito schuldig fühlte.

Sie hatten nicht darüber geredet, und sie hatte ihn, so gut es ging, gemieden, doch er musste wissen, dass es zwischen ihnen nicht über einen Kuss hinausgehen konnte.

Da Esperanza und sie ihrer Mutter keine Sorgen

bereiten wollten, erzählten sie ihr nicht von den Gerüchten um die Piratenkaperung und den gesuchten Mann. Insgeheim hatten sie jedoch panische Angst, was geschehen würde, falls die Leute hier beginnen sollten, Fragen zu stellen.

Anfangs hielten sie es auch vor Benito geheim; er war gerade erst von langer Krankheit genesen, und sie wollten nicht, dass er einen Rückfall erlitt. Allerdings wurde ihrer Geheimniskrämerei ein jähes Ende gesetzt, als Riba eines Nachmittags aufgeregt mit der Nachricht eintraf, Beamte hätten begonnen, Ibiza zu durchsuchen, und es hieß, sie könnten auch schon bald auf dieser Insel nachsehen.

Nachdem Riba fort war, merkte Cesca, dass Benitos Gesicht aschfahl war. »Ich werde verschwinden«, sagte er und erhob sich, »sofort, bevor es zu spät ist.« Und er machte Anstalten, seinen Mantel zu holen. »Ich kann nicht zulassen, dass sie hier suchen.«

»Nein, das wirst du nicht tun«, sagte ihre Mutter. Schwerfällig stand sie von ihrem Stuhl auf. Schweiß trat auf ihre Stirn, aber ihre grünen Augen funkelten trotz ihrer Schmerzen grimmig.

Überrascht sahen Cesca und Esperanza ihre Mutter an. Sie war kämpferisch, ihrer Gebrechlichkeit zum Trotz.

Die Augen voller Mitgefühl sah Benito sie an. »Ich kann nicht zulassen, dass ihr das länger für mich tut, begreifst du das nicht? Ich kann euch nicht sagen, wie dankbar ich bin, aber ich habe euch in Gefahr gebracht. Wir können nicht so weitermachen, besonders jetzt. Es ist einfach nicht gerecht.«

Sie schloss die Augen. »Gerecht?« Sie stieß ein kurzes

Lachen aus. »Nichts an unserer Geschichte ist je gerecht gewesen, Benito. Aber denk doch mal richtig nach. Du kannst nicht fortgehen – wenn du verschwindest, werden sie wissen, was wir getan haben, sie werden Fragen über den Mann stellen, der hier gelebt hat, Rafael. Sie werden wissen wollen, was aus ihm geworden ist. Vielleicht werden sie die Leiche des echten Rafael entdecken, die bei seinen Eltern zu Hause auf Ibiza begraben ist, und herausfinden, was wir getan haben – wenn du gehst, wirst du es nur noch schlimmer machen. So hingegen wird niemand Fragen stellen oder es in Zweifel ziehen.«

Alle starrten sie bestürzt an. Sie hatte recht. Sie hatten keine Wahl. Cesca sah ihn an. »Es ist jetzt unsere gemeinsame Sache, was auch immer geschieht.«

Mit einem Nicken setzte er sich. »Ja.«

Er beobachtete sie in dem Wissen, dass seine Gegenwart nichts als Gefahr verursacht hatte. Da griff Cescas Mutter erneut nach der Spitze für die Hochzeit, die er nicht verhindern konnte. Jetzt fühlte er sich sogar noch erbärmlicher.

Ohne die angespannte Atmosphäre zu bemerken, die seit dem Morgen herrschte, saß Esperanza am Nachmittag da und schälte eine Viertelstunde lang immer dieselbe Kartoffel, während sie in einem fort von dem Essen am Abend zuvor bei Riba zu Hause erzählte. Bei diesem Tempo würden sie ihr Abendessen erst um Mitternacht bekommen.

»Gib mir die Kartoffeln rüber«, sagte Cesca mit einem Seufzen, und Esperanza leistete sofort Folge.

Benito war draußen, fütterte die Tiere und unterhielt sich mit Señor Garcia. Er war ihnen allen aus dem Weg gegangen, seitdem ihre Mutter ihm erklärt hatte, er habe keine andere Wahl, als zu bleiben, obwohl er damit das Leben aller aufs Spiel setzte.

Cesca hörte ihrer Schwester mit halbem Ohr zu, während sie mit dem anderen das Gespräch zwischen Benito und Señor Garcia belauschte. Wie die anderen Inselbewohner hatte der Arzt die Gegenwart ihres »Cousins« ohne großes Aufheben akzeptiert. Allerdings war ihr nicht entgangen, dass der Arzt jetzt Wert darauf legte, jeden Tag vorbeizukommen, manchmal sogar zweimal am Tag. Anfangs hatte sie es auf seine Sorge um ihre Mutter geschoben, aber langsam war deutlich geworden, dass er sie nicht mit Benito allein lassen wollte. Es bereitete ihr Unbehagen und ein schlechtes Gewissen, denn sie fragte sich, ob er spürte, dass sich etwas zwischen ihnen änderte, etwas, dem gegenüber Cesca sich machtlos fühlte.

»Er ist immer hier«, klagte Esperanza und verlieh damit Cescas eigenen Gedanken Ausdruck. »Señor Garcia, meine ich.«

Cesca nickte. Sie selbst war auch nicht allzu erbaut, aber wie konnte sie sich darüber beschweren, wenn sie diesen Mann in Kürze heiraten würde? »Wenn wir erst einmal verheiratet sind, wirst du ihn höchstwahrscheinlich sogar noch häufiger zu Gesicht bekommen, am besten gewöhnst du dich daran. Überhaupt habe ich gedacht, du magst Señor Garcia?«

Da ihre Mutter so krank war und Esperanza unverheiratet, konnte Cesca nicht ausziehen. Mit Señor Garcia hatte sie es zwar noch nicht besprochen, aber vielleicht wäre es am besten, wenn sie nach ihrer Hochzeit hier wohnen würden.

Esperanza errötete leicht. »Ich habe nichts gegen ihn – es ist nur … ach, egal.« Der wahre Grund war, dass nun, da Señor Garcia so oft hier war, beide Schwestern immer zu Hause waren. Früher hatte sie viel Zeit mit Benito gehabt, nur sie zwei, während sie die Arbeiten erledigten und sich um Grunon kümmerten. Sie vermisste ihre Gespräche über Bücher und Barcelona, Kunst und Musik, auch wenn sie wusste, dass ihre Eifersucht, ihn nicht für sich zu haben, albern war. Allerdings hatte sie nicht in Betracht gezogen, dass Señor Garcia hier einziehen könnte, nachdem er und Cesca geheiratet hatten.

»Du glaubst, ihr werdet hier wohnen?«

Cesca nickte. »Es wäre sinnvoll wegen *Mare*, wir müssen pragmatisch denken.«

Tränen traten in Esperanzas Augen. »Sprich nicht so.«

»Spranza, es tut mir leid, aber ich habe dir doch erklärt, dass es ihr nicht gut geht. Ich bin mir noch nicht einmal sicher, ob ihre Kräfte bis zur Hochzeit reichen, obwohl wir versuchen, die Feier so schnell wie möglich zu organisieren.«

Esperanzas Stuhl flog nach hinten.

»*Mare* wird gesund werden!«

Cesca schüttelte den Kopf, und jetzt standen auch in ihren Augen Tränen. Sie hatte es Esperanza erklärt, doch ihre Schwester wollte es nicht akzeptieren, selbst jetzt nicht.

»Es muss etwas geben, das du tun kannst … ihr habt

noch nicht *alles* probiert. Könnt ihr sie nicht aufs Festland bringen oder nach Mallorca?«

Cesca berührte die Hand ihrer Schwester. »Sie würde es nicht schaffen – sie ist zu schwach für eine Reise, und selbst wenn es ginge, weißt du, was sie davon hält – sie würde nichts ausplappern wollen, was Verdacht gegenüber unserer Gemeinde erregen könnte.« Das war die Angst ihrer Gemeinde, eine Angst, die schon häufig genug in ihrer heimlichen Synagoge betont worden war. Sie alle hatten schon Geschichten über Sterbende gehört, die von Familienmitgliedern mit dem Kopfkissen erstickt worden waren, damit sie einem Priester gegenüber nichts Belastendes beichten konnten. Hier auf der Insel bestünde diese Gefahr kaum, denn Pater Samuel war auch der heimliche örtliche Rabbiner. Aber dennoch. »Spranza, es ist zu spät. Wir müssen uns dem gemeinsam stellen und füreinander stark sein. Es lässt sich nichts machen. Wir können nur Zeit mit ihr verbringen und beten.«

Esperanza schüttelte den Kopf und vergoss einen Strom wütender Tränen. Sie hatte ständig gesehen, wie ihre Schwester und der Arzt Menschen heilten. Hatte gesehen, wie sie das Unmögliche vollbrachten. Wie konnte Cesca, die tagein, tagaus Menschen heilte, bei ihrer eigenen Mutter so leicht aufgeben? Sie starrte sie an, versuchte, sich einen Reim darauf zu machen, es zu begreifen, doch es gelang ihr nicht. Sie konnte nur auf dem Absatz kehrtmachen und schluchzend aus der *finca* laufen. Sie drehte sich noch nicht einmal um, als sie Benito ihren Namen rufen hörte. Flea lief zu ihr, um an ihrer Seite zu sein, und gemeinsam entflohen sie zu ihrer kleinen Bucht.

Sie zog das Kleid aus und ließ es in einem unordentlichen Haufen auf den Felsen liegen, ohne darauf zu achten, ob es nass wurde, während sie sich in das kühle, türkisfarbene Wasser stürzte und wie wild losschwamm. Flea sprang hinter ihr ins Wasser, doch sie ließ ihn schnell hinter sich, indem sie so kraftvoll und schnell schwamm, wie sie nur konnte. Ein Teil von ihr wollte bis ganz nach Ibiza hinüberschwimmen, und noch weiter, auf eine Welt zu, in der ihre Mutter nicht im Sterben lag und ihr Herz nicht entzweibrach.

Sie hielt erst inne, als sie einen Krampf im Fuß bekam. Vor Schmerz schrie sie auf. Da hörte sie aus zwanzig Metern Entfernung eine Stimme hinter sich rufen, sie solle warten.

Die Schmerzen waren zu stark, als dass sie etwas anderes hätte tun können.

Don Santiago.

»Was ist los?«, fragte er.

»Mein Fuß!«, rief sie und hielt ihn fest umklammert, das Gesicht schmerzverzerrt.

»Geben Sie ihn her.« Er nahm ihr den Fuß aus den Händen. »Halten Sie sich an mir fest.« Sein blondes Haar war nach hinten geglättet und an seinen langen Wimpern hingen Wassertropfen. Sie blinzelte. Sein Gesicht war schön, die Züge ebenmäßig.

Er bog ihren Fuß hin und her, und sie schrie auf. »Sie müssen aufpassen. Sie sind eine gute Schwimmerin, aber Krämpfe sind eine geeignete Methode, um schnell zu ertrinken«, ermahnte er sie. Sie zuckte zusammen, als seine Hände ihren Fuß aus der Verkrampfung zwangen und die

Sehnen fest spannten, sodass es sich anfühlte, als wäre sie auf Glas gestiegen. Selbst das Gehen würde ihr Schmerzen bereiten.

»Sind Sie mir gefolgt?«, fragte sie.

Er starrte sie eine Zeit lang an, bis ihr klar wurde, wie kühn ihre Frage war. Wie anmaßend.

»Ja«, lautete seine Antwort.

Dann küsste er sie, bevor sie ihn daran hindern konnte. Sein Körper war warm an ihrem und seine Berührung sanft. In ihr regte sich ein leises Glücksgefühl, so begehrt zu werden, dass ihr jemand sogar endlos weit aufs Meer hinaus folgen würde. Außerdem war ihr danach, unbesonnen zu sein. Sie gab Cesca und Señor Garcia die Schuld, sogar Benito – wenn Benito nicht da gewesen wäre, wäre ihnen vielleicht früher aufgefallen, wie ernst die Erkrankung ihrer Mutter wirklich war. Am wütendsten war sie auf ihre Schwester. Sie hatte geglaubt, Cesca könnte einfach alles … doch sie konnte den einen Menschen, den sie am meisten liebte, nicht am Leben erhalten. Es schien so ungerecht.

Sie gab sich Don Santiagos Kuss hin, obwohl sie wusste, dass sie es nicht tun sollte. Selbst jetzt vernahm sie schon den Tadel ihrer Schwester, und vielleicht war es das, was sie dazu brachte, den Mann nur noch heftiger zu küssen. Sie hatte ein paar der Jungen im Dorf geküsst, als sie noch jünger war, bei einer Mutprobe auf den Dorffesten, aber noch niemals mit so viel Leidenschaft. Als sie die Augen schloss, stellte sie sich Benitos Gesicht vor und küsste Don Santiago sogar noch inniger und schlang die Arme fest um seinen Nacken.

Sie hörten erst auf, als Gebell erklang. Der arme Flea war erschöpft. Zwar war er ihr hinterhergepaddelt, aber jetzt konnte sein winzig kleiner Körper nicht mehr. Sie löste sich von Don Santiago und schwamm zu ihrem kleinen Hund, und in dem Augenblick kam sie wieder zur Vernunft, als hätte sich ein Nebel gelichtet. Sie kam sich schrecklich vor und überschüttete das Tier mit Liebesbezeugungen. Es war ihr unsagbar peinlich, und als Don Santiago ihr mit einem seltsamem Gesichtsausdruck ans Ufer folgte, schämte sie sich zutiefst für das, was sie getan hatte. Was er von ihr denken musste.

»Es tut mir leid«, sagte sie, doch er umfing sie.

»Nicht – es war wunderbar!«

Sie schloss die Augen. »Bitte, vergessen Sie es einfach!«

»Wie kann ich das?«

Sie sah ihn an. »Es tut mir leid«, wiederholte sie, hob dann ihr Kleid auf und rannte los, dicht gefolgt von Flea und seinem wilden Gebell.

36

Formentera, Gegenwart

Ich nahm Allan an seinem zweiten Tag in Marisal mit zu Maria.

Wir spazierten durch das trockene, ausgewaschene Ackerland zu ihrem Haus, atmeten den Duft wilder Kräuter ein und freuten uns über den Anblick von Margeriten und Mohnblumen, ein wilder Teppich, der scheinbar über Nacht für uns ausgebreitet worden war.

»Ich kann verstehen, dass du für eine Woche hergekommen und einen Monat lang geblieben bist«, sagte er, als wir bei einer Bäckerei haltmachten und sie kurz darauf mit frischen Croissants wieder verließen.

»Ja – auch wenn die Insel für dich vielleicht andere Reize bereithält.« Ich hob vielsagend die Augenbrauen.

Er lachte. »Ja, klar, du meinst eine gewisse braunhaarige Sängerin, die zufälligerweise tausend Meilen von mir entfernt wohnt und wahrscheinlich mein diametraler Gegensatz ist?«

Ich zuckte mit den Schultern. »Genau. Es ist okay, ein bisschen Spaß zu haben, weißt du?«

»Darin bin ich nie gut gewesen – die Dinge einfach leichtnehmen.«

Ich nickte. Das hatten wir gemeinsam.

Maria umarmte Allan, sobald ich die beiden einander vorgestellt hatte, und seinem Gesicht war anzusehen, wie sehr sie ihn an unsere Großmutter erinnerte.

Die beiden verstanden sich auf Anhieb, und wir berichteten ihm von der Geschichte, die sie mir erzählt hatte, von unserer Vorfahrin Cesca. Währenddessen half ich, Kartoffeln zu schälen, und meinen Bruder ließ Maria Gemüse würfeln.

Sie rührte in einem Topf mit einem reichhaltigen Tomatengericht um, und wir lauschten gemeinsam, während sie uns die Geschichte der beiden Frauen erzählte, die dazu beigetragen hatten, die Familie zu dem zu machen, was sie heute war – deren Geschichten so leicht hätten verloren sein können, wenn James nicht gewesen wäre.

Allan betrachtete mich, während er eine Gurke in winzige Stücke schnitt. »Endlich hier sein, Twig, nach all der Zeit, es ist unglaublich, nicht wahr?«

Ich musste ihm beipflichten, während wir auf einer Dunstwolke in die Vergangenheit geweht wurden.

37

Formentera, 1718

Die Bücher waren auf dem Tisch zurückgelassen worden. Jeder einzelne Roman, den er Esperanza gegenüber erwähnt hatte. Sie waren mit einem Geschenkband zusammengebunden, obenauf eine langstielige wilde spanische Rose.

Da war eine Karte mit seinem Namen in schöner Handschrift: Don Santiago Martínez de Sánchez. »Wie du«, war alles, was darauf geschrieben stand.

Bei dem Anblick spürte Esperanza, wie ihr die Röte in die Wangen schoss. Heute war ihre Angewohnheit, lang auszuschlafen, ein echter Nachteil.

»Es sieht aus, als hättest du einen Verehrer«, sagte Benito mit einem verschmitzten Grinsen.

Cesca sah alles andere als erbaut aus. Sie war gerade dabei, ein Kräuterbündel zum Trocknen zu schnüren, hielt inne und nickte. »Meine Befürchtung ist eingetreten.« Ihre grünen Augen blickten sorgenvoll.

Esperanza betrachtete sie. Einen schrecklichen Moment lang glaubte sie, ihre Schwester spräche von dem Kuss zwischen ihr und Don Santiago, doch dann fuhr Cesca fort: »Ich habe mir seit diesem Abendessen Sorgen gemacht. Es war unüberlegt von mir. Ich hätte einfach sagen sollen, dass du zu Hause gebraucht wirst. Riba hat gesagt, wie sehr er von dir eingenommen zu sein schien …«

Sie schüttelte den Kopf. »Jetzt wird es unmöglich sein, ihn loszuwerden.«

»Das ist aber doch nicht Esperanzas Schuld«, warf Benito ein. »Sie konnte nichts dafür.«

Cesca hob eine Augenbraue. »Riba hat gesagt, es sei schwer gewesen, zu Wort zu kommen, während die beiden immer weiter über ihre Lieblingsbücher und -maler plauderten.«

Esperanza schloss die Augen und ließ sich auf einen Stuhl sinken. Gewöhnlich hätte sie es wütend abgestritten, aber sie wusste, dass ihre Schwester recht hatte, dass sie ihn tatsächlich ermuntert hatte. Ihr war ein wenig übel angesichts dessen, was sie angerichtet hatte: Es war der Kuss, den sie zugelassen hatte. Es war nicht das gewesen, was sie wollte – noch beim Küssen war ihr klar geworden, wie sehr sie sich gewünscht hatte, stattdessen Benito zu küssen, wie sehr sie mittlerweile in ihn verliebt war.

Benito berührte ihre Schulter. Ihre Finger bebten, als sie seine Hand berührte. Er war immer so freundlich zu ihr, so verständnisvoll. Er würde einen wunderbaren Ehemann abgeben, erkannte sie und errötete bei dem Gedanken erneut.

Er drückte ihre Schulter und stand dann auf, um zu der Ziege hinauszugehen.

Sie sah ihm nach, ohne auf Cescas Wortschwall zu hören.

Die Ermahnungen ihrer Schwester brauchte sie nicht, um zu wissen, dass sie sich nicht angemessen benommen hatte. Doch je mehr sie dort saß und auf Benito lauschte, der vor sich hin pfiff, während er sich um die Ziege kümmerte, desto mehr regte sich in ihr der Gedanke, dass sich die Lösung des Problems direkt vor ihren Nasen befand. Eigentlich war es erstaunlich, dass es ihr bisher nicht in den Sinn gekommen war.

Sie wandte sich an ihre Schwester. »Es ist schwer, sich die *finca* jetzt ohne ihn vorzustellen, findest du nicht?«

Cesca starrte sie an, wandte dann den Blick ab, beinahe als sei sie traurig, und Esperanza runzelte die Stirn. Sie begriff nicht, warum der Gedanke ihre Schwester aus der Fassung zu bringen schien. Lag es vielleicht an der Gefahr, die er darstellte?

Esperanza berührte die Bücher. Es wäre verkehrt, das Geschenk anzunehmen, überlegte sie, aber sie sehnte sich danach, sie zu lesen. Sie hatte schon seit Jahren nichts Neues mehr zu lesen gehabt.

Kurze Zeit später ging Cesca und murmelte etwas davon, nach Marianna und dem Baby sehen zu wollen.

Esperanza saß allein am Tisch und dachte an Benito und daran, wie er für sie eingetreten war. In diesem Haus kam es selten vor, dass jemand Partei für sie ergriff. Wenn sie ehrlich war, kam es auch selten vor, dass sie es verdient hatte. Trotzdem war er ein gütiger Mann. Schön und gerecht. Zum ersten Mal überlegte sie beim Gedanken an die Ehe, wie schön es wäre, mit jemandem wie ihm zusammen zu sein. Sie würde Don Santiago sagen müssen, dass das zwischen ihnen Vorgefallene ein Fehler gewesen war, nichts weiter.

Vielleicht – wer weiß – konnte Benito nach Cescas Heirat wirklich Rafaels Platz einnehmen … es wäre nicht die schlimmste Idee der Welt … tatsächlich würde es ihr nicht das Geringste ausmachen.

Benito packte Cesca, die gerade die *finca* verlassen wollte, an der Hand.

»Ich werde Brot backen«, murmelte sie und versuchte, sich von seinem Griff zu befreien.

Er sah sie merkwürdig an. »Womit denn?«

Sie hatte nichts bei sich.

Cesca biss sich auf die Lippe. »Ich meine … ich werde der jungen Mutter, Marianna, helfen und nach ihr und dem Baby sehen.«

Sie sprach von der Frau, die vor ein paar Wochen beinahe ihr Baby verloren hätte, doch Benito wusste, dass Cesca gerade erst Anfang der Woche nach Marianna gesehen hatte. Er wurde das Gefühl nicht los, dass sie den Besuch zum Vorwand nahm, um von der *finca* wegzukommen, weg von ihm.

Er berührte ihr Gesicht. »Stimmt etwas nicht?«

Unter seiner Berührung zuckte sie zusammen, blickte rasch zum Haus für den Fall, dass es jemand gesehen hatte, und wich in Richtung des Weges zurück.

»Ich muss los, Verzeihung«, sagte sie und eilte an ihm vorbei, ohne ihm in die Augen zu sehen.

Er holte sie auf dem langen unbefestigten Weg ein, packte sie am Arm und starrte sie mit diesen Augen an, die ihr immer in die Seele zu blicken schienen.

»Sag mir, was ist los?«

Cesca senkte den Blick, biss sich auf die Unterlippe. »Benito, nicht …«

Er berührte ihr Gesicht. »Warum?«

»Weil es *falsch* ist. Wir dürfen nicht, das weißt du. Ich bin einem anderen versprochen.«

»Einem alten Mann? Es war nie deine Entscheidung. Wie kann das hier falsch sein? Das, was wir beide empfinden?«

Sie lehnte eine Sekunde lang den Kopf an seine Schulter und atmete seinen sauberen Seifengeruch ein. Es wäre so leicht, sich wieder in diese Arme sinken zu lassen.

Zu leicht.

Doch sie hatte einem anderen ein Versprechen gegeben. Wie konnte sie in Betracht ziehen, das jetzt zu brechen – was würden die Leute sagen? Was würde *er* sagen?

Sie riss sich los. »Ich glaube, es ist besser für uns beide, wenn wir uns voneinander fernhalten. Das hier darf nicht geschehen, wir können nie zusammen sein. Es tut mir leid.«

Er starrte sie an, schüttelte den Kopf. Aus seinen Augen sprach Qual. Sie konnte die Pein, die sie verursachte, nicht länger ertragen.

»Sag das nicht. Wozu das alles, wenn wir nicht zusammen sein können?«

»Was meinst du?«, fragte sie.

»Zu leben, wenn man hätte sterben sollen? Diese Insel zu finden, wo Menschen wie wir frei leben können? Wofür, wenn wir uns nicht füreinander entscheiden können?«

»Manchmal hat man nun einmal keine Entscheidungsfreiheit – manchmal muss man einfach tun, was richtig ist«

»Und das hier ist *richtig*? Du, einem anderen versprochen? Wie kann das richtig sein?«

»Ist es nicht.« Tränen traten in ihre Augen. Ihre Gefühle für Benito waren das Beste, was ihr je widerfahren war. Gleichzeitig aber auch das Schlimmste, denn der Preis, den sie zu zahlen hätte, wäre alles, was ihr am Herzen lag – ihre Liebe zur Medizin, ihr Leben, ihr Ruf. Er verlangte zu viel.

»Genau«, sagte er und küsste sie.

Sie entzog sich ihm abermals. »Du begreifst nicht. Wir können das hier nicht tun – ich kann ihm das nicht antun. Nicht nach allem, was er für meine Familie getan hat. Es wäre zu grausam.«

Benito blinzelte. »Grausamer als zuzulassen, dass er zwischen uns steht?«

Cesca schüttelte den Kopf. »Du bist es, der im Weg steht, zwischen ihm und mir.«

Er sah aus, als hätte man ihm einen Tritt versetzt. »Empfindest du es *so?* Wahrhaftig? Du liebst ihn, ist es das?«

Sie blinzelte. »Natürlich tue ich das, auf meine eigene Art.«

»Das meine ich nicht.«

Er küsste sie abermals, und sie schüttelte den Kopf, stieß ihn von sich und eilte davon. Diesmal folgte er ihr nicht. Ebenso wenig bemerkte er, dass jemand sie gesehen hatte. Jemand, der bei dem Anblick das Gefühl hatte, dass ein Teil von ihm zerbrach.

38

Formentera, Gegenwart

»Grrrr, ich bin so neidisch!«, sagte Sage, als ich ihr von allem erzählte, was Allan und ich die Woche über gemacht hatten. »Ich kann es nicht erwarten, bis ich an der Reihe bin.«

»Ich auch nicht, Liebes«, sagte ich mit einem Stechen in der Brust. Es bereitete mir Sorge, wie müde sie war und wie hart sie arbeitete.

»Noch ein Monat, dann bekomme ich eine Pause.«

»Noch ein Monat«, wiederholte ich. »Ich kann es nicht erwarten, dass du Maria kennenlernst – und hörst, was sie mir über unsere Familie erzählt hat. Es gab da diese Frau – Cesca – sie war eine der ersten ausgebildeten Krankenschwestern der Insel. Sie hat alles bei einem einheimischen Arzt gelernt. Vielleicht liegt es in der Familie.«

»Machst du Witze? Wann war das?«

»Frühes achtzehntes Jahrhundert. Sie war total unglaublich – hat geholfen, Babys zu entbinden, einen jüdischen Gefangenen am Leben zu erhalten, dem die Familie die Flucht ermöglicht hat. Die beiden verliebten sich ineinander.«

»Wow! Das ist unglaublich, Mum, was ist aus ihnen geworden?«

»Ich bin mir nicht sicher – so weit sind wir noch nicht

gekommen. Vielleicht kannst du es dir anhören, wenn du herkommst.«

»Ja – das fände ich schön.«

»Ich auch«, sagte ich, während ich eine reife Orange unter meinem Fuß hin und her rollte. Ich stand im Garten. Emmanuel war fleißig mit der Arbeit am Dach beschäftigt, während Allan, der die Leiter hielt, mit ihm plauderte.

Isla saß mit geschlossenen Augen am Tisch, ein Skizzenbuch unbenutzt in den Händen, und ließ sich von der Sonne bescheinen, und Big Jim hatte seinen Stammplatz neben dem Orangenbaum eingenommen, die Augen von seinem großen texanischen Hut beschattet.

Allan hatte sich hier genauso leicht eingefügt, wie ich es getan hatte. Isla und er hatten Zeit miteinander verbracht, waren spazieren gegangen und hatten Strandausflüge unternommen, aber abgesehen davon, dass ich ein paar sehnsuchtsvolle Blicke zwischen den beiden erhascht hatte, waren sie meines Wissens bisher nicht weitergegangen. Vielleicht waren sie, da sie beide in der Vergangenheit verletzt worden waren, nicht willens, das Risiko erneut einzugehen.

39

Formentera, 1718

Mit einem Stechen in der Brust band Esperanza die Bücher zusammen, die Don Santiago ihr dagelassen hatte, und legte sie vor die Tür seines Hauses, wo sie einer der Dienstboten am Morgen finden würde. Sie hatte ihm eine Nachricht geschrieben und sich höflich für die Gaben bedankt, aber darauf hingewiesen, dass sie sie leider nicht guten Gewissens annehmen konnte, da sie einem anderen versprochen war.

Sie hoffte nur, er würde es darauf beruhen lassen.

Die Gerüchte über die entkommenen Gefangenen lasteten schwer auf Esperanza, und zusammen mit ihren Sorgen um ihre Mutter und darum, was mit ihr selbst geschehen würde, sobald Cesca verheiratet war, führten sie dazu, dass sie nicht einschlafen konnte. Sie schlüpfte aus der *finca* und ging mit Flea zu der kleinen Bucht, wo sie unter den Sternen frei atmen konnte.

Don Santiago fand sie hier, in Mondschein getaucht, während sie Steine übers Wasser hüpfen ließ, wie ihr Bruder Antoni es ihr gezeigt hatte, als sie noch ein kleines Mädchen war. Es war eine Angewohnheit, von der Cesca gesagt hatte, sie würde sie nur noch wilder erscheinen lassen.

Als sie Schritte hörte, fuhr sie zusammen. In der Dunkelheit stieg ihr die Röte ins Gesicht, als sie sah, wer da kam. Er war immer da, wohin auch immer sie sich wandte. In ihr regte sich das schlechte Gewissen und sie schämte sich bei dem Gedanken, was neulich zwischen ihnen vorgefallen war.

Sie setzte sich auf und machte Anstalten zu gehen.

»Bitte – lauf nicht weg, rede einfach mit mir«, flehte er und nahm neben ihr Platz.

Unentschlossen biss sie sich auf die Lippe, doch als auch er nach einem flachen Stein griff und ihn über die Wasseroberfläche hüpfen ließ, nahm sie wieder Platz.

»Ich habe mir überlegt«, sagte er und räusperte sich, »dass ich dir eine Entschuldigung schulde.«

»Don San…«, setzte sie an, aber er schüttelte den Kopf.

»Nein, sieh mal, ich habe neulich die Situation ausgenutzt. Ich hätte dich nicht so küssen dürfen – du warst offensichtlich aus der Fassung. Woran lag das? Erzähl es mir, vielleicht kann ich helfen?«

»Es geht um meine Mutter.« Sie holte tief Luft und erzählte ihm, was vorgefallen war. Als sie versuchte, sich eine Zukunft ohne ihre Mutter auch nur vorzustellen, begann sie zu ihrem eigenen Entsetzen zu schluchzen. Er nahm sie in die Arme und hielt sie. Esperanza wusste, dass sie einfach hätte gehen sollen, dass sie sich nicht von ihm trösten lassen sollte, wusste, dass es egoistisch war, wenn sie ihm doch nur wieder einmal sagen musste, dass sie nie zusammen sein konnten.

Als sie sich ausgeweint hatte, stand sie auf schwachen Beinen auf und ließ sich von ihm nach Hause begleiten. Sie wich zurück, als er versuchte, sie wieder zu küssen, doch er sah sie nur zärtlich an und drückte ihr zum

Abschied die Hand. »Ich muss mich wirklich fragen, ob du mich mit einem Zauber belegt hast«, sagte er mit einem Kopfschütteln.

Sie biss sich auf die Lippe. »Es tut mir leid.«

»Das muss es nicht.«

Ein paar Tage später wartete Don Santiago auf der alten Salzstraße auf Esperanza. Bei seinem Anblick schloss sie gedemütigt die Augen, und Scham stieg in ihr hoch. Sie musste diese Sache beenden, die zwischen ihnen erblüht war – sie musste stark sein und durfte sich nicht daran hindern lassen zu tun, was sie tun musste, bloß weil sie seine Gegenwart als trostreich empfand.

Sie biss sich auf die Lippe, drehte sich dann in die entgegengesetzte Richtung, aber natürlich kam er auf sie zugelaufen.

»Warte, Esperanza, bitte!«

Sie blinzelte. »D-Don Santiago, ich kann nicht bleiben, Sie müssen verstehen … neulich … also …«

Er berührte ihren Arm. »Es war meine Schuld – ich hätte dir nicht folgen sollen … dich anderntags nicht küssen dürfen.«

Abermals schloss sie beschämt die Augen. »Bitte – vergessen Sie einfach, dass es je passiert ist.«

Seine haselnussbraunen Augen weiteten sich. »Vergessen? Das kann ich nicht, du bist alles, woran ich denke. Ich habe noch nie eine Frau wie dich gekannt.«

Ihre Wangen brannten. Das wollte sie nicht hören. Im Moment fühlte es sich wie das Gegenteil eines Kompliments an.

»Don …«

»Bitte nenn mich einfach Santiago.«

»Don Santiago«, fuhr sie spitz fort. »Bitte, es geht nicht. Ich bin nicht die Art Frau, für die Sie mich vielleicht halten … das neulich war ein Fehler, nichts weiter.«

Seine Hand packte ihren Arm. »Was meinst du?«

»Ich bin nicht die Art Frau, die fremde Männer küsst oder sich mit ihnen nach Mitternacht trifft. Es tut mir leid – meine ganze Welt steht Kopf, seitdem meine Mutter erkrankt ist, und ich fürchte, ich habe mich nicht benommen, wie ich sollte. Zunächst einmal hätte ich Sie niemals küssen dürfen.«

»Sag das nicht.«

»Ich muss! Jetzt, bitte, wenn Sie gestatten …«

Er schüttelte den blonden Kopf. »Die einzige Art, wie ich über dich denke, ist als ein Mann, der sich in eine schöne Frau verliebt. Bitte glaube mir das – meine Absichten dir gegenüber sind ausschließlich ehrenhaft. Ich bin noch nie jemandem wie dir begegnet –, du bist alles, woran ich denke. Ich würde dir gern den Hof machen und dich eines Tages zu meiner Frau machen, wenn du mich nimmst.«

Sie starrte ihn an. Ihr Mund stand offen. Es konnte ihm nicht ernst sein. »Ihre Frau?«

»Ja.«

Sie schüttelte den Kopf. »Ich kann nicht. Bitte fragen Sie mich nicht. Ich bin einem anderen versprochen.«

Er blinzelte. »Deinem Cousin – der Mann, der krank war?«

Sie nickte. »Ja.«

»Vielleicht gibt es eine Möglichkeit, wie wir aus der Sache herauskommen. Ich könnte mit deiner Familie reden, mit deinem Vater oder deiner Mutter sprechen. Ich würde dir ein guter Ehemann sein. Dir – ihnen – würde es nie an etwas fehlen, das verspreche ich dir.«

»Mein Vater ist tot.«

»Dann mit deiner Mutter. Ich werde mit ihr sprechen.«

»Nein, wir können nicht – bitte begreifen Sie einfach«, sagte sie und eilte davon.

»Warte!«, rief er, doch sie ignorierte ihn und versuchte, so weit wie möglich von ihm fortzukommen. Sie schämte sich so sehr. Warum hatte sie es derart ausarten lassen? Was sollte sie jetzt tun? Wie würde sie Don Santiago loswerden, ihn davon überzeugen, dass es keine Hoffnung für sie beide gab? Sie schloss die Augen. Cesca würde wütend sein. Und zum ersten Mal hatte sie das Gefühl, dass ihre Schwester allen Grund dazu hatte.

40

Formentera, Gegenwart

»Und Emmanuel?«, fragte Allan eines Morgens, während wir draußen saßen und die kühle Ozeanbrise uns die Haare zerzauste.

»Was ist mit ihm?« Gerade hatte ich den Anfang meines Romans in den Laptop getippt, jetzt hielt ich inne und schenkte Kaffee aus der Cafetiere nach.

Er seufzte. »Na ja, es ist nur …« Er zögerte und sah zu Emmanuel hinüber, der im Garten arbeitete. »Er ist wirklich nett, Twig.«

Ich nickte. »Ja, er ist ein Freund, Al, mehr nicht.«

»Ja, klar.« Er zuckte mit den Schultern. »Sieh mal, ich wollte nicht herumschnüffeln, aber ich habe sie gesehen, weißt du?«

»Was gesehen?«

»James' Asche.«

Ich biss mir auf die Lippe. Ich hatte geglaubt, ich sei in der Hinsicht achtsamer gewesen.

»Schließlich habe ich dir geholfen, die Urne auszusuchen, Twig. Du hast ihn *mitgebracht*?«

Ich seufzte. Schloss die Augen. »Ja.« Dann lachte ich. »Manchmal rede ich mit ihm.«

»Du redest mit ihm?«

»Nicht auf eine verrückte Art.«

Mein Bruder zog eine Augenbraue in die Höhe.

»Okay, ja, ziemlich verrückt, aber es hat geholfen. Ich hatte einfach das Gefühl, ihn nicht zurücklassen zu können, verstehst du?«

Er nickte. »Ja, ich denke schon. Hat er einen Wunsch geäußert, was mit der Asche geschehen soll? Irgendeinen bestimmten Ort, an dem du sie verstreuen sollst?«

Ich schüttelte den Kopf. »Er hat nur gesagt, ich würde es schon wissen, wenn der rechte Zeitpunkt gekommen ist.«

»Und weißt du's?«

Abermals schüttelte ich den Kopf. »Nein. Jedenfalls noch nicht.« Auch wenn ich in den letzten Wochen etwas seltener das Bedürfnis verspürt hatte, James in jedes Zimmer, das ich betrat, mitzunehmen. Das war wohl ein Fortschritt.

»Du und Em, ihr seid also nicht insgeheim …«

Ich schenkte ihm einen Blick. »Nein. Im Gegensatz zu manch anderem.«

Er besaß den Anstand zu erröten. »Es ist nichts.«

»Wirklich? Ich mag ja Isla echt gern, aber seit ihr euch kennengelernt habt, ist es, als würde sie hier wohnen. Ich meine, du bist nun schon eine Woche hier, und du hast Maria erst ein einziges Mal gesehen … Ich habe dich entschuldigen müssen, während du mit Isla durch die Gegend ziehst.«

Er zuckte mit den Schultern. »Ich weiß. Es ist eben so, dass ich sie total toll finde. Eigentlich ist es ziemlich schrecklich.«

Überrascht sah ich ihn an. »Schrecklich, wieso denn?«

»Weil sie hier lebt.«

Ich seufzte. »Ja, also, wir haben jetzt hier ein Haus. Und ich weiß, dass du in London arbeitest, aber hier gibt es auch Jobs – bloß so eine Idee.«

»Jobs? Hier?«

»Okay, wahrscheinlich auf Ibiza.«

»Als Investmentbanker?«

»Möglicherweise – vielleicht machen sie hier diesen Offshore-Konten-Kram.«

Er schenkte mir einen Blick. »Du denkst an die Kaimaninseln.«

»Ach so!«, antwortete ich lachend. »Aber trotzdem, sieh mal, ich spiele diesen Trumpf ja nicht gern aus, aber es ist wahr – die Liebe meines Lebens ist gestorben, und von meiner Warte aus kann ich dir sagen, dass eine Kleinigkeit wie das Mittelmeer kein allzu großes Problem darstellt. Wirklich nicht.«

41

Formentera, 1718

Cesca war elend zumute. Jedes Mal, wenn sie Benitos Blick auf sich spürte, durchzuckte sie ein Schmerz. Es wäre so leicht, sich einfach dieser Sache zwischen ihnen hinzugeben, aber was dann? Würde sie allem anderen den Rücken kehren müssen?

Sie stellte sicher, dass nichts passieren konnte, indem sie dafür sorgte, dass sie niemals allein waren. Beispielsweise wich sie nie von ihrem Posten am Bett ihrer Mutter.

Die Situation wurde noch dadurch verschlimmert, dass Señor Garcia sich seltsam benahm. Er fand Ausreden, warum sie nicht zu seinen Patientenbesuchen mitkommen sollte, selbst wenn ihre Mutter schlief.

»Verbringe deine Zeit mit deiner Mutter«, sagte er ihr, ohne ihr in die Augen zu sehen. Es war, als habe sich etwas zwischen ihnen geändert, und es bereitete ihr Unbehagen, zumal die Hochzeit immer näher rückte. Warum benahm er sich so seltsam?

Es fühlte sich an, als habe sich alles verändert, seitdem ihre Mutter erkrankt war. Die Dinge mit Benito waren gestelzt und seltsam – verschwunden war ihre lockere Kameradschaft, ihre gemütlichen gemeinsamen Morgen, an denen sie die Dämmerung begrüßten, während der Rest des Hauses noch schlief. Das vermisste sie unbeschreiblich. Es wäre so leicht – zu leicht –, einfach ihren Gefühlen nachzugeben, doch zu welchem Preis?

Esperanza rätselte über die Veränderung an ihrer Schwester, die Art, wie sie ständig angespannt zu sein schien. Wie sie sie bei der kleinsten Provokation anfuhr.

Es musste wohl mit ihrer Mutter zusammenhängen. Auch Esperanza kam damit nicht zurande. Die Vorstellung von einem Leben ohne ihre Mutter warf sie innerlich völlig aus der Bahn. Sie verbrachte so viel Zeit wie möglich mit ihr und beklagte sich nicht, wenn Cesca ihr auftrug, die Hausarbeit zu erledigen. Zum ersten Mal im Leben begrüßte sie die Ablenkung von dem, was in ihrem Kopf vor sich ging.

Was sie nicht begriff, war die Veränderung zwischen Cesca und Benito, wie kurz angebunden Cesca ihm gegenüber war. Es gefiel ihr nicht. Verdient hatte er es nicht. Er war freundlich und zuvorkommend, packte immer mit an, wo er konnte. Er hatte nicht darum gebeten, in ihr Haus gebracht zu werden – das Mindeste, was Cesca tun konnte, war, dem Mann gegenüber höflich zu sein, fand Esperanza.

Während die Tage verstrichen, war Benito derjenige, der früh aufstand, das Wasser vom Brunnen holte und mit den Frühstücksvorbereitungen begann. Sie konnte sich nicht vorstellen, was sie in dieser schlimmen Zeit ohne ihn gemacht hätten. Seine zuverlässige Gegenwart war Trost und Balsam, während sie sich mühsam an die Aussicht herantastete, von ihrer Mutter Abschied nehmen zu müssen.

»Was machst du da?«, erkundigte Benito sich eines Abends, als er bei seinem Lautenspiel eine Pause einlegte.

Esperanza saß neben ihrer Mutter unter dem Orangenbaum und zeichnete.

Sie zuckte mit den Schultern, doch ihr Gesicht überzog eine leichte Röte.

Der Abend war mild. Ihre Mutter hatte im Freien bei den Sternen sitzen wollen, also hatten sie ein Picknick im Garten veranstaltet, doch niemand brachte einen Bissen hinunter.

Señor Garcia hatte sie gewarnt, dass es jetzt nicht mehr lang dauern würde, was Esperanza so traurig gestimmt hatte, dass sie die ganze Nacht hindurch von einem Ende der Insel zum anderen gelaufen war. Sie wusste nicht, wie sie ohne sie leben sollte. Wollte es noch nicht einmal in Betracht ziehen.

Zur Zerstreuung hatte sie nun ihr Skizzenbuch hervorgekramt und angefangen, Benito zu zeichnen, während er eines der Lieblingslieder ihrer Mutter spielte. Skizzen von Benito anzufertigen war zu so etwas wie einer Gewohnheit geworden, die wieder abzulegen ihr kaum gelang.

Tränen strömten Cescas Wangen hinab, und sie hielt die Hand ihrer Mutter an ihrer Brust.

»Antoni hat ausrichten lassen, dass er bald nach Hause kommt«, sagte sie. »Ich hoffe, dass er es rechtzeitig schafft.«

An diesem Punkt brach auch Esperanza in Tränen aus.

42

Formentera, Gegenwart

Als das Taxi kam, um Allan zur Fähre zu bringen, ließ ich ihn nur widerwillig ziehen. Das Haus war mit ihm so viel kompletter gewesen, und ich hatte es von meiner Warte als Zuschauerin genossen, die aufkeimende Romanze zwischen ihm und Isla zu beobachten. Seine Abreise jetzt, die Rückkehr in sein Londoner Leben, fühlte sich zu früh an.

»Musst du zurück?«, fragte ich zum vielleicht dritten Mal an dem Morgen.

Mit einem Seufzen schloss er den Reißverschluss seiner Tasche und bedachte mich mit einem Blick. »Twig, du kommst prima ohne mich klar. Ich meine, Herrgott noch mal, du hast in den vergangenen Wochen mehr Freundschaften geschlossen als in deinem ganzen bisherigen Leben. Du bist Teil einer Band!« Er lachte, und ich fiel mit ein. »Du schaffst das.«

Ich seufzte und wiederholte dann seine Worte. »Ich schaffe das.«

»Außerdem wird Sage bald herkommen – nur noch drei Wochen.«

Ich nickte. Das stimmte.

»Aber was ist mit dir und Isla?«

»Na ja, wir werden in Kontakt bleiben, wir werden die Sache ganz langsam angehen. In zwei Wochen komme ich zu einem längeren Urlaub zurück – wenn du mich dahaben willst – und dann schauen wir weiter.«

Ich grinste. »Klar will ich dich dahaben.«

Nachdem er fort war, duschte ich und machte mich anschließend auf den Weg zu Marias Haus, auf dem Fahrrad durch die trockene Graslandschaft, vorbei an Pinienbäumen und dem glitzernden Mittelmeer. Emmanuels Arbeit an Marisal neigte sich dem Ende zu, und mir gingen die Aufgaben für ihn aus, also würden schon bald wieder nur ich und das Haus übrig sein. Und was dann? Eine Rückkehr nach Surrey? Auf dem Fahrrad ließ ich mir meine Optionen durch den Kopf gehen. Im Moment fühlte sich das hier richtig an. Ich tat, was James von mir gewollt hatte; ich hatte wieder mit dem Schreiben angefangen und neue Freunde gefunden, eine Familie entdeckt, von deren Existenz ich nichts geahnt hatte, und wieder zu leben begonnen. Nach Surrey zurückzukehren wäre ein Schritt in die falsche Richtung. Und ohne Emmanuel oder Allan in meiner Nähe würde ich vielleicht gezwungen sein, sicherer auf eigenen Beinen zu stehen. Im Gegensatz zu meinem ursprünglichen Denken hatte ich allerdings gelernt, dass ich nie wirklich allein war, nicht mehr.

»Ich finde es schade, dass er abgereist ist«, sagte Maria, als wir begannen, einen Zitronenkuchen für den Geburtstag ihres Enkels zu backen.

»Ich weiß, aber er wird bald wieder da sein.«

»Das ist gut, ich möchte ihn besser kennenlernen.«

Ich nickte. »Das möchte er auch.«

Ich zeigte ihr, wie man einen klassischen Lemon Drizzle Cake macht.

»Na, also damit können die Engländer prahlen – viel besser als diese Muffins mit Marmelade und Sahne.«

Ich lachte. »Das sind Scones.«

»*Ai carai*. Diese Dinger. Wie kleine Brotkugeln mit Marmelade.«

Ich schnaubte. »Wohl kaum! Hast du jemals welche gegessen?«

»*Ai*, nein«, gab sie zu.

Ich betrachtete sie. »Dann mach sie nicht runter.«

Sie lächelte. »Okay.«

»Maria«, fragte ich, während ich an den mit Dampf beschlagenen Fenstern vorbei über die schlafende Katze stieg, die immer vor der Wärmeschublade lag, »wie war meine Gran, als sie noch klein war?«

»Alba?« Maria wischte sich die Hände an der Schürze ab. »Sie war ein großer Spaßvogel. Sie hat uns immer Streiche gespielt.«

»Gran? Wirklich? Was denn zum Beispiel?«

»Also«, begann sie und lachte bei der Erinnerung. »Einmal ist sie nach Hause gekommen, und sie erzählte meinem Vater, sie hätte all ihr Geld für einen seltenen, reinrassigen Hund ausgegeben, einen Border Collie. Er war wirklich sauer, weil es das ganze Geld war, das sie gespart hatte. Aber sie sagte, es sei egal – sie hätte dieses erstklassige Tier haben müssen und wir müssten ihn unbedingt mit eigenen Augen sehen, um zu verstehen. Also gingen wir nach draußen, wo wir sahen, dass sie einem der Schweine eine Perücke aufgesetzt hatte!«

Ich lachte. »Echt?«

»Ja. Sie hat ständig solche Sachen gemacht.«

Diese Vorstellung gefiel mir, diese jüngere, sorglosere Version der ernsten Frau, die ich gekannt hatte.

Als läse Maria meine Gedanken, hörte sie auf zu lachen und fügte hinzu: »Nichts verändert einen Menschen mehr als eine Tragödie, und sie durchlebte im Krieg so einige.«

Ich dachte an die Tragödien in meinem eigenen Leben – Alba zu verlieren, meinen Vater und James. Der Wahrheitsgehalt ihrer Worte ließ sich nicht leugnen.

43

Formentera, 1718

»Ich finde, Benito und ich sollten heiraten«, erklärte Esperanza Cesca, als die beiden ein paar Tage später auf dem Bett ihrer Mutter saßen. Cesca hatte ihrer Mutter die Haare gebürstet, doch bei Esperanzas Worten fiel ihr die Bürste aus der Hand und polterte zu Boden. Sie wechselte einen überraschten Blick mit ihrer Mutter.

»Was?«

Esperanza nickte. Ihre Augen glänzten, und sie konnte das überschäumende Glücksgefühl, das die Vorstellung ihr bereitete, nicht für sich behalten – und auch nicht, wie lieb er ihr war. Sie biss sich auf die Lippe. »Es ergibt Sinn. Ich meine, er *wohnt* hier, die Leute werden Fragen stellen ... Riba hat bereits wissen wollen, ob wir wie geplant bald nach dir und Señor Garcia heiraten werden, und na ja, in Anbetracht der Dinge ... in Anbetracht von Don Santiago, nun, vielleicht wäre es das Beste. Außerdem ist er ein wunderbarer Mann, so gut und lieb. Ich wäre wirklich gern seine Frau und ... na ja ... ich glaube, es wäre gut für uns beide.«

Cesca blinzelte. *Esperanza, die Benito heiratete?*

Bei dem Gedanken stockte ihr das Herz.

»Ich ... ich weiß nicht recht, ob das so eine gute Idee ist«, stammelte sie.

»Warum nicht? Ich weiß, dass du ihn nicht magst. Ich

bin mir nicht sicher, was sich zwischen euch geändert hat – ich meine, ihr beide habt euch anfangs so gut verstanden, habt immer morgens geplaudert und gelacht, und jetzt, seitdem *Mare* krank geworden ist, ist es, als würdest du ihm die Schuld daran geben oder etwas in der Art …«

Cesca erbleichte. »Ich gebe ihm nicht die Schuld!«

Esperanza seufzte. »Na ja, vielleicht glaubst du, seine Anwesenheit hätte unsere Lage schwieriger gemacht – weil Leute nach ihm suchen und es die Belastung erhöht –, aber er kann nichts dafür. Er hat sogar angeboten zu gehen. Wir sind diejenigen, die ihn aufgenommen haben, es war unsere Entscheidung, und abgesehen davon ist er ein guter Mann, ein liebenswürdiger Mann.«

»Ich *weiß* das – daran liegt es nicht, Esperanza, daran liegt es überhaupt nicht.« Cesca öffnete den Mund und versuchte, die richtigen Worte zu finden. Doch das gelang ihr nicht. Gequält starrte sie ihre Schwester an, weil sie nicht die Wahrheit hinausschreien wollte: Esperanza konnte Benito nicht heiraten, weil *sie* ihn liebte.

Ihre Mutter berührte Esperanzas Hand. »Ich weiß nicht, meine Liebe … Ich bin mir nicht sicher, ob es eine gute Idee ist.«

»Warum nicht? Ich sollte schließlich Rafael heiraten – es wäre regelrecht konsequent.«

»Die Dinge müssen nicht immer konsequent sein, um zu funktionieren.«

»Du willst nicht, dass ich ihn heirate?«

»Ich will nur, dass du glücklich bist.«

Esperanza küsste ihre Mutter auf die Wange. »Das hier

würde mich glücklich machen, *Mare*. Ich weiß, dass wir arm wären, aber jetzt begreife ich, was du meintest, als du sagtest, mit dem richtigen Menschen wäre das kein Problem, und das wäre es nicht, überhaupt nicht. Ich meine, er hat kein Geld und auch keinen Beruf, aber es ist mir gleich. Ich möchte mit ihm zusammen sein.«

Bei den Worten ihrer Schwester wich sämtliche Farbe aus Cescas Gesicht.

»Und Benito – empfindet er genauso?«, fragte ihre Mutter, die Cesca ansah und ihre gequälte Miene bemerkte.

»Ich weiß es nicht. Er hat sich immer nur wie ein Gentleman verhalten. Aber *Mare*, wenn du tot bist, werden sich die Leute darüber wundern, dass er hier bei uns lebt … Es wäre nicht richtig. Vielleicht wäre dies wirklich die beste Lösung.«

Ihre Mutter sah sie an und drückte dann ihre Hand. »Ich verstehe, aber ich glaube, es könnte noch eine andere Lösung geben«, sagte sie und warf Cesca einen vielsagenden Blick zu.

Als Esperanza ging, wanderte der Blick ihrer Mutter zu Cesca. »Mein Kind. Es gibt da etwas, das du wissen solltest.«

Cesca legte die Stirn in Falten. »Worum handelt es sich?«

»Du weißt, dass dein Vater nie eine förmliche Übereinkunft bezüglich der Eheschließung mit Señor Garcia hatte, nicht wahr? Es war nur ein allgemeines Gespräch zwischen ihnen – dein Vater erteilte nie tatsächlich seine *Einwilligung*.«

»Was meinst du?«, fragte Cesca mit gerunzelter Stirn.

»Dein Vater sagte dem Arzt, als der um deine Hand anhielt, er werde darüber *nachdenken*. Er sagte ihm, es sei eine gute Partie, und dass es eine Ehre sei, aber er hatte seine Vorbehalte. Er fand, es wäre ungerecht, einer jungen Braut einen alten Mann aufzudrängen. Dein Vater hat dich sehr geliebt, und die beiden Männer waren gute Freunde, also war Señor Garcia deswegen natürlich nicht gekränkt. Er war einverstanden, deinem Vater Bedenkzeit zu gewähren.«

Cesca war verwirrt. Aufgrund der Art, wie alle anderen immer davon gesprochen hatten, dachte sie, es wäre eine längst entschiedene Sache. »Tja, er muss zu ihm gegangen sein und ihm gesagt haben, dass er zustimmte«, erwiderte sie zögerlich. »Denn wir sind seitdem verlobt.«

Ihre Mutter schüttelte den Kopf. »Nein, das ist er nicht. Er hatte nie die Gelegenheit. Noch in derselben Woche ist er damals gestorben.«

Cesca keuchte auf. »Was hat das zu bedeuten? Warum erzählst du mir das ausgerechnet jetzt?«

»Weil du verdient hast zu wissen, dass es dir niemand vorwerfen könnte, solltest du – aus welchem Grund auch immer – deine Verlobung lösen, da du nicht offiziell versprochen wurdest. Señor Garcia weiß das, und es kann ihm gegebenenfalls ins Gedächtnis gerufen werden.«

Cesca blinzelte ihre Mutter an. »Was sagst du da, *Mare*? Du willst nicht, dass wir heiraten?«

Ihre Mutter ergriff ihre Hand. »Nein, Cesca, ich möchte, dass du glücklich bist. Das ist alles, was ich damit sagen will. Und wenn du aus irgendeinem anderen Grund entscheidest, den Arzt nicht zu ehelichen, sollst du dir darüber im Klaren sein, dass es eine Entscheidung ist, die du reinen Gewissens treffen kannst.«

Cesca drückte die Hände ihrer Mutter. »Danke, dass du es mir erzählst, aber ich habe mich an die Vorstellung gewöhnt, ihn zu heiraten. Ich weiß nicht recht, ob ich« – sie schluckte – »ob ich jetzt zurücktreten könnte. Es ist schon so viel versprochen worden. Es wäre nicht richtig. Selbst wenn – selbst wenn ich zurücktreten wollen würde«, räumte sie ein.

Ihre Mutter berührte ihre Wange. »Meine Tochter, du bist immer so gut, aber beim Glücklichsein geht es nicht immer darum, ›gut‹ zu sein. Nimm beispielsweise deine Schwester.«

Verwirrt starrte Cesca ihre Mutter an. Ihr war noch nie gesagt worden, sie solle sich ein Beispiel an ihrer Schwester nehmen.

»Was meinst du?«

»Na ja, sagen wir einfach, manchmal dem eigenen Herzen zu folgen, ist etwas Bewundernswertes. Hab keine Angst, das Gleiche zu tun – bevor es zu spät ist.«

Tränen traten in Cescas Augen, aber sie nickte und küsste dann ihre Mutter auf die Wange.

Cesca würde Benito sagen müssen, dass er fortmusste. Es war die einzige richtige Lösung – sie ertrug die Vorstellung von ihm als Verlobtem ihrer Schwester nicht, und Esperanza hatte recht: Jeder würde anfangen, Fragen zu stellen, warum sie ihn nicht heiratete, obwohl er dort lebte.

Doch als sie im Garten auf ihn stieß, wo er auf einem Baumstumpf saß und aufs Meer hinaus starrte, fielen ihr nicht die richtigen Worte ein.

»Meine Schwester hat sich in dich verliebt – ich glaube, dass sie dich heiraten möchte«, platzte es aus ihr heraus.

Er drehte sich zu ihr um. Selbst im Schutz der Dunkelheit war das Blau seiner Augen zu erkennen.

Als er nichts sagte, spürte sie, wie Ärger in ihr hochstieg. »Hast du gehört, was ich gesagt habe?«

»Ich habe dich gehört.«

Seine Stimme war leise. Unwillkürlich trat sie näher heran.

»Sie möchte dich heiraten.«

Er stieß ein leises Seufzen aus.

»Du würdest mich also deiner Schwester überlassen, anstatt dich dem zu stellen, was dein Herz sagt?«

Cesca blinzelte. »Nein – das will ich damit nicht sagen.«

»Was dann?« Er stand auf und packte sie an der Schulter. »Was willst du mir sagen? Sag es einfach.«

»Vergiss es.« Sie wandte sich zum Gehen.

Er stieß ein wütendes Geräusch aus. »Schön, dann geh … lauf weg wie üblich.«

Sie machte auf dem Absatz kehrt. »Was soll das heißen?«

»Es heißt, dass deine Schwester wenigstens weiß, wann sie sich für ihre Wünsche einsetzen muss.«

Das ärgerte Cesca. Es hörte sich so sehr wie das an, was ihre Mutter gesagt hatte. »Oh, du bewunderst sie also?«

»Ja.«

»Na, dann *solltest* du sie vielleicht heiraten!«

»Das kann ich nicht.«

»Warum nicht – wenn du sie so sehr bewunderst?«

»Weil ich in *ihre Schwester* verliebt bin, und nenn mich altmodisch, aber ich glaube, das würde die Dinge viel schwieriger machen, als sie ohnehin schon sind.«

Cesca sog Luft ein und spürte, wir ihr Herz bei seinen Worten Freudensprünge machte. »Du liebst mich?«

»Ja«, sagte er und trat näher. »Ich glaube, ich liebe dich seit dem ersten Tag, an dem wir uns begegnet sind.«

Sie schluckte, blickte hoch in seine Augen. Sie war es leid, dagegen anzukämpfen, leid, sich elend zu fühlen. »Ich auch.«

Sie gab sich ganz seinem Kuss hin. Und wenn der Himmel einstürzte, wären sie zumindest zusammen.

Esperanza starrte das Paar an, das eng umschlungen im Mondschein stand, und spürte, wie etwas in ihrem Innern zerbrach.

Benito war der erste Mann, in den sie sich je verliebt hatte, der erste Mensch, der sie so zu mögen schien, wie sie war, und jetzt lag er in den Armen ihrer *Schwester.* Gab es nichts, was Cesca ihr nicht wegnahm? Noch nie im Leben war sie sich derart betrogen vorgekommen.

Sie verließ die *finca* und ging die ganze Nacht hindurch, bis endlich die Tränen kamen, und mit ihnen eine Entscheidung, die sie noch bereuen sollte.

44

Formentera, 1718

Das Unwetter war vom Meer herangezogen und die Fenster klapperten heftig, als Don Santiago die Tür öffnete. Draußen stand Esperanza und zitterte vor Kälte, einen grimmigen Ausdruck in den dunklen Augen.

Sie sah völlig durchfroren aus, ihr Haar hing in nassen Ranken den Rücken hinunter, und das Kleid klebte ihr am Leib.

»Du bist ja ganz durchfroren!«, rief er und trat vor, um ihre eiskalte Haut zu berühren. »Was machst du hier – ist alles in Ordnung?«

Sie schüttelte den Kopf.

»Komm mit«, sagte er, nahm sie am Arm und führte sie ins Haus, wo sie in der Diele stand und auf den kühlen Fliesenboden tropfte.

Er holte ihr ein Handtuch und rief nach einem der Dienstmädchen, einem jungen Ding, das angelaufen kam und die beiden dann mit riesigen Augen anstarrte, bis er sie anblaffte, sie solle Tee kochen und der Señorita etwas zum Anziehen suchen. »Geh schon!«, fuhr er sie an, und sie lief los, um zu tun, wie ihr geheißen war.

Er wickelte das Handtuch um Esperanzas Schultern, rieb damit ihre Haut ab und bemerkte, dass ihre Lippen blau waren. Ihre Zähne klapperten, während sie ihn anstarrte.

»Ich werde dich heiraten«, sagte sie.

Er blinzelte. »Was?«

Sie nickte. »Wenn du immer noch willst.«

Er starrte sie an und wagte kaum zu glauben, dass es wahr war. »Das will ich.«

45

Formentera, Gegenwart

Der Name Marisal stammte, wie ich erfuhr, vom Katalanischen für Meer und Salz. Die beiden Kräfte, die das Leben der Familie Alvarez auf diesem winzigen Streifen von einer Insel über so viele Jahre hinweg geprägt hatten.

Ich hatte viel darüber gegrübelt, seitdem Maria mir von den beiden Schwestern, Cesca und Esperanza, erzählt hatte. Ich dachte oft an die beiden, besonders jetzt.

»Cesca war also meine Ururururgroßmutter, so ungefähr …«, sagte ich. »Wegen ihr sind wir jetzt hier, weil sie und ihre Familie Benito bei sich aufnahmen, oder nicht?«

Sie sah mich an und legte dann die Stirn in Falten. »Cesca? Nein.«

»Was?«

»Nein, also deine Vorfahrin/Urahnin war nicht Cesca … das war Esperanza. Ich dachte, du wüsstest das?«

Ich sah sie an und stieß ein überraschtes Keuchen aus. »Aber ich habe gedacht …«

»Nein, du stammst von der anderen ab – von derjenigen, die beinahe alles ruinierte.«

Ich blinzelte.

Maria berührte meinen Arm. »Das Schlüsselwort hier ist *beinahe* – sie lernte aus dem, was sie tat. Sie lernte, ihr Leben wieder in die richtigen Bahnen zu lenken.«

Später erzählte sie mir, auf der Insel sei es Tradition, das Land an der Küste dem jüngsten Kind zu vererben und dann den Rest des Landes zwischen den anderen Kindern aufzuteilen. »Dieses Haus wäre also an deine Großmutter gefallen, nicht an unseren Bruder Stefan, doch wegen des Krieges ging ich fort und zog ein paar Jahre aufs spanische Festland«, sagte sie. »Also wusste ich nicht, was damit geschah, bis es zu spät war.«

»Du bist fortgegangen?« Das überraschte mich. Irgendwie hatte ich den Eindruck gewonnen, sie wäre geblieben.

»Nur bis zum Ende des Zweiten Weltkriegs.« Nach einer Pause sprach sie weiter. »Bei meiner Rückkehr war mein Bruder verstorben. Er hatte das Haus verkauft, um Spielschulden zu begleichen, dann starb er – ein Unfall, in den Salzpfannen, wo er arbeitete.

Ich heiratete meinen Ehemann Pedro, der auch von der Insel stammte, und wir zogen in das Haus seiner Familie zurück. Es war traurig, mein Haus in den Händen Fremder zu sehen, und ich versuchte, den Verkauf anzufechten – doch wir konnten die Eigentümerschaft nicht beweisen, es hatte nie eine Urkunde gegeben. Also mied ich das Haus viele Jahre lang und sah es noch nicht einmal an, weil es so viele Erinnerungen in mir weckte – an alles, was wir verloren hatten. Aber du weißt ja, wie es ist – manchmal konnte ich nicht anders, dann spazierte ich doch daran vorbei … wohl auf der Suche nach Geistern.« Maria seufzte.

Ich hatte ihr erzählt, warum James es mir gekauft hatte, und die Geschichte hatte sie tief berührt. »Er hört sich nach einem Mann an, dessen Bekanntschaft mir eine Ehre gewesen wäre.«

Als sie das sagte, standen uns beiden Tränen in den Augen.

Ich glaube, James hätte Maria ebenfalls gemocht.

»Ich bin froh, dass dein Mann dir die Villa gekauft hat, und dass sie nun ist, wo sie hingehört«, sagte sie und berührte meine Schulter. »Es freut mich, dass ich die Gelegenheit erhalten habe, dich kennenzulernen.«

»Würdest du sie dir gern ansehen kommen?«, fragte ich.

Ihre Augen verdüsterten sich traurig. Eine Zeit lang sagte sie nichts, doch dann nickte sie. »Ja, das würde ich sehr gern.«

In ihrem einfachen braunen Kleid, die Arme fest um sich geschlungen, dunkelgraue Locken ums Gesicht, war sie eine winzige Gestalt, als sie die Küche von Marisal betrat. Ihr Haar wurde von einem alten braunen Kopftuch bedeckt; ein paar alte Frauen auf der Insel trugen das Haar immer noch so.

Doch trotz ihrer kleinen Statur schien sie den Raum mit ihrer Präsenz ganz auszufüllen.

Ihre dunklen Augen schienen alles aufzusaugen. Ich hielt mich zurück. Schließlich wusste ich nur zu gut, dass man Menschen mit ihren Geistern allein lassen sollte.

Eine fleckige braune Hand fuhr über den weiß getünchten Stein. »Hier hing früher ein Bild.« Die Erinnerung entlockte ihr ein leises Lachen. »Eine einfältige

Zeichnung, die jemand von einer kleinen Ziege angefertigt hat.«

Sie trat weiter in die Küche und fuhr fort: »Hier, in der Mitte, stand früher ein großer Tisch.« Als ich hinsah und versuchte, es mir vorzustellen, erkannte ich auf dem Boden die Schrammspuren von den Stühlen.

»Und hier«, sagte sie und hob eine der losen Fliesenplatten hoch, »haben wir unsere Schätze aufbewahrt.«

Meine Augen wurden größer. »Schätze?«

»Einfache Dinge. Dinge, die wir dort als Kinder verstauten.«

Sie legte die Steinplatte zurück. »Jetzt ist das Versteck natürlich leer.«

Ohne etwas zu sagen, ließ ich mich einfach von ihr durch das restliche Haus führen. Nachdem ich nun schon eine Weile in der Villa wohnte, war es seltsam, von Maria darüber aufgeklärt zu werden. Beziehungsweise vielleicht auch wieder nicht so seltsam. Häuser bergen oft Geheimnisse, und alte Häuser haben viele Geschichten zu erzählen.

»Meine Eltern haben hier geschlafen«, sagte sie beim Betreten des Zimmers, das ich für mich hergerichtet hatte, das alte Bett mit den neuen Bettbezügen, die ich am Tag meiner Bekanntschaft mit Isla auf dem Markt gekauft hatte. »Sie hatten eines dieser großen Himmelbetten und diese harte Matratze, die es schon zu einer Tortur machte, nur darauf zu sitzen – doch ganz gleich, was meine Mutter sagte, mein Vater ließ sich nicht dazu überreden, sie zu ersetzen. Er sagte, sie helfe ihm dabei, den Tag früh zu beginnen – und auf *fincas* wie der unseren gab es kein Ausruhen.« Die Erinnerung zauberte ein Lächeln auf ihr Gesicht. »Er war ein fleißiger Arbeiter, mein *pare*.«

»Wie war es hier in deiner Kindheit?«, fragte ich.

»Oh, es war eine einfache, aber glückliche Zeit«, erwiderte sie bereitwillig. »Wir hatten wohl keine Ahnung von der Bedrohung, die über uns hing, also blicke ich vielleicht zärtlicher, honigfarbener zurück, als ich sollte.« Sie zuckte mit den Schultern.

Das war wohl nicht ungewöhnlich, und ich wusste, dass eine glückliche Kindheit etwas war, das man wertschätzen sollte.

»Wir hielten Hühner, Kühe, ein paar Ziegen. Sie versorgten uns mit Milch und Käse. Das Land ernährte uns. Ich bin mir nicht sicher, ob ich wusste, dass wir arm waren, so war es eben einfach, weißt du? Mein Vater war einer der letzten Alvarez-Männer, die für den Salzhandel arbeiteten – zu dem Zeitpunkt war es wirklich bereits ziemlich damit bergab gegangen. Die Bourbonen entwickelten nie ein großes Interesse am Salzhandel, nachdem sie ihn während des Erbfolgekriegs im achtzehnten Jahrhundert übernommen hatten, und die Nachfrage nach Salz war, wie du weißt, gegen Ende des Jahrhunderts dank der Erfindung von Konserven stark zurückgegangen.«

Ehrlich gesagt hatte ich das nicht gewusst, aber ich nickte trotzdem.

»Nach seinem Tod, da erlebten wir, was Armut war. Früher einmal wurde Formentera Fraueninsel genannt – es waren keine Männer mehr übrig. Diejenigen, die die

Kriege überlebten, zogen fort, um sich andernorts Arbeit zu suchen. Manche kehrten nie nach Hause zurück, andere kamen nur alle paar Monate nach Hause oder sogar nur einmal im Jahr. Sie fanden Arbeit in Amerika und sonst wo, wo auch immer es ging. Aber … damals, als meine Eltern hier lebten, war es unser Zuhause, und wir waren glücklich hier.«

»Und Alba – meine Großmutter?«

»O ja. Sie war sehr glücklich. Aber natürlich war sie immer ehrgeizig; sie wollte ein Leben voller Abenteuer. Sie war eine ausgezeichnete Künstlerin, hast du das gewusst?«

Ich nickte. Das wusste ich. Ich besaß immer noch ein paar ihrer Gemälde. Doch erst jetzt wusste ich, dass die Begabung in der Familie gelegen hatte.

»Warum ist sie nicht zurückgekehrt? Habt ihr euch gestritten? Lag es daran?«

»Die kurze Antwort lautet Ja. Die lange lautet, dass das Leben während des Franco-Regimes hart war. Leute wie wir wurden verfolgt. Es war eine sehr schwierige Zeit. Die Inquisition war lange vorbei, ja, aber als 1936 der Krieg ausbrach, erfolgte ein fast vollständiger Zusammenbruch der heimlichen jüdischen Gemeinde, die viele Jahre hier und auf Ibiza gelebt hatte. Viele, die kämpften, starben, und die Sozialisten landeten in Konzentrationslagern. Kurz nach Kriegsende begann der Zweite Weltkrieg, und deutsche Soldaten überschwemmten die Küste und hatten ein Augenmerk auf jüdische Anwohner. Wieder wurde es ratsam für Familien, zum Katholizismus überzutreten.

Alba hatte es als ledige Frau besonders schwer. Sie wurde von Nazisoldaten schikaniert …«

Ich keuchte auf. »Nazis! Aber das muss bedeuten, dass sie während des Zweiten Weltkriegs hier war!«

Maria nickte. »Das war sie, ja.«

»Aber sie hat mir erzählt, sie sei während des Bürgerkriegs fort, sei entflohen.«

Maria sah düster aus. »Ja, das hat sie dir erzählt, wohl um ihr Geheimnis, ihre Vergangenheit zu beschützen. Sie ist 1944 von hier weggegangen, als sie vierundzwanzig Jahre alt war. Schön, aber beschädigt, vielleicht irreparabel. Ich bin mir nicht sicher, was sie ihr antaten, ob sie sie vergewaltigten oder nicht. Ich kann nur hoffen, dass sie es nicht taten. Auch wenn man jemanden vergewaltigen kann, ohne je dem Körper Schaden zuzufügen.

Was ich weiß, ist, dass sie ausgiebig verhört wurde, dass sie in eine Zelle gesteckt und halb ausgehungert und geschlagen wurde, während sie versuchten, ihr ein Geständnis zu entlocken.

Weißt du, wir waren so lange heimlich Juden gewesen, dass es den Nazis, als sie dahinterkamen, besondere Freude bereitete zu versuchen, uns Geständnisse abzuringen. Sie legte jedoch kein Geständnis ab. Ich glaube, weil sie, als die Nazis mit ihr fertig waren, im Herzen entschieden hatte, dass sie keine Jüdin mehr war.

Als sie endlich freikam, fand sie heraus, dass sie jetzt auf einer Liste stand. Uns erreichten Gerüchte von weit her, was mit Menschen geschah, die auf solchen Listen standen. Schließlich war es eine kleine Insel, und sie hatten angefangen, hier ein Konzentrationslager zu bauen.«

Ich stieß ein Keuchen aus. »Hier, auf Formentera?«

Maria nickte. »Ja.« Nach einer kurzen Pause sprach sie weiter. »Sie ging bei Nacht, wurde durch das alte ibizenkische Piratennetzwerk in Sicherheit gebracht – sie halfen bei der Rettung etlicher Juden, glaube ich. Auf dem Schiff begegnete sie deinem Großvater. Ich kenne die Einzelheiten nicht, warum er sich an Bord befand oder was seine Rolle war. Allerdings weiß ich, dass er kein Jude war.«

Ich nahm auf dem Bett Platz. Innerlich zutiefst erschüttert. »Aber du hast gesagt, ihr beide hättet euch gestritten? Warum?«

»Als sie in England eintraf, entschied sie, dass sie nie wieder an ihre Vergangenheit erinnert werden wollte. Das einzige Problem bestand darin, dass ich ein lebendes, atmendes Mahnmal war.« In dem Moment fing Maria zu weinen an. »Und ich hatte sie im Stich gelassen. Hatte es nicht geschafft, meine kleine Schwester zu beschützen, denn zu der Zeit, als man sie zum Verhör abholte, war ich nicht hier.«

Ich hielt die alte Frau in den Armen. Ich wusste nicht, was ich sagen sollte. Mein Herz brach für sie entzwei, ebenso für meine Großmutter. Ich verstand, jetzt mehr denn je, warum sie nie über ihre Vergangenheit hatte reden wollen, darüber, was ihr zugestoßen war. Vielleicht verstand ich sogar, warum sie ihren Glauben aufgegeben hatte: Letztlich schien er ihr und ihrer Familie so viel abverlangt zu haben.

Doch eines wusste ich, und zwar, dass Maria sich nicht die Schuld daran geben durfte, was Alba zugestoßen war.

»Es ist nicht deine Schuld. Wenn du hier gewesen wärst, hätten sie dich nur auch mitgenommen. Du hättest es nicht verhindern können.«

Sie sah mich an, ihre Augen so gequält und traurig. »Vielleicht aber doch.«

46

Formentera, 1718

Esperanza betrat die *finca* mit der Absicht, ihre Sachen zu holen und dann zu gehen. Sie hatte vor, bis zu ihrer Hochzeit bei Riba zu wohnen. Doch ein Blick auf ihre Mutter, und sie rührte sich nicht vom Fleck.

Cesca erhob sich schnell und trat an ihre Seite. In ihren Augen waren Tränen. »Señor Garcia glaubt, dass es bald so weit ist«, flüsterte sie mit bebenden Lippen.

Tränen sammelten sich in Esperanzas Augen, doch sie wich zurück, als ihre Schwester ihre Hand ergreifen wollte.

Cesca blinzelte. »Spranza, was ist los?«

Esperanza schüttelte den Kopf und setzte sich dann zu ihrer Mutter. Sie hatten ihr ein Bett in der Ecke hergerichtet, da sie nicht mehr am Tisch sitzen konnte. Ihr Gesicht war blass, und sie war so zerbrechlich. In Esperanza regten sich Schuldgefühle, weil sie die ganze Nacht fort gewesen war, während ihre Mutter sich in diesem Zustand befand.

»Es tut mir so leid, *Mare!*«, rief sie und umklammerte ihre Hand.

Ihre Mutter schenkte ihr ein mattes Lächeln. »Weine nicht, meine Kleine. Und streite nicht mit deiner Schwester. Nicht jetzt. Ihr braucht einander.«

Esperanza küsste sie auf die Wange, antwortete jedoch nicht. Sie würde Cesca niemals verzeihen, nicht nach dem, was sie getan hatte – nicht nachdem Esperanza zu Cesca gekommen war, um ihr das Herz auszuschütten, und ihr erzählt hatte, was sie für Benito empfand, nur um dann mit anzusehen, wie ihre Schwester sich ihm kurze Zeit später an den Hals warf. Das konnte sie ihr niemals verzeihen.

Ihre Mutter starb kurz vor dem Morgengrauen, während Esperanza an ihrer Seite schlief. Das Schluchzen ihrer Schwester weckte sie.

Sie betrachtete das liebe Gesicht ihrer Mutter und küsste sie. Noch nie im Leben war sie sich derart allein vorgekommen.

Die Woche verging langsam, und Esperanza sagte kaum ein Wort zu Cesca. Am Tag nach der Beerdigung zog sie zu Riba, und kurz darauf erklärte sie Don Santiago, sie wolle heiraten, sobald er es einrichten könne. Sie wollte nicht warten, bis ihr Bruder eintraf und es verhindern konnte.

Don Santiago kam dem gern nach. Er vereinbarte, dass ein ortsansässiger Fischer sie nach Ibiza ruderte, und als er hörte, dass ihr Bruder noch auf hoher See war – der eine Mensch, der möglicherweise Einspruch erheben konnte –, entschied er ebenfalls, dass es eine gute Idee war, gleich zu heiraten. Hauptsächlich allerdings, weil er befürchtete, sie könnte es sich anders überlegen.

Noch am selben Nachmittag waren sie Mann und Frau.

Esperanza sagte ihm, sie werde später zu ihm ins Haus des Gouverneurs kommen, wo sie wohnen würden, bis sie andere Vorkehrungen treffen konnten, dass sie aber ihrer Schwester allein gegenübertreten würde, um sie von den Neuigkeiten in Kenntnis zu setzen. Don Santiago wollte mitkommen. »Ich kann dich das nicht allein machen lassen«, sagte er und berührte ihr Gesicht, woraufhin sie ihm ein dünnes Lächeln schenkte. »Das musst du aber – sie wird es nicht verstehen. Wir können später richtig mit ihnen darüber reden. Aber vorerst, glaube ich, ist dieser Weg der beste.«

»Wenn du meinst – ich werde auf dich warten.«

Sie nickte, zwang sich zu einem Lächeln und machte sich auf den Weg nach Hause, wobei ihr mit einem Stich klar wurde, dass es nicht länger *ihr* Zuhause war.

Doch die Neuigkeiten hatten sich schnell herumgesprochen, und als sie die *finca* erreichte, um Flea zu holen und ihre Sachen zu packen, hatte ihre Schwester längst von der Heirat gehört.

»Was hast du getan?«, wollte sie wissen, sobald Esperanza eingetreten war. Ihre Stimme war kalt, ihr Gesicht wutentbrannt. Sie saß mit Señor Garcia und Benito, dem das Entsetzen ebenfalls deutlich ins Gesicht geschrieben stand, in der Küche. Esperanza konnte ihn nicht ansehen. Es schmerzte sie zu sehr.

Cesca fuhr sie weiter an: »Ist es wahr?« Sie stand so schnell auf, dass der Küchenstuhl umfiel und auf den Fliesenboden krachte. »*Mares* Leiche ist noch nicht einmal kalt, und du begehst an uns allen Verrat, indem du einen Fremden heiratest – jemanden, der Fragen über uns alle, unsere geheime Gemeinde, stellen wird?«

Esperanzas Augenbrauen schossen in die Höhe. »Ich habe *euch* verraten? Es war nicht umgekehrt? Denn für mich hat es so ausgesehen, als hätte ich neulich abends meine Schwester in den Armen *meines* Verlobten ertappt!«

Cesca keuchte auf und sah rasch von Benito zu Señor Garcia, während ihr die Röte ins Gesicht schoss.

Señor Garcia errötete ebenfalls. Er sah Cesca an. »Stimmt das?«

»Ich …«

»Ja«, sagte Esperanza. »Sie hat uns beide hintergangen, die dreckige kleine …«

»Esperanza!«, gebot Benito ihr Einhalt.

»O ja, der Himmel bewahre, dass ich etwas gegen meine perfekte Schwester sage!« Sie wandte sich ab, um ihre Sachen aus ihrem Zimmer zu holen.

Cesca kam ihr nach, dicht gefolgt von Benito. »Dann geht es also darum – Rache?«

Esperanza starrte sie an, während sie ihre Sachen in einen Korb stopfte. Viel war es nicht.

»Nein.«

Cesca schüttelte den Kopf. »Das hoffe ich auch, um deinetwillen.«

»Warum – warum interessiert es dich, ob es so ist?«

»Weil du einzig und allein dir selbst wehtun wirst.«

Esperanza schüttelte den Kopf. »Tu jetzt nicht so, als würde dir etwas an mir liegen.«

Cesca verschränkte die Arme. »Nachdem du uns alle in Gefahr gebracht hast, indem du Don Santiago geheiratet hast – nein, ich werde nicht so tun, als würde mir noch an dir liegen.«

»Nun, wenigstens bist du ehrlich. Ich weiß, dass die Wahrheit ein unvertrautes Konzept für dich ist, nachdem du deine kleine Affäre so lang geheim gehalten hast. Also jedenfalls danke dafür!« Mit diesen Worten wandte sie sich ab und ging.

Als sie an dem Abend bei Don Santiago eintraf, bat er sie herein und küsste sie, als sie ins Haus trat, Flea an ihrer Seite. Etwas überrascht beäugte er den Hund. »Du hast dieses Kerlchen mitgebracht, ja?«

Sie nickte. »Ich hoffe, das geht in Ordnung?«

Er lächelte sie an und berührte ihre Wange. »Natürlich.«

Dann rief er nach seinem Dienstmädchen, derselben jungen Frau wie zuvor. »Daniella, bitte bring diesen Hund in die Küche, richte ihm ein Bett – er ist das besondere Haustier der Señora.«

Daniella blinzelte und sah dann Esperanza an. Die beiden hatten sich schon oft auf der Insel gesehen, waren nicht weit voneinander aufgewachsen, und Esperanza war entsetzt, als Daniella jetzt einen Knicks machte.

»Oh, und Daniella, bitte lass ein Bad ein und bring unser Abendessen ins Schlafgemach. Meine Braut und ich, wir werden heute Abend zu Hause speisen.«

Daniella nickte und eilte davon. Esperanza sah ihr nach und spürte, wie ihr die Röte in die Wangen stieg. Sie sah Don Santiago an, der einen Arm um sie legte und sie zum Schlafzimmer führte. Cescas Worte schwirrten ihr durch den Kopf, die Hoffnung ihrer Schwester, sie habe nicht nur aus Rache gehandelt.

Sie biss sich auf die Lippe, und ihr traten Tränen in die Augen. Jetzt gab es kein Zurück mehr.

47

Formentera, Gegenwart

»Noch ein Mal schlafen«, simste Sage, und ich grinste, während ich im Bett lag und das Handy anstarrte. Ich konnte es kaum erwarten, sie wiederzusehen. Sie war nicht die Einzige, die die Tage zählte.

»Wenn sie nur endlich das Haus sieht!«, erklärte ich James' Asche, als ich anfing, die Küche zu putzen und eine Liste sämtlicher Dinge zu erstellen, die ich vor ihrer Ankunft brauchen würde.

Im Gästezimmer war frisches Bettzeug und eine Vase mit Wiesenblumen, und ich hatte eine von Islas schönen Meereslandschaften an die Wand gehängt.

Sage würde zwei ganze Wochen lang hier sein, eine richtige Pause nach einem sehr langen Jahr.

Ich hielt es kaum noch aus, bis sie endlich da war.

Am Nachmittag fuhr ich zu einem örtlichen Juwelier, um etwas abzuholen, das ich in Auftrag gegeben hatte. Etwas für Sage. Mein Finger berührte meinen bloßen Daumen.

Auf dem Rückweg fuhr ich durch das trockene Gras, um Maria zu besuchen. Wir saßen draußen im Sonnenschein, und sie erzählte mir mehr von Esperanza. Ich konnte es immer noch nicht glauben, dass sie diejenige war, von der wir abstammten – ich konnte nicht anders, ein kleiner Teil von mir war ein wenig enttäuscht gewesen, das zu hören. Maria hatte gelacht, als ich es ihr gesagt hatte. »Die Dinge sehen vor dem Morgengrauen immer am dunkelsten aus, das weißt du doch – und für Esperanza gab es eine sehr lange Nacht vor dem Morgengrauen.«

48

Formentera, 1718

Esperanza hatte alles, was sie sich einst gewünscht hatte. Ein herrschaftliches Haus, Dienstboten und einen Ehemann, der Teil einer Welt war, von der sie immer nur geträumt hatte. Das einzige Problem bestand darin, dass sie unglücklicher war als je zuvor in ihrem ganzen Leben.

Don Santiago wollte unbedingt, dass sie nach Barcelona übersiedelten, damit er seiner Familie seine neue Frau präsentieren konnte.

Das Haus, in dem er logierte, war kein Zuhause, und er fand, da sie nun verheiratet waren, war es an der Zeit, dass er zu seinem alten Leben zurückkehrte.

Da ihre Mutter tot und die Lage zwischen ihr und Cesca mehr als angespannt war, schien kein Grund zu bestehen, weshalb sie auf der Insel bleiben wollen würde.

Doch zum ersten Mal im Leben begriff sie die Gefahr, in der sie schwebte. Besonders als er begann, Fragen zu stellen – Fragen, die er ihr zuvor noch nicht gestellt hatte.

»Deine Familie – stammt sie ursprünglich aus Ibiza?«, hatte er sich eines Morgens erkundigt.

»Ich … ja.«

»Woher?«

Sie nannte das Dorf, in dem ihr Cousin gelebt hatte.

Er sah sie merkwürdig an. »Wirklich?«

»Ja, warum?«

»Es ist bloß, dass die Gegend eine der alten jüdischen Siedlungen war.«

Entsetzt blinzelte sie. Er lächelte. »Das war vor langer Zeit – ich meine, mittlerweile sind sie alle fort.«

Sie nickte. »Ja, natürlich. Meine Familie kam auch aus der Hauptstadt – und dann sind sie hierhergekommen, um im Salzhandel zu arbeiten.«

Andere Dinge gab es auch – Dinge, an die sie nicht dachte. Wie ihre Angewohnheit, am Freitagabend stets eine Kerze anzuzünden.

»Du weißt, dass du das jede Woche tust?«, fragte er. »Am gleichen Abend.«

Als sie sich umdrehte, erblickte sie ihn im Türrahmen. »Ich … ähm.«

»Woran liegt das?« Er sah neugierig aus.

»Für meine Mutter. Ich zünde sie für sie an.«

»Jeden Freitag? Warum nicht am Sonntag?«

»Ich weiß auch nicht. Ich kann es sonntags tun, wenn dir das lieber ist?«

Er schüttelte den Kopf. »Nein, ist schon gut – egal. Es ist dein Zuhause. Wenn du das tun willst, habe ich nichts dagegen.«

Sie biss sich auf die Lippe, als er das Zimmer verließ. Es war ein Brauch, seit Jahrhunderten weitergegeben, und ihr war nicht in den Sinn gekommen, warum sie es tat, bis er sie danach fragte. Erst da wurde ihr klar, dass es etwas war, das sie von den anderen unterschied und dazu führen konnte, dass er ihren Hintergrund, ihren Glauben infrage stellte.

Wie viele andere ihrer kulturellen Praktiken entstammten

ihrem geheimen Glauben? Dinge, durch die sie sich möglicherweise von ihren Mitmenschen absetzte, ohne dass es ihr auch nur auffiel? Aus diesem Grund heirateten sie ihre eigenen Leute – wegen dieser Dinge, die verkündeten, wer sie waren, ohne dass sie sich dessen auch nur bewusst waren.

Don Santiago nahm Rücksicht auf die Gefühle seiner Frau, als sie ihn bat, ihre Abreise nach Barcelona zu verschieben, obwohl er die Insel unbedingt verlassen wollte. Er liebte seine Frau, und wenn sie vorerst bleiben wollte, würde er sich fügen.

Sie hatte ihm gesagt, sie wünschte sich etwas Zeit nur für sie beide, damit sie sich besser kennenlernen konnten, während er seinen Bericht über den Salzhandel fertigstellte, und er hatte eingewilligt. »Wenn wir erst einmal in Barcelona sind, werde ich dich natürlich mit all den anderen Ehefrauen teilen müssen, das ist wahr«, hatte er gesagt.

»Vielleicht könnten wir diese Zeit als kleines Geschenk an uns beide betrachten …«, schlug sie vor. Er schien die Idee charmant zu finden, und sie hatte einen Seufzer der Erleichterung ausgestoßen.

»Du warst Rafael Alvarez versprochen?«, wollte Don Santiago eine Woche nach ihrer Hochzeit wissen.

Sie blickte von den Wiesenblumen auf, die sie gerade im Esszimmer arrangierte, und spürte, wie sich ihr Magen in jäher Angst zusammenzog. Da war etwas in seinen Augen, etwas Dunkles und Abschreckendes.

»Ja.« Sie bemühte sich um einen beiläufigen Tonfall. »Ich dachte, das hättest du gewusst.«

Er zog die Stirn in Falten. »Mir war nicht klar, dass es der Mann war, der bei euch zu Hause wohnt. Aber du hast entschieden, die Verlobung zu lösen – warum?«, bohrte er nach und packte sie am Arm.

Sie schluckte. »Wegen dir.«

Er blinzelte. Sie erkannte den kurz aufflackernden Hoffnungsschimmer, den ihre Worte hervorriefen, und kam sich schäbig vor.

»Wegen mir«, wiederholte er.

Sie nickte. »Wegen dem, was zwischen uns war.«

»Also hast du mit ihm gebrochen.«

Seine Finger gruben sich regelrecht in ihr Fleisch, hielten ihren Arm wie in einem Schraubstock. Später würde sich dort ein Bluterguss bilden. Gleich unterhalb der Oberfläche seiner Augen glomm Wut.

Sie biss sich auf die Unterlippe, und ihr wurde in dem Moment klar, dass sie lügen musste. »Es war eine beiderseitige Entscheidung.«

Er starrte sie an, dann schien sich sein Gesicht auf einmal zu entspannen. Es war die Antwort, nach der er suchte, erkannte sie. »Gut«, sagte er einfach. Seine Augen nahmen einen freundlicheren Ausdruck an. Ihre Knie wurden weich.

Sie hätte wissen sollen, dass sich die Neuigkeiten über »Rafael« und ihre Schwester herumsprechen würden – besonders nachdem sie die beiden vor Señor Garcia zur Rede gestellt hatte. Allerdings hatte sie nicht die Konsequenzen bedacht, die dies für sie haben würde – dass Don

Santiago würde wissen wollen, warum ihre Verlobung nicht gehalten hatte, und dass er sich fragen würde, ob sie zu ihm geflohen war, weil Rafael sich in ihre Schwester verliebt hatte.

Doch er schien mit ihrer Antwort zufrieden zu sein – sogar erfreut darüber. »Es hat sich eigentlich ganz gut ergeben, dass sie sich ineinander verliebt haben«, sagte er an dem Abend, als er ihr ein Glas Wein reichte, während sie draußen im Garten saßen. Sie rollte gerade einen Ball zu Flea, der ihn ihr in der Schnauze zurückbrachte. »Wenn nicht, hätten wir nie heiraten können. Wir sollten sie zum Abendessen zu uns einladen, ihren Bund feiern, meinst du nicht?«

Esperanza schüttelte den Kopf. »Lieber nicht, wenn es dir nichts ausmacht. Meine Schwester und ich haben uns zerstritten.«

»Warum?«

»Wir haben uns ohnehin nicht immer verstanden, und nach dem Tod meiner Mutter schien es keinen Sinn mehr zu haben, den Schein zu wahren.«

Er runzelte die Stirn, als er einen Schluck Wein trank, ließ das Thema jedoch auf sich beruhen.

Antoni kehrte im Herbst nach Hause zurück, müde, mit lang gewachsenen Haaren. Er war am Boden zerstört über die Nachricht vom Ableben seiner Mutter. »Ich hätte hier sein sollen«, sagte er und umarmte Cesca fest.

»Es gab nichts, das du hättest tun können.«

Er nahm am Tisch Platz, gegenüber von Benito. Ihm war aufgefallen, wie der Mann in der Nähe seiner Schwester verweilte, die Art, wie sie sich ansahen. Die Nachricht von ihrer Beziehung war ihm entgegengeschlagen, sobald er das Boot verlassen hatte. »In meiner Abwesenheit hat sich viel verändert«, stellte er fest.

Benito nickte. »Das tut mir leid – du hast mich in dein Zuhause eingeladen, ich hätte dich um deine Erlaubnis bitten sollen.«

»Ja«, erwiderte Antoni, der ein Mann starker Überzeugungen und Prinzipien war; er war nicht umsonst zu einem der jüngsten Kapitäne des Salzhandels ernannt worden. »Aber jetzt ist es geschehen.« Nach einer Pause fuhr er fort. »Und Señor Garcia – was hatte er dazu zu sagen?«

Cesca seufzte. »Es war nicht leicht. Anfangs wollte er nicht mit uns reden, aber die Wahrheit lautet, dass wir einander eigentlich nie versprochen waren.«

»Was?«, fragte Antoni schockiert. »Natürlich wart ihr das – seit deiner Jugend!«

»Nein. *Mare* hat mir erzählt, Señor Garcia habe *Pare* zwar gefragt, der habe aber nie verbindlich zugestimmt. Er starb, bevor er dem Arzt sein Wort gab, und danach gingen wir alle nur einfach davon aus, er hätte es getan.«

Antoni stand die Verblüffung ins Gesicht geschrieben. »Also hast du ihm gesagt, dass du und Ben… Rafael, dass ihr heiraten würdet?«

Sie nickte. »Er sagte, er sei enttäuscht, aber dass er uns nicht im Weg stehen werde.«

Antoni schüttelte den Kopf.

»Das ist allerdings noch unsere geringste Sorge, Bruder«, fügte Cesca hinzu.

»Was meinst du?«, fragte er und sah überrascht aus.

»Deine andere Schwester ist diejenige, um die wir uns Sorgen machen müssen.«

Er blinzelte. »Esperanza? Warum?«

Cesca sah Benito an. Wie war es möglich, dass es ihm noch nicht zu Ohren gekommen war? »Sie ist verheiratet.«

Antoni fuhr von seinem Stuhl auf. »Was soll das heißen, verheiratet?«

»Sie hat Don Santiago geheiratet – vor einer Woche.«

»Don Santiago?«, wiederholte Antoni verwirrt.

Cesca nickte. »Der Fremde«, erklärte sie, »derjenige aus Barcelona, bei dem alle in Sorge waren, er könnte aus anderen als den von ihm angeführten Gründen – um die Pflanzenwelt der Salztonebenen zu erforschen – hier sein.«

Antoni erbleichte. »Der, von dem die Leute glauben, er arbeite vielleicht für das Heilige Offizium? Sie hat ihn geheiratet? Wie ist das überhaupt möglich?«

»Die Zeremonie fand auf Ibiza statt, vor einer Woche. Anscheinend hat er einen Priester bezahlt.«

Es war unvorstellbar. »Warum – warum die Eile? Und warum sollte sie ihn heiraten, sind sie ineinander verliebt?«

Cesca und Benito tauschten einen Blick. »Er schon, glaube ich.«

»Und Esperanza?« Antoni fuhr sich gequält mit einer Hand durchs Haar. »Nein, sag es nicht – schließlich geht es hier um unsere kleine Schwester. Sie hat sich von der Aussicht auf ein prächtiges Leben beeinflussen lassen, von den Versprechen eines wohlhabenden Ehemannes. Kein Wunder, dass sie eingewilligt hat, gleich zu heiraten – sie wusste, dass ich komme, und wollte sichergehen, dass ich dem keinen Riegel vorschob. Können wir die Ehe annullieren lassen?«

»Ich glaube nicht. Sie leben bereits als Mann und Frau zusammen.«

Antoni erbleichte.

Benito nickte. »Ribas Ehemann, Francisco, hat uns erzählt, Don Santiago habe gestanden, er sei ein Forscher – von der Krone bezahlt, um Beobachtungen anzustellen. Er ist hier um zu helfen, den Salzhandel zu modernisieren … aber … ein solcher Mann …«

Cesca nickte. »Würde es bemerken, wenn die Dinge nicht zusammenpassen.«

»Gab es denn nichts, was du hättest sagen können? Sie hat doch immer auf dich gehört«, wandte er sich an Cesca.

Cescas Augen füllten sich mit Tränen. »Nicht mehr – nicht nach dem, was wir getan haben.«

»Was meinst du?«

Also erzählte Cesca es ihm, davon, wie Esperanza sich in Benito verliebt hatte, wie sie zu ihr und ihrer Mutter gekommen war, um zu erzählen, sie fände, sie und Benito sollten heiraten. Dass es all ihre Probleme lösen würde.

»Aber ich – wir …«, setzte Cesca an.

»Ihr wart bereits ineinander verliebt«, riet Antoni. »Ich verstehe. Und daraufhin tat sie die eine Sache, die uns allen schaden könnte.«

Sie nickte, und Tränen strömten ihre Wangen hinunter. »Ja.«

Don Santiago las seiner neuen Gattin laut den Brief seiner Schwester Florentina aus Barcelona vor. »Sie schreibt, sie fasse es nicht, dass ich verheiratet bin – sie habe mich stets für einen eingefleischten Junggesellen gehalten.«

Esperanza nippte an ihrem Tee und lächelte ihm nachsichtig zu.

»Aber sie hat andere Neuigkeiten – anscheinend wurden zwei mallorquinische Gefangene nicht weit von dieser Küste von Piraten entführt, zwei Brüder namens Nuñez. Sie fragt, ob wir etwas davon wüssten?«

Esperanza verschluckte sich an ihrem Tee, während er weiter aus dem Brief vorlas. »Sie schreibt, ein Abbild von einem der Brüder sei im Umlauf – ein Mann mit blauen Augen, Benito. Anscheinend ist der andere tot aufgefunden worden.«

Don Santiago sah Esperanza an. »Weißt du, davon habe ich vor einer Weile von Francisco, dem Mann deiner Freundin Riba, gehört – es ist nicht zu fassen, dass diese Geschichte bereits Barcelona erreicht hat. Es muss wegen der Piraten sein, spannende Neuigkeiten«, sagte er. »Nun, Francisco sagte, die Beamten seien sogar so weit gegangen, deinen Bruder zu befragen, als Kapitän der *Invictus*, um zu sehen, ob er etwas weiß. Anscheinend war das Schiff, das beschrieben wurde, seinem ganz ähnlich, kannst du dir das vorstellen?«

Esperanza saß stumm da, wie vom Donner gerührt. Als er sie ansah, wurde seine Miene milde. »Ich würde mir an deiner Stelle keine Sorgen machen. Wie ich gehört habe, hat er sie alle wie Narren aussehen lassen …«

Don Santiago stieß zufällig auf die in einer Kommodenschublade versteckten Skizzen. Es geschah an einem kalten Abend, als er nach einem Schultertuch für Esperanza suchte, während sie im Garten saß und aufs Meer hinausstarrte, Flea zu ihren Füßen.

»Du frierst ja. Ich gehe dir ein Tuch holen. Bleib sitzen, entspann dich.«

»Danke«, sagte sie, und er ging ins Schlafzimmer und öffnete auf der Suche nach ihrem Umhang die Schubladen. Seine Finger verharrten, als sie an etwas Hartes stießen. Es war eine in Leder gebundene Mappe voller Skizzen.

Überrascht öffnete er sie und hielt inne, ein Lächeln im Gesicht. Zwar hatte sie ihre Malerei zuvor erwähnt, doch zu Gesicht bekommen hatte er nie etwas. Er blätterte durch die Seiten. Es gab Skizzen von Flea, ihrem alten Haus, gewöhnlichen Dingen – dann stockte er auf einmal und zog die Stirn kraus. Eine Skizze nach der anderen zeigte immer wieder das gleiche Gesicht. Es gab Dutzende von dem Mann. Von ihrem ehemaligen Verlobten Rafael. Don Santiagos Hand ballte sich zur Faust, als er sah, dass eine erst kürzlich datiert war – sie hatte sie gezeichnet, als sie bereits mit ihm verheiratet war! Unten an jeder Zeichnung befanden sich zusammen mit dem Datum die Initialen B. N. Die Wahrheit traf ihn wie ein Donnerschlag. Sie hatte ihn geliebt.

Er stopfte die Skizzen in die Schublade zurück und verließ wortlos das Haus.

Während er durch die Nacht spazierte, dachte er an die Zeit zurück, als er sich in Esperanza verliebt hatte, als sie so leidenschaftlich über ihre gemeinsame Liebe zu Kunst und Büchern gesprochen hatten. Ihm fiel wieder ein, dass Riba das merkwürdig veränderte Aussehen ihres Cousins erwähnt hatte. Und dass Rafael hergebracht worden war, um sich von einer Krankheit zu erholen. Zum ersten Mal kam ihm in den Sinn, wie seltsam das war.

Warum wurde er hierhergebracht, obwohl es auf Ibiza viel mehr Ärzte gab? Warum eine solche Fahrt unternehmen, wenn man krank war, dem Tode nahe, warum auf die Pflege einer jungen Krankenschwester vertrauen? Ihm war zuvor nicht eingefallen, die Geschichte infrage zu stellen, aber aufgrund der Zweifel, die in seinem Kopf herumschwirrten, und der Gerüchte über ein Schiff, das der *Invictus* stark ähnelte und an der Kaperung beteiligt gewesen war – das Schiff, dem Esperanzas Bruder als Kapitän vorstand –, geriet er nun geradezu zwangsläufig ins Grübeln.

Er las den Brief seiner Schwester noch einmal. Die Namen der entflohenen Männer. Die Brüder Nuñez. Paulo und Benito Nuñez … Paulo war tot aufgefunden worden.

Bei seiner Rückkehr schlief Esperanza bereits. Langsam zog er die Schublade auf, um nochmals die Skizzenbücher seiner Frau durchzusehen, das kleine B. N. auf jeder der Zeichnungen, die sie von ihm angefertigt hatte. War dies möglich?

Als Esperanza aufwachte, lagen ihre Skizzen eine neben der anderen über den ganzen Schlafzimmerboden verteilt. Ein Dutzend oder mehr Abbilder von Benitos

Gesicht starrte ihr entgegen. Sie setzte sich rasch auf, während ihr das Herz in der Brust wie wild hämmerte.

»Liebst du ihn?«

Sie schloss die Augen.

Er sog scharf die Luft ein.

Sie konnte es nicht leugnen.

»Sag es!«

Sie nickte leicht und er stieß einen kehligen Schrei aus.

»Liebt er dich?«

Sie schüttelte den Kopf.

Mit einem Seufzen sackte er gegen die Wand. »Deshalb hast du mich also geheiratet – weil er dich nicht wollte?« Die Erkenntnis traf ihn wie ein heftiger Schlag.

Sie biss sich auf die Lippe. »Das ist nicht der einzige Grund.«

Daraufhin verzerrte sich sein Gesicht. »Tu nicht so, als hättest du dich nach mir verzehrt.«

»Das habe ich – das tue ich.«

»Aber nicht wie nach ihm«, sagte er und hatte das Gefühl, einen weiteren Hieb versetzt zu bekommen, als sie nickte.

»Er ist nicht dein Cousin, nicht wahr?«

In jäher Angst blickte sie auf. »Natürlich ist er das.«

Seine Lippen wurden schmal. »Riba hat an dem Abend bei dem Essen bei ihnen zu Hause gesagt … sie hat seine Augen erwähnt.«

Er faltete ein Flugblatt auf. »Du weißt ja, dass das hier überall auf den Balearen im Umlauf ist – es ist das Abbild eines Mannes, der genau wie er aussieht. Ich bin heute

Morgen losgegangen, um eines von den Docks zu holen. Hier steht es. Strahlend blaue Augen. Dunkles Haar. Benito Nuñez. Ja, es heißt, er sei von einem Schiff aufgegriffen worden, das genau wie das deines Bruders aussieht ... ich glaube, es hat nicht nur wie sein Schiff *ausgesehen*, wenn ich es mir recht überlege.«

Esperanza erbleichte. »Das stimmt nicht.«

»Oh, aber ich denke schon. Ich glaube, du hast mich die ganze Zeit über belogen. Das habt ihr alle, und ich lasse mir das nicht länger bieten.«

Da war etwas an der Art, wie er es sagte. Etwas Endgültiges. Etwas, das ihr das Blut in den Adern gefrieren ließ. »Was hast du getan?«, fragte sie.

Er zuckte mit den Schultern. »Das Richtige.«

Esperanza stand auf. Er sah sie kalt an. »Wohin, glaubst du, gehst du?«

Sie holte tief Luft. »Weg – du denkst nicht klar.«

In seinen Augen loderte Feuer. »Weglaufen, um deinen Geliebten zu warnen, ist es das? Wohl kaum«, sagte er mit gefletschten Zähnen, während er sie unsanft aufs Bett zurückstieß. »Nein, ich denke, du wirst hierbleiben, bis der Brief dem Gouverneur zugestellt worden ist – bis er herkommt und deine Familie verhaftet für ihre ...«

»Nein!«, rief sie und lief zur Tür. Er packte sie am Arm und riss sie zurück, sodass sie hinfiel, doch sie rappelte sich wieder auf, kämpfte und versuchte, sich loszureißen, um aus dem Zimmer zu gelangen. Er schlug sie fest ins Gesicht. Sie flog nach hinten und stieß sich den Kopf an der Wand. Keuchend glitt sie nach unten und krümmte sich vor Schmerzen.

»Ich will dir nicht wehtun«, sagte er, »also schlage ich vor, du hörst auf, gegen mich anzukämpfen.«

Esperanza versuchte zu atmen, doch ihr Brustkorb schmerzte, und sie sah nur Sterne vor Augen. Sie sank ganz zu Boden, wo sie die Pistole erspähte, die Don Santiago unter dem Bett aufbewahrte. Sie versuchte, danach zu greifen, doch er erkannte, was sie vorhatte, und packte sie am Knöchel. Ihre Hände scharrten auf dem Boden, und sie trat um sich und streckte immer weiter die Hände nach der Pistole aus, bis sie sie endlich umklammert hielt.

»Du wirst nicht auf mich schießen«, sagte er.

»Du bedrohst meine Familie, Santiago, du weißt nicht, wozu ich fähig bin.«

»Du hast gesagt, dir liegt nichts an ihnen.«

»Ja, nun, ich habe gelogen.«

Lautes Gebell erhob sich. Flea hatte ihre Schreie gehört und versuchte, ins Zimmer zu gelangen. Don Santiago öffnete die Tür, und der Hund stürzte sich direkt auf sein Bein. Vor Schmerz brüllte Don Santiago auf und schleuderte Flea gegen die Wand, sodass dieser aufjaulte. Esperanza stürzte sich auf ihren Mann, der versuchte, sie abzuwehren, doch auf einmal ging die Pistole mit einem ohrenbetäubenden Knall los.

Esperanza taumelte rückwärts, fiel mit einem dumpfen Schlag auf den Rücken, pochende Schmerzen im Schädel. Aus der Ferne, wie durch einen Tunnel, hörte sie Gebell, und auf ihrer Brust lastete ein schweres Gewicht. Sie konnte nicht atmen, und um sie her quoll Blut wie roter Wein hervor. Don Santiago lag auf ihr, seine haselnussbraunen Augen starrten ins Leere. Sie stieß ein Keuchen aus.

Er war tot, umgebracht durch seine eigene Pistole.

Es fiel ihr nicht leicht, sich von ihm zu befreien. Er war schwer, und so groß, doch endlich wälzte sie seine Leiche von sich, setzte sich auf und betastete ihren Kopf. Flea stürzte herbei, um zu helfen. Tränen strömten ihr Gesicht hinunter, doch als sie sich aufsetzte und keuchend nach Atem rang, hatte sie nur einen Gedanken im Kopf, nur einen einzigen – sie musste diesen Brief an den Gouverneur zurückbekommen.

Entsetzt machte Cesca die Tür auf. Draußen stand Esperanza, die Haare zerzaust, einen wilden Blick in den Augen, der Oberkörper blutüberströmt.

»Spranza! Was ist passiert?«

Blinzelnd versuchte sie, die richtigen Worte zu finden. Doch sie konnte ihrer Schwester nur in die Augen starren.

»Komm rein, setz dich hin.«

Esperanza nickte und ließ sich zitternd auf einen Stuhl am Tisch fallen. »Es gab einen Unfall.«

»Bist du verletzt?« Es war Antonis Stimme. Er kam aus dem Schlafzimmer.

Es war das erste Mal, dass sie sich seit seiner Rückkehr sahen. Bei seinem Anblick traten Esperanza Tränen in die Augen. »Ich nicht. Aber Santiago.«

Cesca blinzelte. Dann nahm sie neben ihrer Schwester Platz und griff nach ihrer Hand. »Was ist passiert?«

Esperanza starrte sie an. »Ich habe ihn umgebracht.«

Alle redeten durcheinander. Esperanza schüttelte den Kopf. Sie begriffen nicht. »Wir haben keine Zeit, wir müssen ihn aufhalten.«

»Wen aufhalten?«, wollte Benito wissen.

»Den Brief.«

»Den Brief?«

Sie erklärte die Sache mit dem Brief, den Don Santiago dem Gouverneur geschrieben hatte. Dass er alles wusste, dass er sich alles, was sie getan hatten, zusammengereimt hatte. »Wir müssen ihn zurückholen.«

Antoni versuchte, sie aufzuhalten, doch sie schüttelte den Kopf. Sie würde zum Hafen laufen, wenn es sein musste – vielleicht war noch Zeit, vielleicht könnte sie sagen, Don Santiago hätte sie gebeten, den Brief zurückzurufen? Oder dass er den falschen abgeschickt hatte … ja, das würde sie tun.

Antoni stand vor der Tür und versperrte ihr den Weg. »Es geht nicht.«

Sie sah ihn mit brennenden Augen an. »Ich muss es versuchen, ich muss sie dazu bringen, ihn mir zurückzugeben.«

Doch er ließ sie nicht gehen, seine Miene war unerbittlich.

»Es ist zu spät.«

»Nein, ist es nicht«, widersprach sie. »Ich kann sie überreden, sie werden ihn zurückgeben. Wenn nicht, werde ich ihn stehlen, ihn in Stücke reißen … dann können sie ihn nicht lesen, und ich stelle mich dem, was auch immer mit mir geschehen wird.«

Antoni schüttelte den Kopf. »Es ist zu spät – das versuche ich dir gerade zu erklären. Das Postschiff ist heute Morgen ausgelaufen. Es tut mir leid.«

Ihre Knie gaben nach, und sie sank zu Boden. Endlich

kam das Schluchzen. »Es ist meine Schuld«, stieß sie keuchend unter Tränen hervor.

»Es ist nicht deine Schuld.« Cesca brachte ihr eine Tasse Tee gegen den Schock. »Wir werden uns der Sache gemeinsam stellen, wir werden schon eine Lösung finden …«

Die Blicke aller waren ähnlich niedergeschlagen, denn keiner wusste so recht wie.

Das Unwetter brach herein, als wüsste es, was bevorstand. Formentera war fast eine Woche lang von Ibiza abgeschnitten. Niemand würde auf die Insel kommen, bis es vorübergezogen war, und es war auch kein Durchkommen für Post- oder Untersuchungsbeamte.

Unbehaglich saßen sie fest und konnten nicht fort, bevor sich das Unwetter verzog.

»Wohin können wir fahren, nach Frankreich?«, fragte Cesca.

Benito schüttelte den Kopf. »Nicht jetzt. Das ist einer der ersten Orte, an dem sie nach uns suchen werden – sie werden bei unserer letzten Adresse in Bayonne nachsehen.«

»Es gibt da einen Freund aus Genua, der uns vielleicht in Sicherheit bringen kann«, sagte Antoni.

Esperanza saß wie betäubt da, Flea in ihrem Schoß, ohne ein Wort zu sagen. Sie hatte es nicht verdient, an ihre eigene Freiheit zu denken – nicht nach dem, was sie getan hatte, nachdem sie alle anderen ihrer Freiheit beraubt hatte.

Unwillkürlich musste sie an die weitreichenderen Konsequenzen des Briefes denken. Was war mit dem Rest der

Insel? Ihre Nachbarn – wie lange würde es dauern, bevor die Beamten anfingen, sie genauer unter die Lupe zu nehmen? Wie lange, bevor ihnen klar wurde, dass auch sie nicht hierhergehörten?

49

Formentera, 1718

Als sich das Unwetter endlich legte, machten sie sich an ihre Aufbruchspläne und packten alles, was sie tragen konnten. Zuerst würden sie nach Ibiza rudern, dann ein Schiff nehmen, das auf dem Weg nach Genua war. So lautete der Plan.

»Wir werden schnell sein müssen. Es wird nicht lange dauern, bis man Fragen zu Don Santiagos Tod stellen wird«, sagte Antoni.

Sie hatten Señor Garcia gerufen und ihm erklärt, was bei dem Unfall geschehen war, doch es sah nicht gut aus. Esperanza drohte der Strick, wenn sie gefunden wurde, besonders nachdem der Brief gelesen worden war. Wer würde glauben, dass es sich wirklich um einen Unfall gehandelt hatte?

Als sie sich gerade für den Aufbruch bereit machten, trafen die Fremden ein, eine ganze Gruppe, die direkt auf die *finca* zugelaufen kam.

Cesca rannte ins Haus und verriegelte die Tür.

»Das sind sie – sie sind schon hier!«, rief sie. Esperanza trat vor, um aus dem Fenster zu starren, schloss dann panisch die Augen, während ihre Hand nach der ihrer Schwester tastete.

Antoni und Benito stürzten in die Küche, und Antoni warf ihm eine Pistole zu.

»Wir sterben im Kampf«, sagte er. Sie nickten, als die Männer draußen bereits anfingen, gegen die Tür zu hämmern.

Esperanza umklammerte die Hand ihrer Schwester noch fester. Was auch immer ihre Differenzen sein mochten, jetzt saßen sie im selben Boot. Sie würden sich dem Ganzen als Familie stellen.

Antoni öffnete die Tür.

»Kann ich Ihnen helfen?«

»Ja, guten Tag, *bueno tarda*, ich heiße Salvador de Rimbaud. Ich bin hergekommen, weil mein Vater diesen Brief aus Don Santiagos Feder erhalten hat.«

Esperanza fühlte sich matt, als der Fremde den Brief in der Handschrift ihres Mannes hervorzog.

Er legte ihn aufgefaltet auf den Tisch. »Unter den Umständen hielt ich es für das Beste herzukommen. Seither habe ich gehört, dass Don Santiago an einem Fieber verstorben ist, richtig?«

Sie alle waren gleichermaßen überrascht, hüteten sich allerdings, es sich vor dem Mann anmerken zu lassen. Wie kam der Mann nur auf diese Idee?

»Ja, mein Beileid zu Ihrem Verlust – ich habe vorhin den Arzt Señor Garcia getroffen, der es bestätigt hat«, fuhr er fort. »Vielleicht erklärt es den Inhalt dieses Briefes?«

Sie hatten nie damit gerechnet oder sich ausgemalt, dass der Arzt für sie lügen würde.

»Was, wie Sie sich vorstellen können, ebenfalls eine Erleichterung ist. Wir hätten nicht gewollt, dass das hier in die falschen Hände fällt – bestimmt haben Sie Verständnis dafür.«

Esperanza blinzelte schockiert.

»Wie bitte?«

Salvador de Rimbaud fuhr fort: »Nicht viele Menschen sind sich darüber im Klaren, aber mein Großvater war auf jenem ersten Boot, das hierherkam, mittlerweile vor einem halben Jahrhundert, als sie Mallorca verließen, um auf dieser Insel zu leben. Er ließ sich stattdessen auf Ibiza nieder und stieg später zum Rang des Gouverneurs auf. Sie sehen«, sagte er und berührte den Brief, »es liegt an uns, dieses Geheimnis zu bewahren. Ich bin persönlich hergekommen, weil ich betonen muss, dass die Sache keine weiteren Kreise ziehen darf – niemand darf von uns wissen. Ich hoffe, wir sind einer Meinung.«

50

Formentera, Gegenwart

Bei Sages Ankunft stand die Sonne hoch am Himmel, und die Luft war von dem trüben, stillen Blau, das das Mittelmeer in eine klare türkisfarbene Fläche verwandelte. Sage sah schmaler aus, das Gesicht blass und das Haar strähnig, auch wenn ihre Augen aufleuchteten, als sie mich erblickte. Mich durchzuckte ein stechender Schmerz, als ich die Abgespanntheit auf ihrem Gesicht sah, den Tribut, den es sie gekostet hatte, ihren Vater zu verlieren und zu versuchen, ihr Leben irgendwie wieder auf die Reihe zu bekommen. Doch ich war froh, dass sie jetzt hier war, und hoffte, dass der Urlaub ein paar der Schatten unter ihren Augen vertreiben würde.

»Mum, du bist ja richtig braun gebrannt!«, entfuhr es ihr überrascht.

Ich lachte. »Es gibt für alles ein erstes Mal. Weißt du, für mich fühlt es sich wie ein Jahr voller erster Male an.«

»Ich weiß, was du meinst«, sagte sie.

Ich berührte ihr Gesicht. »Das ist mir klar, mein Kind.« Dann griff ich nach ihrem Koffer und rollte ihn auf das wartende Taxi zu.

Auf der Fahrt nach Marisal entlockte ihr alles, was sie erblickte, Freudenrufe. Ihre Augen nahmen das breite Mittelmeer auf, die niedrigen Mauern, die sich durch die Landschaft fädelten, das grasbewachsene Ackerland, bis wir die Gegend Can Marroig erreichten. Da sah sie durch das Taxifenster die Villa am Meer.

»Das hier ist unglaublich, Mum«, stieß Sage atemlos hervor, als wir aus dem Taxi stiegen und sie vor dem niedrigen Gartentor stand, den Blick zur Villa emporgerichtet, wie ich es bei meiner Ankunft getan hatte.

»Himmel, welch Verbesserung im Vergleich zu den Bildern, die du geschickt hast!«

»Es ist bloß ein bisschen Farbe und etwas Aufräumen – aber ich bin froh, dass es besser aussieht.« Ich öffnete die Tür, um sie herumzuführen und ihren Koffer auf ihr Zimmer zu bringen.

Es war immer noch karg eingerichtet, aber sauber und ordentlich, mit der Vase Wiesenblumen auf der alten Kommode, und dem kleinen Fenster, das eine überwältigende Aussicht auf das Mittelmeer gewährte.

Sage duschte, während ich in die Küche ging, um noch einmal nach allem zu sehen. Ich hatte Kerzen gekauft und bald würden Big Jim, Sue und Isla zum Abendessen – und zu meinem ersten offiziellen *shabbat* – vorbeischauen. Und dann, morgen, würde ich Sage mitnehmen, damit sie Maria kennenlernte.

Nach der Dusche plauderten wir, und Sage beobachtete irritiert, wie ich mich an die Vorbereitungen für das Abendessen machte. Ich kochte ein Fischgericht, das Maria mir vor Kurzem gezeigt hatte, und die Küche war angefüllt mit dem Duft nach Kurkuma, Tomaten und Zitronenbutter.

»Ich fasse es nicht, dass das du bist, Mum.« Sage starrte mich an. »Du kochst!«

Ich lachte. »Tja, ich habe dazugelernt, weißt du, und ich habe ein bisschen geübt.«

»Wow, Mum! Dad wäre stolz.«

Ich schluckte, und meine Augen brannten. Hörte das jemals auf? Hörte man jemals den Namen, ohne zusammenbrechen zu wollen? Nach einer Pause, als ich mich wieder gefasst hatte, sagte ich: »Ich glaube, du hast recht.« Dann fuhr ich fort: »Es macht dir doch nichts aus, dass meine Freunde kommen – die Band, und mein Freund Emmanuel? Wirklich nicht? Sie sind ziemlich entspannt, und es macht ihnen bestimmt nichts aus, wenn ich absage …«

»Nein! Ich möchte sie kennenlernen, sie klingen fantastisch. Und sag mal, dieser Emmanuel – wird er jemand Besonderes sein?«

Ich schüttelte den Kopf. »Er ist ein Freund. Das ist alles.«

Sie hob eine Augenbraue.

Ich seufzte. »Vielleicht eines Tages.«

Sie lächelte. »Eines Tages hört sich gut an.«

Ich sah sie an. »Du bist unglaublich, weißt du das?« Ich wusste nicht, wie mir das Glück hatte widerfahren können, eine solche Tochter zu haben. Die meisten anderen Kinder würde die bloße Vorstellung entrüsten. Bei mir wäre das so, wenn ich an ihrer Stelle wäre. »Würdest du es nicht schrecklich finden, wenn ich ein neues Kapitel aufschlage?«

»Du bist fünfundvierzig, Mum, es ist ja nicht so, als wäre das, was dir widerfahren ist, irgendwie fair. Und ich würde es nicht als ein neues Kapitel sehen – Dad war die

Liebe deines Lebens. Ich würde es als Versuch sehen, das Buch nicht ganz zuzuschlagen.«

Ich biss mir auf die Lippe und wischte mir dann eine Träne fort. »Seit wann redest du wie eine verdammte Weisheitensammlung?«

Sie lachte. »Ich weiß schon!«

Nach dem Abendessen gab die Band meiner Tochter eine Privatvorstellung, und als ich mich umsah, wurde mir eines klar: Als Maria mich unter ihre Fittiche genommen hatte, hatte sie mir von der Familie erzählt, die zurückgelassen worden war. Sie sagte, Traditionen seien die Dinge, die einen mit den eigenen Wurzeln verbanden, und ohne all das konnte einem das Wissen abhandenkommen, woher man kam. Vielleicht war es noch nicht zu spät, eine neue Generation damit vertraut zu machen, überlegte ich. Vielleicht lebten sie auf diese Weise weiter.

51

Am nächsten Morgen brachte ich Sage zu Maria, damit sie sich kennenlernen konnten. Wir betraten die aromatisch duftende Küche, in der die alte Frau emsig kochte und, sobald sie Sage erblickte, ein Keuchen ausstieß. »Das muss Sage sein – die Ärztin – beziehungsweise die Ärztin in spe!«

Sage grinste. »So lautet der Plan – es ist schön, dich endlich kennenzulernen. Ich habe so viel von dir gehört.«

»Und ich von dir. Setzt euch, setzt euch!«, rief Maria und lud Sage ein, auf einem der Stühle Platz zu nehmen, die nicht von der Katze in Beschlag genommen wurden. Wie üblich aalte sich das Tier in den Küchendüften.

Wir redeten stundenlang über Cesca und Esperanza, und erzählten Sage ihre Geschichte.

»Aber was ist mit ihr geschehen – mit Esperanza?«, fragte ich. »War sie in der Nacht, als Don Santiago starb, schwanger?«

»Nein, sie heiratete ein weiteres Mal. Sie heiratete einen von Benitos Cousins – noch einen Flüchtigen. Gemeinsam gründeten sie, Cesca, Esperanza und Salvador de Rimbaud, ein Netzwerk, das anderen *chuetas* bei der Flucht half und ihnen einen sicheren Zufluchtsort gewährte.

Sie war diejenige, die ihre Geschichte niederschrieb –

und sie an uns alle weitergab, als eine Lektion, glaube ich.« Maria erhob sich und kehrte kurz darauf mit einem uralten, in Leder gebundenen Tagebuch zurück und reichte es mir.

»Auf diese Weise hat ihre Geschichte überdauert, und weil wir sie lebendig gehalten haben, indem wir sie erzählt haben. Vielleicht kann sie jetzt weiterbestehen, durch euch beide.«

Sage sah mich an und drückte dann meine Hand. »Sie war die erste Schriftstellerin in der Familie.«

Ehrfürchtig berührte ich das Tagebuch und beim Anblick ihrer Worte, in ihrer schönen Handschrift, wurden meine Augen feucht.

»Ich möchte, dass du es behältst.«

»Ich?« Entsetzt betrachtete ich es.

Maria nickte. »Es gehört zu dir – zur nächsten Generation. Es gehört zu Marisal. Damit wir nie wieder vergessen, wer wir sind.«

Unendlich gerührt nickte ich und bedankte mich bei ihr.

Später saßen Sage und ich im Freien. Der Himmel hatte mittlerweile einen goldenen Anstrich, und der Duft nach Orangen und Zitronen parfümierte die Meeresluft. Da zeigte ich Sage, was ich vom Juwelier geholt hatte.

»Mach es auf.«

Drinnen befanden sich zwei Ketten, jede mit einem herzförmigen Anhänger, jeweils ein winziger Edelstein in der Mitte.

»Was ist das, Mum?«

»Es ist aus Dads Ring angefertigt.«

Sages Finger bebten, als sie eine Kette berührte.

»Ich wollte, dass du einen Teil davon hast«, erklärte ich. »Ein Stück von ihm, das wir im Herzen tragen können.«

Ihre dunklen Augen füllten sich mit Tränen. »Das ist wunderschön, Mum.«

»Ich glaube, dein Dad hätte es auch gewollt.«

Sie schluckte und wischte sich rasch die Tränen fort. Dann holte ich noch etwas aus der Tasche zu meinen Füßen. »Okay, das wird jetzt hart werden.«

Sie blickte auf, und dann verzog sich ihr Gesicht, als sie die Urne sah und ihr klar wurde, worum es hier gerade ging.

»Es ist an der Zeit, glaube ich.«

Sie schloss die Augen, nickte dann.

»Bist du dir sicher, Mum?«

»Ja, ich glaube schon – ich wusste, dass es wir beide sein müssten, gemeinsam.«

Ich berührte die Kette, meine Hälfte von James' Ring, und dachte daran, was er mir gesagt hatte – dass ich wissen würde, wann es so weit war. Ich hatte nicht geglaubt, es je tun zu können, doch jetzt war ich bereit, weil mir im Laufe der letzten Monate – dank Maria – eines klar geworden war: dass die Menschen, die man liebt, einen niemals wirklich verlassen.

Ich öffnete die Urne und verstreute die Asche im Wind, wo er ein Teil von Marisal wurde, wie Sage und ich, ein Teil des Windes und des Himmels. Obwohl ein Teil von ihm, wie Maria gesagt hatte, immer in meinem eigenen Herzen sein würde.

Anmerkung der Autorin

Die Vorstellung einer kryptojüdischen Gemeinde auf der Insel Formentera wurde von der Forscherin Gloria Mound populär gemacht, die glaubte, es hätte etwa seit dem fünfzehnten Jahrhundert eine gegeben, nach der spanischen Vertreibung der Juden während der Inquisition bis hin zum Spanischen Bürgerkrieg.

Im Laufe der Jahre schienen überzeugende Beweise hierfür ans Licht zu kommen, einschließlich einer, allem Anschein nach, heimlichen Synagoge in einem Bauwerk in der Gegend von Can Marroig, wo gewisse hebräische Dokumente entdeckt wurden. Viele Jahre hielt sich diese überzeugende, positive Geschichte jüdischen Überlebens.

Leider stammen die Ursprünge des Bauwerks laut dem Historiker Martin Davies aus dem neunzehnten Jahrhundert, und moderne Historiker gehen nun davon aus, dass die hebräischen Schriftrollen während der 1930er-Jahre von Mallorca herübergebracht wurden. Es gibt eindeutige Hinweise, dass schon damals und während des Zweiten Weltkriegs jüdischen Exilanten auf der Insel geholfen wurde.

Allerdings lässt sich nicht behaupten, dass es vorher *keine* jüdische Einwohnerschaft gab oder dass definitiv keine geheime Gemeinde existierte, denn die Insel war lange Zeit verlassen. In der vorliegenden Geschichte habe ich Fiktives mit Fakten vermischt – es gab verfolgte *chuetas* (geheime Juden), die zum Übertritt gezwungen worden waren und die vor den Verfolgungen auf Mallorca flohen, ebenso wie eine maurische Schaluppe mit zwei Cousins namens Nuñez, von denen es hieß, sie seien von ibizenkischen Korsaren gekapert worden. Während es zwar jüdische Piraten gab, wird laut dem Historiker Martin Davies allerdings angenommen, dass sie nicht im Mittelmeerraum aktiv waren.

Ob die Vorstellung von einer geheimen Gemeinde, die ihre Mitglieder vor den Inquisitoren schützte, nun auf einem Mythos basiert oder nicht, sie hat es in jedem Fall verdient, erzählt zu werden.

Danksagung

Ich hätte diesen Roman nicht ohne meine wunderbare Lektorin Lydia Vassar-Smith schreiben können, die meine Hand hielt und mich geduldig auf die andere Seite hinüberführte, als ich mich im Labyrinth der Recherche und des Selbstzweifels verirrte – vielen Dank für deine Unterstützung und Hilfe, und dafür, dass du die Fäden zusammengeführt und die Existenz des Ganzen ermöglicht hast, und wie immer für dein hilfreiches Vertrauen in meine Geschichten!

Wie immer geht mein Dank an meinen Ehemann und meine Familie. Wenn in unserem Haushalt Bücher geschrieben werden, neige ich dazu, mich in meine Schreibhöhle zurückzuziehen und nicht viel sonst zu tun, also danke, dass ihr dafür gesorgt habt, dass der Laden läuft und alles noch steht.

Dem Team bei Bookouture – ohne euch würde ich es nicht schaffen.

Ich habe viel Zeit mit der Recherche für diesen Roman verbracht; ehrlich gesagt war das Labyrinth der Vergangenheit ein Gewirr, aus dem ich monatelang nicht herausfand. Sobald ich mich hinsetzte und ein einziges Wort niederschrieb, entdeckte ich, wie viel mehr ich in Erfahrung bringen musste, und saß nur wie gelähmt da.

Um den Roman in der Zeit wie auch der Lebenswelt

der Inquisition anzusiedeln, für die Ängste vor Folter und Kutschen mit Rädern, die mit Lumpen umwickelt waren und des Nachts daherkamen, wie auch für Heiratspraktiken etc. las ich *Spain in The Later Seventeenth Century, 1665–1700* von Henry Kamen.

Mein Dank geht an alle, die mir geholfen haben, schließlich Worte auf die Seite zu bringen – an Adina Morysofe vom Netanya Academic College in Jerusalem für die Bereitstellung von Materialien der verstorbenen Gloria Mound, die als Erste die »Gegenwart« einer kryptojüdischen Gemeinde auf der Insel entdeckte, auch wenn sie später leider angefochten wurde. Dennoch dienten Glorias Forschungsergebnisse – einschließlich der mutmaßlichen Rettung einer Gruppe gefangener *marranos* durch ibizenkische Piraten, die diese mallorquinischen Juden, die jungen Brüder und Cousins Nuñez, später vor der Inquisition versteckten – der vorliegenden Geschichte als Inspiration. Von ihr stammt auch die Beschreibung der jüdischen Bevölkerung mit rötlichen Haaren und Bärten und grünen Augen und der Frauen, die Kopftücher und viele Stränge Goldketten namens *gonellas* trugen.

Ich bedanke mich besonders bei dem Historiker Martin Davies, der mir half, den Roman in seiner Zeit zu verankern. Er lieferte mir durch die damalige mallorquinische Flüchtlingsperspektive eine plausible Erklärung für meine fiktive Gemeinde, was der Geschichte eine gewisse »Glaubwürdigkeit« verleiht. Ich fürchte, es ist mir vielleicht dennoch nicht gelungen, alles glaubwürdig zu gestalten – doch die Schuld daran trage ganz allein ich! Danke auch, Martin, für all die Hilfe bei dem

Versuch, den Mythos jüdischen Lebens auf die Inseln zu bringen.

Mein Dank gilt auch der ibizenkischen Historikerin Emily Kaufman für den Einblick in die Geschichte des Salzhandels auf Formentera und Ibiza, und für die Bereitstellung des fehlenden Puzzleteils bezüglich der Bourbonen und ihrer Beteiligung. Ich bitte allerdings zu bedenken, dass dies hier meine eigene Interpretation des Salzhandels und des Gouverneursamtes von Formentera ist; sie wurden nicht unbedingt auf diese Weise geführt, und ich musste ein paar Fakten zurechtbiegen – beispielsweise ist es laut allgemeinem Wissensstand unwahrscheinlich, dass jemand von der Krone tatsächlich eine Untersuchung des Salzhandels auf den Inseln betrieb, nachdem der Handel in die Hände der Bourbonen fiel, was vielleicht einer der Gründe ist, weshalb der Handel in späteren Jahren derart zurückging.

Außerdem bedanke ich mich bei meiner lieben Leserschaft, ganz besonders bei der wunderbaren Kathy Schaffer, die mir während der Niederschrift des Romans aufmunternde Botschaften schickte. Das hat mir so viel bedeutet.

Sämtliche Fehler gehen selbstverständlich auf mein eigenes Konto.

Glossar

Chuetas: (wörtlich: Schweinefleischesser) Bezeichnung für die ansässigen Nachkommen von *marranos*.

Marrano: Ein spanischer oder portugiesischer Jude, der im späten Mittelalter zum Christentum konvertierte, üblicherweise unter Androhung des Todes oder von Verfolgung; insbesondere einer, der weiterhin heimlich am Judentum festhielt. Die Übersetzung des Begriffes lautet Schwein, auch wenn ein Großteil der abfälligen Konnotation wegfiel.

Shabbat: Der siebte Tag der Woche – der Tag, an dem Gott ruhte. Es ist ein Tag der Ruhe, Gottes und der Familie.

Sephardi: Juden aus Spanien, Portugal, Nordafrika und dem Nahen Osten wie auch deren Nachkommen. Es ist das hebräische Wort für Spanien.

Koscher: Hebräisches Wort für Ernährungsregeln. Es kann auch als Bezeichnung für andere Dinge, die jüdisches Gesetz sind, verwendet werden.

Davidstern: Sechszackiger Stern.